초판 1쇄 독자님께!
2025. 7
손웅동

젊음의
나
라

젊음의 나라

손원평
장편소설

다즐링
Dazzling

Mille에게

일러두기

1. 청소년판과 성인판은 디자인, 글자 폰트 크기가 다를 뿐 본문의 내용은 전적으로 동일하다. 본서는 청소년판이다.
2. 본문에 나오는 '택시콥터'라는 단어는 올더스 헉슬리의 《멋진 신세계》에서 차용했다.
3. '이민자'와 '이주민'이라는 단어는 의도적으로 혼용했다.
4. 2025년 현재 한국에서는 안락사, 존엄사, 조력자살, 선택사 등이 실생활에서 거의 같은 의미로 사용되나, 작품에서는 의도적으로 '선택사'라는 단어를 주로 사용했다.

차례

1월
9

유닛 A
사파이어 레이크
51

유닛 B
선샤인 마운틴
73

유닛 C
뉴시티 필드
119

유닛 D
아리아드네 정원
167

유닛 F
프리 하우스
195

12월
267

작가의 말
277

참고문헌
282

1

1월

1월 1일

한겨울에도 한여름처럼 지내기로 결심했다.

새해를 앞둔 어젯밤의 결심은 분명 그랬다. 며칠간 내린 폭설은 세상을 하얗게 덮었고 모든 현실을 잊게 할 만큼 삭막한 거리를 보드랍고 환하게 장식했다. 뭐든 새로 그려 넣어도 좋을 무한히 넓은 도화지 같았다.

그러나 아침에 눈을 떴을 때 창밖은 황량하기 그지없었다. 빠르게 녹아버린 눈 탓에 커튼을 열자마자 시야를 메운 건 구정물이 흐르는 회색빛 도시였다. 여러모로 한 해의 시작을 여는 풍경과는 어울리지 않았다. 새해 첫날부터 느끼는 나른함이 반갑지 않았다. 산뜻하고 예쁜 포장을 열었더니 눅눅하게 식은 빵이 들어 있다면 이런 느낌일까. 새로운 다짐을 가지고 눈을 떴을 때 모든 게 작년과 같거나 더 불투명하다고 느끼는 건 불행한 기분을 준다.

늪에 빠진 것처럼 침대에 누워 있다가 내키지 않는 마음으로 간신히 몸을 접어 일어났다. 일주일 전, 크리스마스 시즌에 백화점 베이커리에서 아르바이트를 했다. 화려한 케이크를 종이 상자 안에 넣는 일이었다. 딱딱한 종이를 각 맞춰 접고 그 안에 케이크를 밀어 넣는 동작을 사흘 동안 수천 번은 반복한 것 같다. 마지막 날, 그러니까 크리스마스 아침에 마분지에 손이 베였지만 내색하지 않았다. 성탄의 기쁨에 젖어 있는 사람들에게 알록달록한 케이크를 내미는 내 손엔 붕대가 두껍게 감겨 있었다.

혼자만의 송년회로 어젯밤 맥주를 두 캔 정도 마셨다. 들뜨고 싶어 마신 술인데 벽두부터 숙취가 몸을 지배하고 있다는 것도 기분을 가라앉게 한다. 날씨는 더 흐려졌고 내 몸 상태도, 머리도 더 흐리멍덩해졌다. 이대로라면 작년과 모든 게 같아질 거 같아 조급한 기분이 들었다.

그때 눈에 띈 게 이 노트다. 나도 모르게 노트를 낚아채고 볼펜을 쥐었다. 이렇게 뭐라도 기록하니까 조금 나아지는 것 같다. 뭘 쓸까 고민하다가 올해의 첫 결심을 적는다. 이번 해에는 일기를 열심히 쓰려고 한다. 손으로 한 글자씩 적어 내려가는 고전적인 방법으로 말이다. 신년 결심치고는 너무 식상하지만 이렇게라도 형식적인 결심 안에 나를 가두지 않으면 버틸 수 없을 것 같다.

엄마에게 문자가 왔다. 새해구나. 복 많이 받아. 짧고 간결

한 문자는 오히려 메마른 기분을 선사했다. 엄마에게 전화를 걸려다 말았다. 행여 이어질 대화가 우리 사이를 어그러지게 할 가능성을 열고 싶지 않았다. 적어도 오늘은.

　엄마도, 라고만 짧게 답장을 보냈다.

　올해는 새로운 일이 벌어질까? 빈 종이들을 파라락 넘겨 이 일기장의 마지막 페이지를 펼쳐봤다. 12월 31일. 그날 나는 어디에서 무엇을 하고 있을까? 지금보다 상황이 나아져 있을까. 제발 그러길 빈다. 그런 희망으로 일기를 끄적이는 거니까. 하지만 한편으로는 다가올 날들이 두렵다. 일기장이 보여준 미래는 빈 페이지를 채우는 일이 전적으로 내게 달려 있다는 듯 말갛고 하얗기만 하다. 그 순수한 백지는 마치 내 운명은 내가 마음먹은 대로 될 거라는 선언처럼 느껴지지만 그게 착시라는 걸 안다. 스물아홉 해 정도 살았으면 알 만도 하지. 원하는 대로 그리는 그림처럼, 내 손으로 내 운명을 전부 바꿀 수 있을 거라고 말하는 듯한 순진한 공백이 부담스럽다.

　희망차게 시작하려 했는데 너무 징징댔다. 창밖으로 보이는 눈이 구정물로 변하지만 않았어도 한결 활기찬 말투였을 텐데.

　새해 복 많이 받자, 유나라. 넌 그럴 자격이 있어.

　정성을 다해 한 음절 한 음절을 꼭꼭 눌러써본다. 글자가 주는 힘을 믿어야겠다고 결심하면서.

그러니 부디, 희망이 내 앞에서 현실이 되기를.

1월 2일

거실로 나왔을 때 바닥엔 비스킷 조각과 어제 먹던 음식의 잔해가 보였다. 어젯밤 엘리야가 친구를 몇 명 데리고 와 시끄럽게 파티를 열고서 치우지 않은 거다. 웬만하면 다른 사람을 집에 들이지 말라고 주의를 줬음에도 엘리야는 그 규칙을 벌써 수차례나 어겼다.

동갑이라 친구처럼 지내고 있지만 사실 엘리야를 알게 된 지는 얼마 되지 않는다. 방 두 개짜리 아파트 월세를 혼자 감당하기 힘들어 룸셰어 공고를 내고 세입자 인터뷰를 본 게 언제였더라? 두 달쯤 전이었을 거다. 그땐 엘리야가 나와 나이도 같은 데다 그녀의 활달하고 쿨한 태도가 룸메이트로 지내기에 적당하다고 생각했다. 당시의 나는 하루 종일 타인과 말을 나누는 일 자체가 없었기 때문에 정신건강을 위해서라도 누군가가 필요했다. 엘리야는 뭐랄까, 정체된 공기를 휘젓는 존재로 느껴졌고 간호사라 충분히 바빠 보였다. 그녀의 등장으로 외로움을 상쇄시키면서도 말을 별로 섞을 일이 없어 편할 것 같았다.

그러나 엘리야의 존재는 예상했던 것보다 크다. 존재감이 크다기보다 온도가 뜨겁다. 엘리야가 뿜어내는 기운은 끈적하고 뜨거운 죽 같다. 언젠가 엘리야에게 빙빙 돌려 그 얘기를 했더니 그녀는 고개를 뒤로 젖히고 화통하게 웃어댔다.

―그게 바로 우리의 혈통이야!

엘리야는 가족과 사이가 아주 끈끈하다. 어떤 주제로 얘기를 나누더라도 불시에 튀어나올 그녀의 할머니와 오빠 얘기, 터울 많은 여동생의 재기발랄한 일화, 아빠의 요리 솜씨와 덜렁대는 엄마에 대한 에피소드를 귀 따갑게 들을 각오를 해야 한다. 엘리야가 가족에 대해 하는 이야기를 듣고 있으면 마치 등장인물이 엄청나게 많은 그림책을 보는 것 같다. 복닥복닥하고 뜨겁고 어지럽다.

엘리야는 나나 내 가족에 대해 거의 묻지 않는다. 어쩌다 그녀가 질문을 하려고 해도 가볍게 얼버무리고 화제를 돌리면 엘리야는 다시 자기 얘기에 정신이 팔려 하려던 말을 잊는다. 그래서 다행이다. 가족이라는 단어는 내게 언제나 헷갈리는 감정만 남기니까. 이제는 세상에 가족이라 칭할 사람이 엄마 하나뿐인데도 말이다.

내 안에 비밀스럽게 존재하는 사람을 떠올려본다.

언젠가 내게는, 가족이 아닌데도 가족보다 더 가까웠던 이가 있었다. 지금은 생사조차 알지 못하지만 늘 내 마음속에 커다란 자리를 차지하고 있는 누군가.

1월 3일

오늘까지 휴일이라 늦게 일어났다. 벌써 새해가 3일이나 지났다니 믿기지 않는다. 왠지 모를 조급함이 밀려드는 걸 느끼면서도 침대에 웅크린 채 꼼짝도 할 수 없었다. 엘리야가 나가고 나서야 그 이유가 온전히 나 혼자만의 시간을 보내고 싶었기 때문이라는 걸 알 수 있었다.

원래 엘리야도 오늘까지 휴가였다. 하지만 어디선가 걸려온 전화를 받더니 툴툴거리며 부산스럽게 옷을 챙겨 입기 시작했다. 간호사라는 직업은 정말 최악이라니까! 라고 말하면서. 연초와 휴일, 예정에 없던 근무라 특근 수당을 네 배나 받는다면서도 엘리야는 불평하길 멈추지 않았다. 어쨌든 엘리야가 나가고 나서야 집 안에 완전한 평화가 찾아왔다. 드디어 기다리고 벼르던 걸 해볼 기회가 생긴 거다.

나는 조용해진 집 안에서 VR 장비를 장착하고 시카모리아에 접속했다. 예전에는 VR 장비가 투구벌레의 겉껍데기처럼 거추장스럽고 무거웠던 때가 있었다고 한다. 지금처럼 손톱만 한 칩 하나만 붙이면 되는 시대에 태어난 게 다행이다. 이 작은 칩 하나로 메타버스 안에서도 거의 모든 감각을 이질감 없이 느낄 수 있으니까.

시카모리아에 접속하자 파란 물결이 웅장하게 일렁이며 나를 맞이했다. 커다란 수족관을 연상시키는 푸른 공간이 사방에 생성되며 저 멀리 빛이 새어 들어오는 출구가 보인다. 출구를 통과할 때 나는 늘 눈을 꽉 감는다. 눈부신 빛이 얼굴 위로 쏟아지며 햅틱 반응으로 온몸이 진동하는 짧은 순간이 전율 포인트다. 기대감이 절정으로 향하는 찰나, 감았던 눈을 번쩍 뜨면 나는 이미 섬 안에 입장해 있다.

눈앞에 푸른 바다가 펼쳐졌다. "시카모어 섬에 오신 것을 환영합니다"라는 커다란 글자들이 양쪽 뺨 옆을 간지럽히며 바다뱀처럼 스쳐 지나갔다. 그 거추장스런 글자들이 사라진 뒤에야 비로소 눈앞의 푸른 바다를 오롯이 응시할 수 있다. 내가 시카모어 섬에서 가장 좋아하는 공간, 바로 시카모어 비치다. 시카모리아 입장의 디폴트 값을 이곳으로 설정해둔 것도 그래서다. 시카모어 비치는 섬을 가장 잘 상징하는 장소이기도 하고 내 모든 근심과 걱정이 태양 아래 사라지는 곳이기도 하다.

에메랄드빛 바다와 부드러운 파도 소리를 들으며 해변을 따라 걸음을 옮겼다. 발아래로 느껴지는 감촉이 너무 보드라워서 발가락으로 모래를 꼭꼭 꼬집으며 천천히 걸었다. 발가락에 붙었다 떨어지는 모래알 하나까지 그려질 정도로 생생한 감각이 전해질 때면, 정말이지 여기가 현실보다 더 진짜처럼 느껴진다.

바닷가 앞에는 칵테일 바나 간단한 음식을 먹을 수 있는 레스토랑이 있다. 미각은 아직도 기술적으로 완전히 정복되지 않은 영역이라, 이 세계에서 무언가를 먹거나 마셔도 맛을 느낄 수는 없다. 하지만 칵테일의 색을 바라보는 것만으로도 찬란함이 온몸을 휘감아, 몇 번이나 호사스러운 결제를 하곤 했다. 보석처럼 빛나는 칵테일 잔을 앞에 두고 바에 앉아 있다 보면 가끔 내게 눈길을 주는 남자들도 있다. 원한다면 그들과 대화를 나누고 로맨스까지 즐길 수도 있겠지만, 그런 서비스는 가격이 너무 높다. 지금처럼 바닷가를 거니는 것으로 족하다. 그것만으로도 충분히 비싸다.

내 머리 위에는 연보라색 은행나무잎이 하나 떠 있다. 섬에 소속된 도민이 아니라 외부 접속자라는 표식이다. 합법적 도민들의 이파리는 에메랄드색이다. 그것으로 내가 이방인이라는 걸 모두가 알겠지만 상관없다. 언젠가는 나도 시카모어 섬에 정식으로 들어올 거니까! 내게 꽤 부담스러운 금액을 투자해 때때로 시카모어 섬의 메타버스인 시카모리아에 입장하는 것도 그 꿈을 되새기고 싶어서다.

바다 옆으로 늘어선 단풍나무들을 보며 시카모어 섬의 기원에 대해 다시 떠올려봤다. 단풍나무가 많아 시카모어라는 이름이 붙었지만 카밀리아 레드너가 이 섬을 사서 획기적으로 개발하기 전까지, 시카모어 섬은 알려지지 않은 불모지나 다름없었다. 카밀리아는 남태평양 아래 빵가루처럼 버려져 있던 무수히 많은 무인도 중 하나를 완전히 뒤바꾼 모험가다.

이 섬은 수십 년간 전 세계에서 흘러든 플라스틱 폐기물이 쌓여 형성된, 일명 쓰레기 섬이었다. 어느 시점부터는 일부 국가들이 이곳을 해양 폐기물의 매립지로 삼기도 했다. 수십 년 전 해양 플라스틱 제거 장치가 발명되며, 대규모 정화 작업이 가능해지고 섬에서 쓰레기를 전부 걷어낸 뒤에도 섬은 오랜 시간 동안 버려져 있었다. 플라스틱으로 오염된 땅에는 해충이 득시글거렸으며 얼마 남지 않은 병든 나무만이 간신히 뿌리를 내리고 있었다. 새들마저 떠난 불모지 같은 곳을 카밀리아는 헐값에 매입하고, 말 그대로 갈아엎었다. 가망 없는 식생을 걷어내고, 비옥한 토양을 공수해 캐나다에서 들여온 단풍나무를 중심으로 새로운 숲을 조성했다. 섬은 천천히 회복하기 시작했다. 몇 년 뒤, 카밀리아는 세계 곳곳의 친환경 기업과 기술 투자자들을 섬에 초대했다. 태양광과 풍력, 자율주행 교통 시스템이 도입됐고, 실험적 공동체가 하나둘 생겨났다. 섬의 가능성과 미래 가치에 주목한 작은 나라 하나가 이곳을 특별개발구역으로 지정했고, 카밀리아는 해당 구역의 자치 운영 책임자로 공식 임명되었다.

행정권 일부를 위임받은 카밀리아는 법적 테두리 안에서 자체 규칙과 운영 기준을 세워나갔다. 섬은 단순한 생태복원지가 아니라, 새로운 질서와 가능성이 실험되는 공간이 되었다. 카밀리아는 섬에 시카모어라는 이름을 붙였지만 이곳이 사실상 카밀리아의 섬이라는 건 누구나 아는 사실이다.

시카모어 섬의 정책은 좀 특별하다. 유별나거나 독특하다고 표현할 수도 있겠다. 아무튼 이 섬이 다른 곳과 차별성을 지닌 이유는 단풍나무 때문이 아니라 카밀리아가 이곳을 독보적인 낙원으로 만들었기 때문이다. 치열한 경쟁과 엄격한 심사를 통과한 35세 이하의 청년 60퍼센트와, 세계 각국에서 모여든 슈퍼 리치 시니어 30퍼센트로 이루어진 사람들이 나이에 상관없이 누구나 최고의 삶을 누리는 꿈의 섬, 그게 시카모어 섬의 정체성이다.

엄청난 성공과 부를 거머쥔 기업가, 전 세계 어디에 가도 누구나 이름만 들으면 알 만한 배우나 가수들이 시카모어 섬에서 노후를 즐기는 모습은 섬 홍보영상에 심심찮게 등장하는 대표적인 테마다. 이들은 상상할 수 있는 모든 것이 최고급으로 제공되는 섬 안에서, 철저한 서비스 교육을 이수한 젊은이들에게 특급 대우를 받으며 쾌적한 노후를 보낸다. 요양원이나 실버타운같이 사방이 닫힌 건물이 아니라 하늘과 바다가 열린 코랄빛 섬에서 말이다. 젊은이들은 대부분 노인 서비스업에 종사하지만 무상으로 제공되는 넓고 쾌적한 집에 살며 높은 임금을 받고 본인들의 인생을 즐긴다.

섬의 공식 홍보자료에는 나머지 10퍼센트의 인구에 대한 이야기가 없다. 섬에 별로 관심이 없는 사람들은 그 10퍼센트가 청년과 시니어의 퍼센티지에 대한 약간의 여유분이라고 짐작할지도 모른다. 하지만 나는 겉으로 잘 언급되지 않은 10퍼센트의 인구야말로 카밀리아가 이 섬을 만든 핵심 이유라고 생각한다.

언젠가 카밀리아는 자신의 궁극적인 목표는 시카모어를 진정한 젊음의 섬, 가족의 섬으로 만드는 것이라는 말을 남겼다. 지금은 절판된 카밀리아의 오래된 책과, 시카모어의 옛 브로슈어에 새겨진 구절을 나는 몇 번이고 다시 읽었다. "시카모어 섬에 와서 일가를 이룬 사람들, 그러니까 부부와 섬에서 나고 자란 아이들이 그 비워진 10퍼센트의 인구를 차지할 예정이다."

현재는 그들의 비중을 10퍼센트로 제한하고 있지만, 미래에는 점점 퍼센티지가 늘지 않을까? 신규 시니어의 입도 심사가 점점 더 까다로워지는 것도 그런 이유에서일 거라고 제멋대로 추측해본다. 얼핏 노인을 위해 만들어진 것처럼 보이는 섬에 카밀리아가 왜 그런 단서를 넣었는지에 대해서는 정확히 밝혀진 바가 없다. 시카모어 섬보다도 더 비밀에 싸여 있는 사람이 바로 카밀리아 레드너니까.

카밀리아 레드너에 대해서 대중에게 알려진 바는 많지 않다. 한국 출신이라는 사실을 제외하면 카밀리아가 본명인지, 나이가 몇이고 정확히 무엇을 하던 사람인지도 철저히 베일에 가려져 있다. 꽤 나이가 많은 여자라는 것 정도가 그나마 알려진 정설이다. 확실한 건 그녀가 엄청난 부를 상속받고 천문학적인 액수의 미국 복권에 당첨된 부호이며, 쓰레기 섬에 불과했던 곳을 인공적인 낙원으로 만들었다는 사실이다.

천천히 바다로 다가가 찰랑이는 물에 발끝을 담갔다. 그러나 기대했던 진짜 바닷물의 청량감 대신, 발에 전달되는 감촉은 끈적한 파라핀 액에 발을 들이민 것처럼 텁텁하기만 했다.

발의 감각까지 생생하게 느끼기엔 내가 구비한 칩이 너무 고물인 탓이다. 나는 현실을 강하게 상기시키는 바다로부터 급히 발을 **뺐냈다**. 이따금씩 이곳이 하나의 모형 공간일 뿐임을 깨달을 때면 내 안에는 묘한 불쾌감이 차오른다. 그런 기분이 가슴속까지 침투하기 전에 얼른 시선을 돌리는 게 최선이다. 다행히 이런 부분적인 오류를 제외하면, 시카모리아는 굉장히 정교하고 놀라울 정도로 현실을 있는 그대로 구현하는 고품질의 메타버스다.

현실에 낙원이 없다면 만들어진 낙원도 괜찮지 않을까. 파라핀 액처럼 걸쭉한 바닷물이라도 내가 몸 담근 현실보다는 백배 나을 거다.

그런 쓸데없는 상념에 사로잡혀 있는 동안, 순식간에 내가 가진 코인은 바닥으로 내려갔고 접속 종료를 알리는 경고음이 울렸다. 접속이 끊기기 직전, 오늘이 휴가의 마지막 날이라는 사실이 명료하게 떠올랐다.

내일 다시 일을 하러 가야 한다. 일할 생각에 벌써부터 **뼈**가 삭는 것 같지만 별수 있나, 미래를 위한 신성한 노동이라고 여기는 수밖에.

1월 4일

최악이다. 졸지에 일자리가 없는 사람이 돼버렸다. 장난처럼 불과 몇 초 만에 내 신분은 그렇게 바뀌었다.

여느 때처럼 호텔에 들어서서 손님들이 엉망으로 만든 시트를 정돈했다. 아무리 감정을 배제하려 애써도 누군가가 머물고 간 흔적을 치우는 건 결코 상쾌한 일이 아니다. 특히 오늘처럼, 새해 휴가를 화려하게 보내고 떠난 사람들이 머문 스위트 객실을 청소할 때는 더더욱.

그들이 이 방에 하루 묵는 데 들인 돈이 내 한 달 치 급료보다 많다는 사실, 그들이 즐기고 난 모든 찌꺼기가 나의 하루를 살아가게 할 노동의 재료가 된다는 것. 그런 생각을 하지 않으려 해도, 욕실 바닥에 뒤섞인 머리칼과 체모, 걸레처럼 널브러진 수건을 보며 나는 얼굴도 모르는 이들이 웃고 떠들며 즐거워한 시간을 상상한다. 빈 술병과 파티 풍선을 치우며 이 모든 게 쓰레기가 되기 전의 화려한 장면들을 그린다.

내가 잘렸다는 소식을 들은 건 토사물로 꽉 막힌 변기에 펌프질을 하고 있을 때였다. 객실 코디네이터가 다가오더니 놀란 표정으로 물었다.

—왜 왔어요?

그가 던진 네 음절은 귀 옆에서 딸랑거리는 종처럼 필요 이상으로 명징했다. 나는 네? 하고 되묻는 것도 잊은 채 한 방 얼어맞은 것처럼 그를 바라만 봤다.

　—이틀 전에 메시지 못 받았어요? 새해 첫날은 피하느라 그날 보냈는데.

　그는 나를 외면하듯 걸음을 옮기며 말을 이었다. 새해부로 이 호텔의 청소업체가 바뀌어 로봇의 수가 늘고 사람은 최소로 줄었다고 했다. 어쩐지 출근 직후 직원 휴게실에 감도는 분위기가 적막했고 익숙했던 얼굴들이 보이지 않아 이상하긴 했지만, 이런 상황을 예상할 수 있을 정도로 큰 변화도 아니었다. 그는 당장 청소를 멈춰달라고 했고, 나는 도둑질 중간에 행위를 멈춘 절도범처럼 대걸레를 그대로 바닥에 누인 채 방에서 빠져나와야 했다.

　한순간에 사라져버린 내 노동의 대가가 과연 누굴 위한 것이었는지 잠깐 의문에 빠지지 않을 수 없었다. 나오는 길에 복도 끝 직원 휴게실에서 새로운 청소업체의 고용자들과 마주쳤다. 친근한 표정의 피지컬 AI와, 많아 봐야 20대 중반으로 보이는 몇몇 사람이 단정한 복장을 하고 친절한 미소를 짓고 있었다.

　눈앞에서 내 일자리가 다른 사람으로 대체되는 걸 목도하는 기분은 꽤나 비참했다. 그들을 애써 무시하고 구석에서 옷을 갈아입어야 했기 때문이다. 사물함 거울에 내 얼굴이 비쳤다. 땀에 젖은 생기 없는 얼굴에 여기저기 뻗쳐 나온 머리카락, 불규칙한 숨을 몰아쉬고 있는 사람. 1년 후면 서른이지만 이미 늙어버린 마음이 온몸으로 새어 나오고 있는 여자. 나는 그 존재를 지워내듯 다시는 열 일이 없는 사물함을 힘껏 닫았다. 말간 표정을 짓던 이들의 고개가 일제히 내게 쏠렸다. 내친김에 나오면서 문을 쾅 닫고 그 위로 발길질을 했다. 내가 한때 그곳에 있었다는 사실을 증명할 수 있는 길은 그뿐이었으니까.

1월 6일

내 나이에 대해 생각해본다. 스물아홉. 누군가는 한없이 젊은 나이라고 말하겠지만 그렇게 말하는 사람조차 자신이 스물아홉 살이었을 때는 결코 스스로가 젊다고 여기지 않았을 거다.

나는 밀려나고 있다. 나보다 더 젊고 어린 사람들에게. 그리고 기계에게.

1월 8일

도서관에 갔다. 도서관에서 가끔 영화를 무료로 상영해주는데, 억지로 몸을 일으키기에 좋은 핑계라 나섰다. 액션은 박

진감 넘쳤고 실감 나는 화면은 현실을 잊게 해주었지만, 살아 있는 사람은 단 한 명도 나오지 않았다. AI의 기술로 AI가 토해낸 화면에서 AI가 연기하는 영화였다.

영화는 그저 그랬다. 엔딩 크레딧이 뜨기도 전 이미 머릿속에서 모든 내용이 휘발됐고, 찬란한 섬광처럼 안구를 강타한 몇 장면만이 밝은 빛을 보고 난 뒤의 잔상처럼 의미 없이 떠오를 뿐이었다. 예전에 유명했던 감독이 예전에 유명했던 원작을 가지고 만든 거라 그나마 개봉이라도 할 수 있었을 테지. 대부분의 영상은 그저 손가락을 몇 초 깔짝거리면 무한생성되는 시절이니까.

이런 시대에 배우가 되기를 꿈꾸다니, 내 생각에도 내가 품은 꿈이 말이 되지 않는 것 같다. 어디에서도 내 꿈을 자랑스럽게 밝히지 않는 데엔 이유가 있다. 과거에도 배우라는 직업으로 성공하는 건 낙타가 바늘구멍에 들어가는 것보다 어려운 일이었지만, 내가 사는 이 시대에 성공한 배우가 될 확률은 바다 한가운데에서 운석 조각을 맞을 확률보다도 낮아져버렸다. 무엇보다 새로운 경쟁자의 존재가 너무 크다. 사람보다 더 사람 같고 돈과 유지비도 거의 들지 않으며 구설의 리스크가 없어 속도 썩이지 않는 데 더해 연기력까지 출중한, 진짜보다 더 진짜 같은 가짜 사람. 그 강력한 경쟁자를 상대로 무명의 나는 단 한 가지 방어책을 펴고 있을 뿐이다. 이런저런 연기 아르바이트를 했지만, 내 얼굴 이미지와 목소리가 AI 학습용 데이터로 제공되는 데에는 동의하지 않았다. 1초 만에 내 얼굴이 오스카 수상자보다도 더 연기를 잘하는 AI 배우의 마스크로 활용될 거라는 염려 때문이다.

아직 이루지도 못한 꿈이 힘없이 바랜 것 같지만, 꿈을 처음 품을 땐 모든 게 빛났다. 어린 시절 처음 배우가 되고 싶다고 선언했던 날을 똑똑히 기억한다. 내 주변의 모든 것이 반짝이고 내 앞의 환한 얼굴, 내 유년의 빛, 민아 이모가 내게 꿈이 꼭 이루어질 거라고 말하던 그 날을.

1월 9일

내일을 상상하는 게 두렵다. 삶이 지겹다는 생각이 든다. 비관적으로 들리겠지만 비관이 아니다. 삶이 지겹다는 말은 그저, 어제는 해가 떴고 오늘은 비가 내린다는 말처럼 사실의 기술일 뿐이다. 말속에 몰래 감춰둔 함의 따윈 없다. 그저 말 그대로, 그렇다는 거다. 삶이라는 건 고통과 지루함으로 가득 찬, 매일매일 해결해야 할 길고 긴 무엇이다. 내가 어디쯤 와 있는지, 이 여정이 언제 끝날지 알 수 없는…….

지금 유일하게 다행스러운 점은 이 일기에 독자가 없다는 사실이다. 신세 한탄과 비관으로 가득한 글을 읽는다면 누구라도 그 기운이 자신에게 옮아가기 전에 노트를 덮고 싶어졌을 테니까.

1월 10일

엄마에게서 전화가 왔다. 처음에는 받지 않았지만 두 번째 벨이 울렸을 땐 옅은 불안감이 나를 사로잡는 바람에 전화를 받고 말았다. 지금 안 받으면 나중에 귀찮아질 것 같은 불안감.

―응, 엄마.

―그래. 새해 복 많이 받거라.

―문자로 했잖아.

―그래도 목소리 듣고 하는 거랑 같니.

―엄마도 복 많이 받아요. 나 이제 뭐 좀 해야 돼.

―그래.

엄마와 나 사이의 대화는 건조하다. 옮겨 적고 보니 참으로 짧은 대화지만 고작 저만큼의 이야기를 나누는 데 3분이 넘게 걸렸다는 건 무엇을 의미할까.

우리의 대화를 구성하는 건 말이 아니라 한숨과 정적이다. 그 안에서 엄마와 나는 각자의 비밀을 조용히 삼킨다. 가슴속에 켜켜이 쌓인 단어가 너무 많을 때, 마음의 다락방에 처박힌 먼지 쌓인 실타래가 너무 단단하게 얽히고설켜 도무지 어디서부터 풀어야 할지 알 수 없을 때, 사람들은 침묵을 택한다. 나와 엄마도 그렇다. 짧은 대화 뒤엔 긴 고민이, 풀리지 않는 의문이, 끓어오르는 감정을 진정시키려는 혼자만의 노력이 뒤따른다. 아무도 알아주지 않는 내면의 전쟁이 일어난다. 그리고 나면 뒤늦게 떠오르는 똑같은 결론.

역시 전화를 받지 말걸 그랬다.

1월 12일

며칠째 아무것도 안 하고 힘없이 누워 지냈다. 그런데 점심 쯤 메시지 알림음이 울렸다. 연말에 했던 케이크 포장 아르바이트 비용이 입금된 것이다! 절망과 우울 속에서 입금 문자 하나에 몸이 자동인형처럼 번쩍 위로 솟았다. 1초의 망설임도 없이 바로 시카모리아에 접속했다.

오늘은 색다른 체험을 하고 싶다는 생각에 섬에서 열리는 떠들썩한 카레이싱을 넋 놓고 구경하다가, 그 뒤엔 온갖 명품 숍이 모여 있는 화려한 몰을 거닐었다. 하지만 결국은 다시 고향으로 돌아가듯, 늘 찾던 시카모어 비치로 향했다.

모래사장을 가로질러 바다에 막 발을 담그려 할 때였다. 어디선가 고막을 때리는 북소리가 들리더니 저 멀리 독수리가 그려진 화려한 깃발이 펄럭이며 모습을 드러냈다. 독수리 깃발! 엘피다 극단의 표식이다. 깃발을 든 청년들이 내 옆을 지나자 심장이 쿵쿵 뛰었다. 기합과 노래에 힘찬 걸음이 실린 화려한 행진에서 엘피다 극단의 열기가 생생하게 느껴졌다. 나는 그들의 에메랄드빛 이파리를 부러운 눈으로 바라봤다. 단원들 중 나처럼 외부인의 보라색 이파리를 가진 사람은 하나도 없다. 엘피다 극단은 시카모어 섬의 젊은이들로만 이루어진 환상의 극단이니까!

내가 바라는 최고의 꿈이 바로 눈앞에 있었다. 시카모어 섬에 입도해서 엘피다 극단의 일원이 되는 것. 그게 내 꿈, 아니 최종 목표다. 시카모어 섬에 가고 싶은 이유도 결국 엘피다에 입단하고 싶어서다.

엘피다 극단 단원들은 연극을 하고 멋진 공연을 펼친다. AI가 뚝딱 만들어내는 연기 말고 진짜 연기, 진짜 공연 말이다. 극단에 들어가려면 물론 마스크와 연기력이 중요하지만, 그보다 선행되는 전제 조건은 섬의 도민이어야 한다는 것이다. 정식으로 입도한 사람에게만 오디션을 볼 자격이 주어진다.

단원들은 다양한 직업에 종사한다. 그들은 낮에 바닷가 칵테일 바의 종업원, 조금 전 본 레이싱 경기장의 관리요원, 혹은 화려한 몰의 판매원으로 일하고 있을지도 모른다. 하지만 일과가 끝나면 다 같이 모여 연습을 하거나 다양한 공연과 퍼레이드로 섬 사람들을 즐겁게 해준다. 낮에는 다른 사람을 위해 일하더라도 밤에는 그들만의 화려한 문화가 있겠지. 시카모어 섬은 서비스업에 로봇의 활용을 철저히 금지하고 있기 때문에 모든 것은 인간이 인간을 대하는 방식으로 이루어진다. 거기 내 자리도 있을까. 언젠가 내게도 그런 가슴 뛰는 현실이 다가올까?

엘피다 극단 사람들을 조금이라도 더 가까이서 보고 싶어

걸음을 떼는 순간 경보음이 들리기 시작했다. 잔여 코인이 바닥을 향해 가고 있었다. 하지만 경보음이 열 번을 꽉 채워 울리는 동안에도 나는 재결제를 할 수 없었다. 내가 가진 여윳돈을 모두 쏟아부은 날이었기 때문이다. 순식간에 접속이 끊기고 나는 어두운 창에 비친 현실의 나와 마주했다. 좁고 깜깜한 방 안에서 땀에 젖은 헝클어진 머리로 앉아 있는 진짜 나 말이다.

이상과 현실의 격차는 사람을 한없이 작고 남루하게 만든다.

이게 나다.
이것이 내 현실이다.
나는 아마 이렇게 늙어갈 거다.
방 안에서. 혼자. 외롭게.
쪼그라드는 꿈을 펼치지 못한 채.
잿빛 표정으로 남루하게.

1월 13일

기적 같은 일이 벌어졌다! 내가 유카시엘에서 일하게 됐다! 지금도 펜을 쥔 손이 떨려서 글씨가 잘 안 써질 정도다. 다시 정성껏 써봐야지.

유카시엘에서. 일하게 됐다. 내가!

나, 유나라가! 하하하!

저녁 시간에 전화가 왔다. 모르는 번호였지만 왠지 묘한 예감에 전화를 받았다. 건조한 목소리가 전하는 말이 나의 채용 소식이라는 걸 깨닫기까지는 시간이 걸렸다. 정말이지 믿을 수 없는 소식이었다!

넉 달 전이었나……? 별생각 없이 유카시엘에 이력서를 넣은 적이 있다. 아예 기대하지 않았기 때문에 그 사실조차 잊고 있었는데, 갑자기 엄청난 일이 벌어진 거다!

전화를 끊고 나서 엘리야가 노크도 없이 내 방문을 열었다. 내가 지른 함성에 불이라도 난 줄 알았다고 했다.

—정말 합격한 거 맞아? 네가?

엘리야의 말에 나는 너털웃음을 터뜨렸다. 사실 나도 전화에 대고 정말이냐고 되물었으니까. 나는 수화기 너머 유카시엘 재단의 AI 관리자가 내게 했던 말을 엘리야에게 과장되게 모사했다.

—유카시엘 재단에서는 청년들의 기회균등과 형평성 보장을 위해 비정기적 무작위 전산 추첨으로 30세 이하 청년들을 특별채용하고 있습니다. 유나라 씨가 금번 채용의 해당자로 확인됩니다.

—순전히 운으로?

엘리야는 웃지도 않고 되물었다.

―몇 가지는 고려하지 않았을까? 예전에 시니어 상담사 자격증을 따뒀어. 대학 때 실제로 시니어 상담을 자원봉사로 한 적도 있고. 워낙 별거 아닌 경력이라 그게 도움이 될 줄은 꿈에도 몰랐지만, 나한테도 가끔은 이런 행운이 와야지. 운에게도 자비심이란 게 있다면!

그렇게 대답하는 내 목소리는 여전히 명랑했다. 엘리야는 시큰둥한 표정이었지만 특별히 악의가 있다고 생각하지는 않는다. 엘리야는 원래 그런 캐릭터고 오늘의 나는 누구보다 관대하다!

어제 절망에 빠져 쓴 일기가 벌써 부끄러워진다. 포기하지 않으면, 버티면 언젠가 행운은 온다! 그 평범한 진리를 깨달은 날이다. 하……. 아직도 떨려서 글씨가 엉망이다.

괜찮다. 오늘의 떨림을 잘 기억해둬야지. 기뻐서 잠이 오지 않을 것 같다. 너무 오랜만에 느껴보는 감정이라 이 말을 남기지 않을 수 없다.

앞으로 내게 다가올 미래가 기대된다!

1월 14일

일기에 시카모어에 대해서만 쓰고 유카시엘 재단에 관한 이야기는 전혀 기록하지 않았다는 걸 깨달았다. 시카모어와 유카시엘은 사촌, 아니 같은 동네에 사는 친구 관계쯤 된다. 여하튼 누군가가 내게 유카시엘에 대해 말하라고 하면 지금도 토씨 하나 틀리지 않고 욀 수 있다. 배우를 꿈꾸다 보니 긴 대사나 텍스트를 통째로 외는 게 내 특기 중 하나인데, 혹시나 몰라 재단에 대해 공부할 때 달달 외워뒀다.

유카시엘의 역사는 수십 년 전 한 호텔 체인이 노인복지를 전담하는 자회사를 설립하며 시작됐다. 실버산업이 날로 비대해지자 유카시엘은 모회사로부터 독립했고, 차근차근 사업 영역을 확장해 노인복지와 요양원, 장례 사업과 관련 법률 자문에 이르기까지 시니어와 관련한 모든 일을 맡고 있다. 유카시엘이 이만큼 커진 건, 모두가 재앙이라고 읊조리던 고령화에 대한 염려가 연일 신문을 장식하던 과거, 불안에 떠는 대신 탄탄한 자본금을 튜브 삼아 누구보다 먼저 블루오션에 몸을 던졌기 때문이다. 유카시엘의 로고가 왕관을 쓴 해마 모양인 것도 그런 이유에서다.

텅 빈 바다에 제일 먼저 용기 있게 뛰어든 덕에 유카시엘은 많은 영역과 분야를 선점할 수 있었다. 정부의 지정 협력업체가 되어 사실상 나라 전체의 노인 인구 수용을 맡고 있다는 점이 그 대표적인 예다. 지금 한국에 세워진 대부분의 노인 수용 시설이 유카시엘의 것이라 해도 과언이 아니다.

유카시엘은 최고 등급인 유닛 A부터 돈이 거의 없는 노인들이 머무는 유닛 F에 이르기까지 노인 수용시설을 세분화했다. 물론 공식 명칭을 유닛 등급에 따라 티 나게 알파벳 순서대로 붙이지는 않는다. 유닛의 명칭은 스완 레이크, 애플 마운틴, 유니크 필드, 알프스 정원, 프리 하우스 따위로 상쾌하고 명랑한 톤이다. 하지만 이름을 듣는 순간 누구나 등급을 구별할 수 있다. 레이크가 A등급, 마운틴이 B등급, 필드가 C등급, 정원이 D등급, 그리고 유일하게 전국 공통으로 프리 하우스라 불리는 유닛이 F등급이라는 걸 모르는 사람은 없으니까. 원래는 가장 높은 등급을 스카이로 칭했다가 그 단어가 연상시키는 천국, 혹은 하늘나라의 의미 때문에 없앴다는 후문도 있다.

내가 어제 그토록 기뻐했던 이유는, 유카시엘이 시카모어 섬과 MOU를 맺고 있기 때문이다. 유카시엘에서 근무한 이력을 가진 사람들의 시카모어 섬 채용률이 높다는 건 누구나 아는 사실이다. 물론 앞으로도 넘어야 할 산이 많지만 아르바이트만 전전하던 시시한 이력서에 괄목할 만한 한 줄이 추가됐다는 것만큼은 사실이다.

엄마한테 전화를 걸려다 말았다. 문자로 소식을 알릴까 하다가 그것 역시 하지 않기로 했다. 물론 엄마는 내 소식에 기뻐하겠지만, 뭔가 더 확실해진 뒤 알려도 늦지 않을 거다.

내 소식에 기뻐할 사람이 몇이나 있을지 떠올려봤다. 아빠도 기뻐할까. 이제는 소원한 사이지만 자식이니 기뻐할지도 모른다. 하지만 아빠와 연락을 하지 않은 지 오래다. 갑자기 내 인생에 나타났다가 훌쩍 떠나버린 아빠와는 따지고 보면 진정으로 친해질 기회도 없었다. 그 사실이 별로 아쉽지 않은 걸 보면 우리 사이는 정말 가깝지 않았던 것 같다.

정말 기뻐했을 사람이 하나 있기는 하다. 민아 이모. 이모는 어딘가에서 가끔 내 생각을 할까?

민아 이모에 이어 불쑥 떠오르는 존재가 있었다. 알리. 엄마와 이모, 그리고 나의 소중한 추억이 담긴 알리. 알리를 보지 못한 지 꽤 된 것 같아 침대 주변을 샅샅이 뒤졌지만 알리는 없었다. 조금 후 거실에 나가보니 엘리야가 며칠째 알리를 거실에서 베개로 쓰고 있다는 걸 알게 됐다. 몸통이 찌그러진 채 소파에 처박힌 알리를 보자 화가 치밀었지만 최대한 목소리를 눌러 이렇게 말했다.

―이거 내 거잖아. 내 물건에 손대지 말아줬음 좋겠어.

엘리야는 내키지 않는 듯 몸을 일으키며 중얼거렸다.

―이깟 낡은 유니콘 인형 가지고 뭘 그렇게 정색이야.

나는 어이가 없어서 대꾸했다.

―유니콘 아니야. 얜 날개까지 달린 알리콘이라고.

방으로 돌아오는데 엘리야가 등 뒤에 대고 말하는 소리가 들렸다.

―소중한 거면 네가 알아서 잘 챙겼어야지.

방으로 데려온 알리의 구깃해진 날개를 펴고 털을 조심스럽게 빗겨주었다. 머리털이 헝클어져서 빗는 데 시간이 걸렸다. 털빛이 이렇게 바래가는 동안에도 알리는 한결같이 내 곁에서 함께해주었는데, 내가 너무 소홀했다.

엘리야의 말이 맞다. 소중한 거면 잘 챙겼어야 했다.

미안. 나는 짤막하게 말했다. 그러곤 동그란 눈망울을 빛내며 내 말을 잠자코 듣고 있는 알리를 오랜만에 꽉 안아주었다.

1월 15일

아침에 나와보니 엘리야가 방문 앞에 쪽지를 써놨다. 어제는 미안했으며 자기가 너무 심했다는 내용이었다. 나는 괜찮다고 말했고 우리는 간단한 아침을 같이 먹었다. 엘리야는 내 소식에 대해 궁금해했다.

―나도 유카시엘에 장난삼아 이력서를 내본 적이 있어. 물론 떨어졌지만. 어쨌든 유카시엘 근무 경력이 시카모어 섬에 가는 데 특별한 이력이 된다는 건 몰랐네. 거기서 일하는 게 그렇게 대단한 일이야?

엘리야가 물었다. 시카모어 섬에 대해 나만큼 자세히 알고 있지는 않은 모양이었다. 나는 시카모어와 유카시엘이 맺은

MOU에 대해 이야기하며 의욕적으로 말했다.

―몇 달 후에 채용이 있을 예정이니까, 그때까지 잘해봐야지!

그러나 엘리야는 어깨를 올리며 김빠지는 목소리로 중얼거렸다.

―나이 든 사람들이랑 일하는 게 녹록진 않을 거야. 너도 해보면 알게 되겠지만.

간호사인 엘리야는 사설 요양병원에서 노인들을 돌본다. 유카시엘 산하기관은 아니지만 서비스 제휴를 맺고 있어 상담을 오는 노인들에게 유카시엘 입소를 권하기도 하고, 관련 자료를 제공하기도 한다고 들었다. 그러나 엘리야는 시니어에 대해 그다지 긍정적이지 않은 것 같다.

―일단 노인들은 귀가 잘 안 들려. 그러면 어떻게 되는지 알아? 엄청나게 큰 소리로 왜? 뭐? 라고 계속해서 외치지. 단순한 말도 수없이 묻고 확인해. 화장실 들러서 소변 받아 오라고 말하잖아. 그럼 이렇게 돼. 뭐라고? 화장실 들러서 소변 받아 오시라고요! 소변? 소변 누라고? 아니요, 화장실, 들러서, 소변, 받아서, 여기로, 오시라고요! 화장실이 어딘데? 왼쪽으로, 돌아가면, 있어요! 화장실 갔다가 집에 가라구? 하. 같은 말을 수도 없이 반복하다 보면 반쯤 미쳐. 나랑 동등한 인간과 대화를 나누고 있다는 생각이 저절로 사라진다니까?

엘리야는 한숨 짓더니 이렇게 덧붙였다.

―내가 돌보는 노인들이 아직 젊고 기운이 있었을 때, 우리

가족에게 어떻게 대했을지 자주 상상해. 그들 중 꽤 많은 사람이 우리한테 너희 나라로 돌아가라고 집회를 열고 반대 서명을 하면서 인터넷에 욕을 썼겠지? 근데 나는 이제 그들의 뒤치다꺼리를 하는 신세고. 우습지 않아?

엘리야의 부모님은 엘리야가 배 속에 있을 때 한국에 왔다. 사람들이 아기를 낳지 않아 이틀에 한 번꼴로 뉴스에 아기 울음소리가 줄어든다는 기사가 나오던 때, 급속한 고령화로 인구 구조가 역피라미드형이 될 거라는 공포 심리가 확산되고, 연쇄적인 사회적 재앙이 닥칠 거라 예견한 정부가, 특단의 조치로 이민자들을 큰 규제 없이 대거 수용했던 때다.

엘리야는 한국에서 태어났지만 그녀와 그녀의 가족은 많은 차별과 수모를 견뎌야 했다. 다른 문화, 다른 종교, 다른 피부색과 음식. 학교에서 차별금지 교육을 받은 또래 친구들은 대부분 엘리야에게 호의적이었지만 어른들은 달랐다.

—그거 알아? 난 사춘기도 없었어. 소리 없이 우리를 향해 혀를 차는 세력과 맞서기 위해 가족과 더 똘똘 뭉쳐야 했으니까.

엘리야가 말했다.

—그런데도 난 항상 겉돌고 있어. 정말 좋은 일자리는 다 너희 '진짜 한국인'들에게 돌아가거든. 나도 한국인이지만, 어쨌든 '진짜 한국인'들 말이야.

엘리야의 말에 침묵을 지켰다. 나와 엘리야, 둘 중 누가 약자냐고 묻는다면 모두 엘리야를 가리킬 테니. 그러나 약자가 얼마나 강한 존재인지 엘리야는 모를 거다. 정확히 말하자면 '사회적으로 공인된 약자'의 권력이 얼마나 큰지.

내게서 나오는 한마디 한마디, 작은 표정조차도 엘리야에게 차별이라는 카테고리로 분류되지 않게 하기 위해 나는 정말 많은 에너지를 쓴다. 엘리야가 이 좁은 집에 가족들을 잔뜩 데리고 와서 파티를 열 때마다 나는 방 안을 동굴 삼아 묵묵히 몸을 감춘다. 엘리야와 같이 산 두 달 동안 벌써 그 애의 엄마를 네 번이나 봤으니 말 다한 셈이다.

엘리야의 엄마, 마야는 웃음이 많고, 웃을 때 주변의 공기까지 흔들리게 만드는 사람이다. 그러나 마야가 내 어깨에 무심히 올리는 손이 엘리야가 무심코 던지는 말보다는 훨씬 부드럽다.

사실 문틈으로 집요하게 새어 들어오는 그들의 음식 냄새는 내 취향과는 거리가 너무 멀어 헛구역질을 일으키지만 절대로 그런 말을 할 수는 없다. 마야가 음식을 권할 때마다 미소를 지으며 거절하는 것도 곤욕스러운 일이다.

내가 알아들을 수 없는 언어로 왁자하게 오가는 떠들썩한 대화는 나를 이방인처럼 소외시킨다. 차라리 알아들을 수 없다는 게 편하다고 생각될 정도로.

엘리야의 가족 중 나를 가장 잘 이해하는 사람은 엘리야의 남동생 레가드일 거다. 레가드는 10대 소년답게 말수가 없고 누나인 엘리야와 말을 잘 섞지 않는다. 이따금씩 나와 눈이 마주칠 때면 그 애는 수다스러운 엄마와 누나 때문에 내가 겪는 고충을 안다는 듯 어깻짓을 하곤 한다. 그 애의 침묵이 기댈 수 있는 벽처럼 느껴진다는 게 우습다. 마야가 억지로 안긴 그릇을 받아 들 때 레가드가 내게 몰래 건넨 초콜릿은 진하고 달콤했다.

엘리야에 비하면 내 가족 관계는 초라하기 짝이 없다. 지금 내게 남은 가족이라곤 지방에 혼자 사는 엄마뿐이다. 연락이 끊긴 지 거의 10년이 돼가는 아빠는 등장도 퇴장도 비현실적이었다. 아빠가 내 인생에 등장한 건 내가 아홉 살 때였고 우리는 딱 9년을 같이 살았다.

엄마와 아빠 모두 외동이었기에 내게는 가까운 피붙이도, 먼 친척도 없다. 주변에 외동인 친구들은 많지만 나처럼 친척까지 단 한 명도 없는 아이는 드물다. 살면서 몇 번 만나본 적은 있다. 나처럼 외동 부모 밑에 태어나 부모를 제외하곤 단 한 명의 피붙이도 없는 아이들.

우리는 세상에 홀로 던져졌다는 느낌을 받는다. 아니, 작은 우리에 갇혀 닿을 수 없는 별이 가득한 어둡고 적막한 야생에 혼자 남겨진 심정으로 산다. 하늘에는 무수한 별이 반짝이지만 우리 틈으로 손을 뻗어도 맞잡아줄 이 하나 존재하지 않는. 물론 나는 자라나면서 그 사실을 엄마에게 털어놓은 적이 없다. 유일한 혈육이 나로 인해 속상해하는 건 자식으로서도 유쾌한 감정이 아니기 때문에.

그런 상념에 젖어 있는데 생각이 전해지기라도 한 듯 엄마한테 문자가 왔다. 밥은 먹었니. 응, 잘 지내. 걱정 마요. 엄마가 몇 마디를 더 타이핑하는지, 문자판이 일렁였지만 더 이상의 메시지는 없었다. 엄마와 나 사이에 겉으로 드러나는 커다란 문제는 없다. 그렇지만 우리 사이에 끈이 연결돼 있다면 그건 매우 헐렁하고 유약한 실일 거다. 거미가 뽑아낸 것처럼 가늘고 긴 실은 언제라도 끊어질 수 있을 듯 힘없이 바람에 나부낀다. 언제부터 이렇게 된 걸까. 나는 침대 구석에 단정하게 앉아 있는 알리를 바라봤다.

―알리, 넌 다 알고 있지?

처음 알리를 만났던 건 밤의 유원지에서였다. 휘황찬란한 빛으로 가득하던 밤의 테마파크에서 이모와 엄마가 번갈아 풍선 맞추기를 하던 기억이 떠오른다. 두 여자가 힘차게 다트를 던질 때마다 옆에서 한껏 상기된 표정으로 응원해주던 어린 나의 모습도. 열 개의 풍선을 다 맞추고 환호한 끝에 경품을 고를 수 있게 됐을 때 이모가 내게 물었다.

―잘 살펴봐. 이 중 어떤 아이가 나라의 친구가 될까. 가장 큰 곰 인형도 데려갈 수 있어!

나는 앞에 놓인 크고 작은 인형들을 차례로 훑었다. 그러다 말간 눈망울로 나를 바라보고 있는 귀여운 망아지와 눈이 마주쳤다. 엄마, 이모와 자주 가던 옥상정원에서 본 비밀의 문에 새겨진 망아지와 똑같이 생긴 인형이었다. 복슬복슬한 털과 날카롭지 않은 작은 뿔, 찬란하고 귀여운 날개를 가진 인형이 마음에 쏙 들었다.

—이것 봐. 망아지야. 뿔이랑 날개까지 있어!

—유니콘이네.

엄마의 말에 이모는 고개를 저었다.

—유니콘이 아니라 알리콘이야. 날개 달린 유니콘을 알리콘이라고 하거든.

—그럼 알리라고 부르자, 알리콘이니까 알리!

내 품에 쏙 들어온 인형을 안으며 내가 외쳤다. 그 뒤 알리는 우리 집이 아닌 이모의 집에서 언제나 나를 기다렸다. 우리 집과 맞닿은 이모의 집은 내게 제2의 집이나 마찬가지였다.

그러나 강렬했던 행복의 시간은 어느 날 이유도 모른 채 빠르게 사그라들었다.

그 후에 일어난 일의 비밀을 모두 알고 있는 건 알리뿐일 거다.

1월 16일

아침에 택배가 도착했다. 상자 안에는 해바라기 모양의 브로치가 들어 있었다. 며칠 전 유카시엘 채용 소식을 알리던 AI가, 유닛 근무에는 퍼스널 멀티봇이 필수라며 본사에서 지원금을 줄 테니 퍼스널봇을 구비하라고 알려줬었다. 그래서 부랴부랴 중고 사이트에서 기계를 하나 구했는데 예상했던 것보다 더 작은 구형 모델이었다.

퍼스널봇이라……. 내 또래의 모든 이가 그렇듯 나도 어렸을 때부터 퍼스널봇을 경험하며 자랐다. 고전적인 기계식 로봇부터 체온이 느껴지는 강아지 펫봇, 다양한 연령과 성별의 휴머노이드봇에 이르기까지, 내가 거쳐온 퍼스널봇들만 해도 수없이 많다. 하지만 어느 순간 실물 로봇이 차지하는 물성과 의도치 않게 끊임없이 소모되는 감정이 성가셔서 모든 걸 폰에만 의존한 지 오래라 귀찮다는 생각부터 들었다.

전원을 켜자 해바라기 한가운데에서 밝은 빛이 뿜어져 나오며 램프의 지니가 나타나듯 작은 남자의 홀로그램이 생겨났다. 해바라기 위에 떠 있는 남자는 내 손바닥 위에 설 수 있을 정도의 크기였다. 그는 콧수염을 매만지며 부산스럽게 옷을 털다가 나와 눈이 마주쳤다. 완전히 초기화되지 않은 상태로 주인이 바뀐 걸 안 그는 당황한 것처럼 보였다. 나는 유카시엘 본사로부터 받은 인증번호를 불러주었다.

—유카시엘 재단에서 일하게 됐으니까 앞으로 필요할 땐 언제든 도와줘. 방금 인증번호 넣었으니 무슨 말인지 알지?

—그럼! 방금 네가 넣은 인증번호로 나는 유카시엘이 네게 보내는 메일이나 공지에 대한 접근 권한을 가지게 됐어. 메일을 네게 전달하거나 네 메일을 전송할 수 있지. 그뿐 아니라 어떤 주제로든 이야기를 나누거나 수다를 떨 수 있어. 나는 유카시엘과 너 사이의 원활한 상생과 협력을 돕는 동시에, 너의

특성과 기호에 모든 걸 맞출 수 있는 만능 친구지.

남자가 장황한 이야기를 빠르게 늘어놓았다.

―만능 친구라니. 정말 구식 표현이다. 근데 넌 왜 그렇게 속사포처럼 말해? 게다가 왜 반말을 하고 있지?

내 질문에 그는 예상치 못했다는 듯 눈을 두어 번 깜박였다.

―아마도 직전 소유자가 설정해놓은 대로겠지? 메모리가 리셋돼서 기억은 남아 있지 않지만 몸과 목소리의 포맷은 과거 설정 그대로인 것 같네. 바꾸고 싶으면 바꿔. 내 성격과 외모, 성별까지 모두 네가 원하는 대로 새로 정할 수 있어.

―됐어, 귀찮아. 그냥 친구처럼 편하게 지내자.

―친구, 좋지!

그가 폴짝 뛰었다.

―그럼 이름을 지어줘. 새 이름. 지금 내 이름은 채워지지 않은 괄호 상태이고 그 공백을 채울 권한은 오직 너에게만 있어.

―이름이라, 떠오르는 게 없는데……. 음, 먀먀 어때?

―먀먀? 그거 완전 옛날 이름이잖아.

그가 질색하며 씩씩댔다. 나는 품, 웃음을 터뜨리고 말았다. 아주 예전에, AI를 한글 타자로 치면 '먀'라는 글자가 나온다는 이유로, 아이들 사이에서 퍼스널봇을 먀먀라고 부르는 게 유행한 적이 있다. 남자는 골을 내며 덧붙였다.

―혹시 몰라서 미리 말하는데 지니라는 이름은 더더욱 사절할게. 그 이름은 진짜 불쾌할 정도로 흔해 빠졌으니까 사양

하고 싶어.

―걱정 마. 나도 그건 별로야. 그럼, 오베론은 어때?

내가 말하자 그가 솔깃한 표정을 지었다.

―오베론이라. 셰익스피어의 《한여름 밤의 꿈》에 나오는 요정의 왕?

―응, 잘 아네.

―마음에 드는데. 어떻게 생각해낸 이름이야?

―공연에 배우로 출연한 적이 있어. 그때 내가 티타니아 역을 맡았었고.

남자, 아니 오베론은 흥미롭다는 듯 고개를 끄덕였다. 요청하지도 않았는데 이미 크고 화려한 왕관을 쓰고 거창한 녹색 망토까지 두른 모습이었다.

―그럼 널 티타니아라고 불러줄까? 요정의 여왕이자 오베론의 아내지.

그가 괴상하게 생긴 지팡이를 휘두르며 신나서 말했다.

―어후, 사양할게. 너랑 내가 그런 관계는 아니잖아. 그나저나 넌 좀 까불대는 편이구나.

―정확해. 하지만 네 반응을 보아 이 캐릭터를 유지하는 것도 큰 문제는 없을 것 같은데? 어쨌든 네가 처음 근무하게 될 유닛에 대해 알아보자.

―내일 하자. 졸려.

―원하시는 대로. 이만 물러나드리지요.

오베론이 신사처럼 장황하게 인사를 하고는 내게 전원 버튼을 누르라는 몸짓을 했다. 버튼을 누르자 마치 램프 안으로 돌아가는 지니처럼, 오베론과 그 주변의 빛이 해바라기 중앙으로 빠르게 빨려 들어갔다. 나는 오베론이 알아야 할 내 개인 정보를 음성으로 입력하고 잊지 말아야 할 스케줄 몇 가지를 추가했다. 이를테면 시카모어 입도 지원 서류 마감일, 내 생일, 그리고 올해의 마지막 날에 한 해를 어떻게 보냈는지 점검해달라는 요청 같은 것.

오베론과 《한여름 밤의 꿈》 이야기를 나눠서인지 아홉 살 때 민아 이모와 함께 방 안에서 단둘이 했던 공연의 기억이 떠올랐다. 연기에 대해서 알려준 사람도, 아무것도 보이지 않는 곳에 마법이 존재한다는 사실을 알려준 사람도 민아 이모다.

그때 이미 머리를 반 넘게 차지하던 흰 머리카락이, 착한 마녀의 은실이라며 장난치던 이모의 표정이 기억난다. 지금쯤 이모는 호호 할머니가 되고도 남았을 나이다.

이모가 시카모어 섬에 가서 삶을 즐기고 있는 건 아닐까 하는 공상도 가끔 해본다. 내가 알던 한민아는 밝고 명랑하고 대담한 계획도 바로 실천으로 옮겨버리는 용감한 사람이었다.

터무니없지만, 베일에 싸인 카밀리아 레드너가 알고 보니 한민아와 동일 인물이라 해도 나는 전혀 놀라지 않을 자신이 있다.

1월 17일

첫 출근에 어떤 옷을 입고 가야 할지 고민하느라 오전 시간을 다 썼다. 오랜만에 정식 출근이라 그런지 신경이 쓰인다. 새벽부터 옷장을 뒤지다가 오베론을 호출해서 의상에 대해 조언을 받았는데, 어찌나 말이 많은지 어질어질해질 지경이었다. 내가 차례로 옷을 갈아입고 나올 때마다 녀석은 자신의 권위를 즐기듯 콧수염을 쓰다듬으며 나의 패션을 품평했다.

―언제까지 네 맘에 드는 옷으로 갈아입어야 하는 거지? 이제 갈아입을 옷도 없어.

―흠. 몹시 피곤해 보이는군. 그럼 이쯤에서 팁을 하나 주자면 사실 고민할 필요가 없어. 어차피 유니폼이 있으니까.

그 말에 녀석의 집이나 다름없는 해바라기 브로치를 부술 뻔했다. 오베론은 미안하다며, 내가 잔뜩 굳어 있길래 긴장을 풀어주려던 거라고 궁색한 변명을 늘어놓았다. 변명조차 어찌나 수다스럽던지 정신이 몸 밖으로 다 빠져나가는 줄 알았다. 그래도 오베론의 말 중 새겨들을 만한 것도 있었다. 옷차림이든 태도든 말투든, 깔끔하고 화사하게!

점심시간에는 업무에 대한 교육을 이수했다. 오베론이 커다랗게 띄워준 홀로그램 교육 영상을 보며 내가 맡은 상담 업무에 대해 숙지했다.

상담사의 영역이 AI에 대체된 지는 아주 오래되었다. 나조차 인간 상담사와 이야기 나눠본 경험은 손에 꼽을 정도다. 하지만 시니어 상담 영역에는 복지 차원에서 인간 상담사가 적절히 배치된다. 내가 내일부터 하게 될 일도 유카시엘에 머무는 시니어들을 상담하는 것이다. 유닛 생활의 고충이나 개인적인 고민을 듣고 적절히 피드백하며 필요시 본부에 해당 내용을 공지해주는 일. 사실 말이 상담이지, 결국 노인들의 말상대가 돼주는 일에 가깝다. '청년 일자리 창출'이라는 그럴듯한 수식어를 붙였지만 전문 상담사가 아닌, 나 같은 비전문가 청년을 고용하는 것부터가 그 증거가 아닐까.

오베론은 내가 지켜야 할 태도를 간단하게 요약했다.

―시니어의 말에 짜증 내지 않고, 잘 듣고 잘 웃고 잘 공감하는 느낌을 줄 것.

―한마디로 비위를 잘 맞추라는 거네?

―그렇게 말한 적은 없지만, 해석은 네 자유지.

―그런 건 사실 AI가 제일 잘할 텐데.

―그럴지도. 하지만 용기를 잃지 마, 친구. 너도 할 수 있어!

―대단한 격려네. 고맙다.

―천만에.

글로 옮겨 적으니 꽤나 시니컬해 보이지만, 오베론과 나는 유머 코드가 잘 맞는다.

1월 18일

휴! 내일부터 새로운 시작이 나를 기다리고 있다. 설렘인지 떨림인지 모를 느낌에 온몸의 세포들이 짜릿짜릿하다. 앞으로 접할 일들을 어떻게 수행하는지에 따라 내 미래의 방향이 결정될 것 같다. 나는 숨을 크게 들이쉬었다가 한 번에 훅 내뱉었다.

나는 최선을 다할 거고, 잘해낼 거다. 그리고 이 기회를 통해 시카모어 섬에 꼭 입도할 거다. 그럴 수 있으리라는 예감이 든다!

유닛 A

사파이어 레이크

1월 19일

이 얘기부터 해야겠다. 직접 경험해본 유닛 A의 모습은 압도적이었다!

트램을 타고 수도권을 빠져나가 강 앞에 서 있는 아름다운 건물에 들어서는 여정 내내, 나를 둘러싼 풍경은 점점 더 수려해졌다. 초라한 과거를 뒤로하고, 화려하고 멋진 미래를 향해 전진하는 기분이었다.

정식 명칭은 사파이어 레이크, 7성급 호텔이었던 곳을 개조한 건물은 인공 숲에 둘러싸여 작은 궁전을 연상시켰다. 뜰 한가운데 보이는 아름다운 분수와 어디선가 들려오는 은은한 생음악이 평화로움을 자아냈고, 널찍한 홀에 들어서자 편안함을 주는 커다란 그림들이 곳곳에 걸려 있었다. 가까이서 살펴보니 하나같이 유명한 작가들의 작품이었다.

물론 시카모어 섬의 화려함과 비견할 수는 없지만 A등급 중에서도 국내에서 가장 부유한 시니어들이 머무는 곳이라는 게 실감 났다.

로비에서 연주 중인 플루티스트와 턱시도를 입은 피아니스트의 공연을 넋 놓고 바라보다가 몇몇 시니어들과 눈이 마주쳤다. 휠체어에 앉아 희미한 표정을 짓고 있는 사람들도 더러 있었지만, 대부분은 또렷한 눈빛에 옷차림이 단정했다. 구성원은 전부 시니어인 반면, 건물 내부의 레스토랑과 카페, 피트니스 센터와 수영장에서 일하는 사람들은 거의 내 또래이거나 나보다 어렸다.

―상담 업무는 내일부터 시작됩니다. 예약제로 진행되는데 오늘은 예약이 없네요. 첫날이니까 편히 둘러보세요.

어디선가 나타난 남자가 자신이 이곳의 대표 매니저라고 밝히며 말했다. 말끔하게 차려입은 중년 남자는 커다란 호텔의 지배인을 연상시켰다.

―유닛에 대표 매니저가 있는 줄 몰랐어요. 그러니까 제 말은, 인간 매니저 말이에요……. 대부분 AI로 관리된다고 들었거든요.

―유닛 B까지는 저 같은 관리자가 있죠. 그 아래 유닛들이나 AI로 관리되는 거고. 어차피 유나라 씨는 경험할 일이 없을 테니 몰라도 상관없겠지만.

남자의 말투는 꽤 거만했다. 나와 이야기하면서 중간중간 눈이 마주친 시니어들에게 짓는 친절한 미소는 오랜 시간의 훈련으로 얻은 것인 듯했다. 그가 다시 내게 고개를 돌렸다.

―그건 그렇고 운이 정말 좋네요? 경력이랄 게 거의 없던데, 이렇게 유카시엘에 들어왔으니 말입니다.

조금 당황스러웠지만, 정말 운이 좋았죠, 라고 예의 바르게 답했다.

―유나라 씨도 시카모어 섬에 가려는 거죠? 거기 갈 이력 한 줄 채우려고 유카시엘에 온 거고.

―예?

―뻔하죠. 어쨌든 이왕 오셨으니 얻을 거 잘 얻어가시고, 행운을 빕니다.

매니저는 그 말과 함께 걸음을 옮겼다. 다행히 나는 주변 경관에 압도당해 그의 빈정대는 말을 곱씹을 여유가 없었.

이런 곳에서 일하게 돼 기쁘다. 환경이 사람을 만든다는 말이 맞는 것 같다. 내 품격까지 덩달아 올라간 기분이다!

1월 20일

출근 둘째 날. 오늘도 유닛 안의 여러 시설을 구경하며 휘둥그레진 눈을 일부러 작게 뜨느라 애썼다. 최고급 음향시설을 갖춘 미니 극장, 깔끔한 당구장과 볼링장, 좋은 향기가 나는 마사지실과 천장이 시원하게 개방된 수영장, 친절한 미소의 셰프들이 그 자리에서 요리한 음식을 제공하는 식당 등 등……. 이 모든 것을 즐기려면 부지런해야 할 것 같다.

개개인에게 최고급 퍼스널봇이 주어지고, 홀로그램 형태부터 옛 방식 그대로의 기계식 로봇까지 원하는 만큼 다양한 외형과 성능을 가진 퍼스널봇으로 언제든 교환이 가능하기 때문에, 방 안에서 퍼스널봇과 지내는 걸 선호하는 사람들도 있다. 아닌 게 아니라, 자신의 로봇과 연애 행각을 하거나 언쟁을 벌이다가 정서적, 신체적 문제가 발생하는 경우가 전 유닛에 걸쳐 가장 흔한 애로사항이라고 지침에 적혀 있을 만큼 퍼스널봇의 역할은 막대하다. 어쨌든 이런 곳에서라면 노년이 두렵지 않겠다는 생각마저 들었다. 여기 올 수만 있다면 자신이 가진 젊음을 늙음으로 바꾸는 사람도 있지 않을까? 그런 상상이 들 만큼, 모든 게 완벽했다.

점심이 지난 후 첫 번째 내담자가 찾아왔다. 햇살이 비쳐 들어오는 상담실에 앉아 테이블 위 난초의 푸르른 잎을 만지작거리고 있을 때, 똑똑 문 두드리는 소리에 이어 90대 초반의 할아버지가 방 안으로 들어섰다. 그의 고민에 내가 도움이 될지 자신이 없었는데, 상담이 시작되자마자 세상에서 제일 쓸데없는 걱정이었다는 걸 깨달을 수 있었다.

할아버지의 이야기는 일주일에 두 번 제공되는 안심 소고기의 품질이 기대에 못 미친다는 데서 출발해, 자신이 먹어본 최고급 음식들과 그 음식을 맛본 각 나라들, 그 나라들에서 본인이 이룬 업적으로 순식간에 확장됐다. 몇 차례 정말요? 라고 되물으며 고개를 끄덕였을 뿐인데, 할아버지는 내 반응이 마음에 든 모양이었다. 어느새 나는 그의 힘겨웠던 어린 시절, 역경 극복, 사업 도전, 자수성가, 자식 자랑, 그리고 상담실에서조차 자세히 밝힐 수 없다는 연인과의 밀회에 이르는 삶의 대서사를 듣고 있었다. 나는 그의 꽉 짜인 종합선물세트 같은 이야기를 경청하며 몰래 시계를 힐끔거렸다. 영원히 끝나지 않을 것 같던 이야기는 상담 종료 1분 전에 급히 현재로 회귀하여 다시 소고기 등급에 대한 민원으로 마무리됐다. 나는 할아버지의 고충을 상부에 보고하겠노라고 말하며 미소와 함께 그와 작별했다. 휴!

저녁에는 특별 프로그램으로 쇼팽 콩쿠르 우승자의 클래식 공연이 있다고 해서 일부러 퇴근을 늦추고 공연장을 찾았다. 잔뜩 기대했는데, 막상 가보니 홀로그램 영상으로 재현한 공연이었다. 하긴 제아무리 유닛 A라도 모든 유닛에 쇼팽 콩쿠르 우승자가 직접 올 수는 없을 테니. 그런 생각을 하며 나도 모르게 하품을 하다가 한 할머니와 눈이 마주쳤다. 그녀가 엄격한 표정을 짓길래 얼른 자세를 고치고 얼굴에 미소를 올렸다.

긴장한 하루였지만 이대로라면 모든 게 순조로울 것 같다. 누군가가 더럽힌 시트를 청소하는 것보다야 백배, 천배, 아니 만배쯤 낫지!

1월 23일

유닛 A는 그야말로 별세계 같다. 사파이어 레이크에는 예술가, 대기업 회장, 대학 총장, 4선 국회의원 등등 사회에서 한가락 하며 이름을 날리던 사람들이 한 지붕 아래 모여 있다. 물론, 은퇴 후 모든 게 과거가 돼버린 상태긴 하지만.

오늘 첫 번째 내담자였던 할머니의 이름은 김은지였다. 현역으로 일할 때가 그립지 않느냐고 묻자 은지 할머니는 꼬장꼬장한 말투로 이렇게 말했다.

—여기 있는 사람들은 사회의 중심을 이끌면서도 긴 세월 동안 재력을 유지한 사람들이에요. 주류에 속해 있는 동시에 이 나이 되도록 가진 걸 잃지 않고 꼿꼿한 정신을 유지하는 게 얼마나 어려운 일인 줄 모르죠? 남들 눈에는 세상 편해 보일지 몰라도, 여기 있는 사람들은 모두 뼈를 깎는 노력을 하고 있는 거라고.

할머니의 말투는 묘하게 공격적이었지만 나는 최대한 부드럽게, 이곳 어르신들이 얼마나 대단한지 매 순간 감명받는다고 호소하듯 말했다. 내 표정과 말투로 상대방에게 호감을 주려면 필요 이상으로 세심해야 한다는 사실을 깨달으며.

할머니는 옅은 핑크색 오간자 드레스를 입고 있었다. 아주 오래전, 유명한 발레단의 수석 발레리나였던 그녀는 여전히 자세가 꼿꼿하고 목이 길었다. 하지만 하늘하늘한 옷감 사이로 비치는 힘없이 주름진 팔과 분가루가 떨어질 듯한 건조한 피부는 과거 그녀가 무대 위를 누볐을 당시를 쉽게 떠올리게 하지는 못했다.

어쨌든 할머니의 말이 맞다. 사회적 명망을 얻는 것도 힘든 일이겠지만, 수입원이 줄어든 노년까지 이 정도의 생활을 유지할 재력을 가졌다는 건 보통 사람으로서는 상상할 수 없는 일이다. 유닛 A에 머문다는 사실 자체만으로도 이미 돈이 충분하고도 넘쳐서 아무리 새어 나가도 걱정이 없다는 뜻일 테니. 이미 은퇴한 사람 중에 그런 사람이 과연 얼마나 될까? 유닛 A의 시니어들이 이 정도 수준인데, 그럼 시카모어 섬의 시니어들은 대체 얼마만큼의 부를 지녔다는 걸까?

문득 엄마의 노후가 걱정됐다. 엄마는 지금 고향인 강릉에서 지낸다. 유닛 입소가 모두에게나 공통된 옵션은 아니다. 엄마는 마지막 순간까지 시설 입소를 거부할 사람이다. 작은 집에 혼자 살며 매주 꼬박꼬박 성당에 나가고, 시간이 날 때 마을 아이들을 가르치며 주변 사람들과 촘촘하게 교류하고 있는 엄마는 어떻게 보면 별로 걱정거리가 없다. 하지만 엄마는 언제까지 혼자 살 수 있을까. 이왕이면 이런 고급스러운 시설에서 안락한 노후를 보내면 좋겠지만 엄마는 그럴 형편이 되지 않는다.

1월 24일

나이 들어서까지 재력을 유지한 사람. 그런 사람은 존경받는다.

그게 존경받을 일인지는 몰라도, 존경받는 노인이 대부분 그 조건을 충족한다는 건 부정할 수 없는 사실이다.

1월 27일

오늘 일곱 사람을 면담했고 일곱 개의 휘황찬란한 인생사를 들었다. 이제 그런 이야기가 새롭지 않다. 그들이 뱉어내는 화려한 소음에 적응된 나의 귀는 서서히 피로감을 느끼고 있다.

1월 31일

이곳에서의 생활은 어항 안에 머무는 것 같은 느낌을 준다. 쨍한 빛에 모든 게 반짝이지만 귀가 멍한, 통풍이 되지 않는 온실 같다.

2월 1일

어떻게 이럴 수가 있는지 모르겠다. 결론부터 말하면 사파이어 레이크에서 잘릴지도 모른다. 출근한 지 2주도 안 됐는데 이런 일이 벌어지다니 믿을 수가 없다.

며칠 전부터 몸이 좋지는 않았다. 창문 틈으로 비집고 들어온 겨울바람 탓에 쿨럭이며 기침을 시작한 지 꽤 됐으니까. 그리고 오늘 아침, 알람 소리에도 한동안 반응하지 못하다가 물에 젖은 솜처럼 묵직한 몸을 일으키는 순간, 지독한 감기에 걸렸다는 사실을 깨달았다.

지끈거리는 머리를 진정시키려고 관자놀이를 누르며 트램에 올라탔다. 열이 올라서인지 과한 화장을 한 것처럼 양 볼이 새빨갰다. 쉬어야 한다는 생각과, 내 처지에 쉴 수 없다는 생각이 맞서 싸웠고 후자가 이겼다. 임시직 주제에 쉰다는 건 불성실함을 넘어 내가 절실하지 않음을 증명하는 것일 테니.

최대한 몸을 추스르고 상담실 의자에 쓰러지다시피 앉아 내담자를 기다렸다. 곧 휠체어를 탄 할머니가 들어왔다. 언제나 로비 근처에 휠체어를 두고 햇볕을 쬐는 게 일상인 권보라 할머니였다. 인사에 앞서 몇 초간 기침을 콜록댄 게, 그녀가 내게서 받은 첫인상이었을 거다. 권보라 할머니는 내 기침이 멎을 때까지 손으로 입을 꽉 가리며 휠체어를 뒤로 물렸다. 그러곤 나에게 물었다.

—어디 아파요?

권보라 할머니는 그 다섯 글자를 지구상에서 가장 까칠하게 말하는 능력을 지닌 사람이었다. 글자만 보면 걱정하는 듯 보이겠지만, 귀에 꽂힌 다섯 글자 안에는 힐난과 경멸, 자신에게 병균이 옮을 가능성에 대한 짜증 섞인 염려가 한가득 담겨 있었다.

—괜찮습니다.

내가 쉰 목소리로 답하자 그녀는 버튼을 눌러 문을 열곤 작게 씩씩거렸다.

—예전 같지 않네, 모든 게.

글자로는 전혀 짐작되지 않을 감정을 말투에 고스란히 싣는 능력이 대단했다. 여하튼 그때부터 할머니가 나를 대하는 태도는 묘한 방향성을 띠기 시작했다. 그녀가 던지는 모든 말의 목적은 내가 어디까지 견딜 수 있는지에 대한 시험 같았다. 권보라 할머니의 요지는 비싼 돈을 내고 지내는 최고급 시설에서 이렇게 하급 대우를 받다니 믿을 수가 없다는 것이었다. 모두들 노인의 돈을 우습게 안다며, 자신이 제공받는 모든 것이 제대로 된 '돈값'을 못하고 있다는 말을, 그녀는 잔인한 미소와 함께 내게 한마디씩 차례로 던졌다. 나는 두려움에 사로잡혀 시선을 피하지도 못한 채, 입가의 긴장을 늦추지 않고 미소와 함께 그녀를 바라보고만 있었다. 이윽고 권보라 할머니는 내 대답을 기어이 듣고야 말겠다는 듯 따져 물었다.

—어떻게 생각해요? 어떻게 하면 내가 원하는 서비스를 받을 수가 있는 거지?

나는 잠깐 망설였다. 뭐라 말해야 할지 도무지 떠오르지 않았다.

―말해보라니까, 응?

거기서 권보라 할머니가 원하는 답이 죄송합니다, 라는 말이었다는 걸 알아챘어야 했는데. 무릎을 꿇고, 불편함을 드려 너무나 죄송하다고 연신 고개 숙여 사과하며 울먹이는 게 그녀가 바라는 정답이라는 걸 알았어야 했는데. 그러나 나는 천진하게도 이렇게 대답하고 말았다.

―그럼 시카모어 섬에 가보세요.

―뭐?

권보라 할머니가 나를 쨍하게 노려봤다. 입술 끝이 실룩거렸지만 나는 바보처럼 그녀가 내게서 정보를 얻길 원한다고 착각했던 것 같다.

―거기 가시면 원하는 걸 다 얻게 되실 거예요.

―그래?

그녀의 눈이 가늘어졌다. 나는 시카모어에서 즐기고 누릴 수 있는 것들에 대한 이야기를 늘어놓으며 그곳의 시니어들이 얼마나 행복한지에 대해 말했다.

―그곳에선 진짜 자연을 즐길 수 있어요. 여기 유리천장을 통해 걸러져 들어온 햇빛은 좀 답답하잖아요. 하지만 시카모어 섬에서는 세상에서 가장 순수하고 강렬한 햇빛을 즐길 수 있죠. 정말 사는 것처럼 사는 거예요. 분수 옆을 뱅뱅 도는 대신 진짜 바닷가 옆을 달리면서요.

거기까지 말했을 때 뭔가 잘못됐음을 알았다. 권보라 할머니가 휠체어에 앉아 있는 모습이 그제야 명확하게 시선에 들어왔다. 뭐라 변명하려 했으나 손쓸 틈도 없이 다음 사건이 벌어졌다. 권보라 할머니는 갑자기 휠체어의 트레이에 놓여 있던 자신의 장미 찻잔을 낚아채듯 움켜잡았다.

—이 잔이 어떤 잔인 줄 알아요? 네덜란드 왕실에서 쓰던 160년 된 찻잔이지. 꽤나 비싸겠죠? 그런데 이제 이게 어떻게 될 건지 잘 봐.

말이 끝나기도 전에 그녀가 찻잔을 벽에 내동댕이쳤다. 장미 문양이 사방으로 튕겨 나오며 산산조각이 되었다. 권보라 할머니는 가볍게 숨을 몰아쉬더니 결론 내렸다.

—아가씨가 깬 거야.

대답할 틈도 없이 그녀는 AI 매니저를 호출했고, 홀로그램으로 나타난 매니저를 향해 목소리를 드높이며 나를 가리켰다. 저 여자가 찻잔을 깼다고, 자신의 말에 신경질을 내며 컵을 집어 던졌다고.

너무 어이가 없었지만 나를 가리키는 그녀의 굽은 손가락을 보면서도 나는 꼼짝할 수 없었다. 아니라고 몇 번 정도는 중얼거렸던 것 같다. 하지만 예상대로 AI 매니저는 내 말을 듣지 않겠다는 듯 할머니의 말에만 귀 기울였다. 정신을 차렸을 때 할머니는 사라져 있었고, 내게 남은 건 집으로 돌아가라는 퇴거 명령이 적힌 홀로그램 메시지뿐이었다.

……이 글을 쓰는 지금 이 순간에도 손이 떨린다. 감기약 대신 수면제를 두 알 삼켰다. 수면제가 100알쯤 있었다면 좋았을 텐데.

……잠이 온다. 깨고 난 뒤의 현실이 오늘과 같다면 차라리 깨지 않는 편이 좋을 것 같다.

2월 2일

유카시엘에서 출근하지 말고 대기하라는 메시지가 왔다. 하루 종일 기다렸지만 더 이상의 연락은 없었다.

2월 3일

내가 잘못한 걸까.
슬프다.
슬프다는 세 글자에 담을 수 없을 만큼.

땅속으로 꺼져버리고 싶다.

2월 5일

돈이 많다고 품격을 갖춘 건 아니다. 내가 유닛 A에서 느낀 바는 그렇다. 나에 대한 조치는 내일 중으로 내려질 거다.

하지만 보지 않아도 뻔하다. 내 미래는 한순간에 어그러졌다.

2월 6일

거의 잠을 이루지 못한 채 밤을 새웠다. 권보라 할머니에게 자필로 사과 편지를 쓰려다가 펜을 잡은 손이 도저히 움직이지 않아 그만두기를 몇 차례나 반복했다.

아침 아홉 시가 되자 해바라기 브로치에 빛이 감돌더니 오베론이 튀어나왔다. 유카시엘 본부에서 보낸 메일이나 중요한 알람을 확인하지 않으면 내가 호출하지 않아도 오베론이 자동으로 모습을 드러낼 수 있다는 걸 잊고 있었다.

―메일이 왔어. 얼른 열어보는 게 좋을 것 같은데.

그렇게 말하는 오베론의 표정이 어두웠다.

―읽기 싫어. 읽기가 무서워……. 네가 요약해줘.

―알았어. 최대한 간단하고 빠르게 할게.

오베론은 가볍게 목을 가다듬더니 메일을 읽어나갔다.

—아쉽지만 귀하는 더 이상 사파이어 레이크를 비롯한 유닛 A에서 일할 수 없습니다.

　나는 베개 위에 엎드린 상태로 욕을 하며 매트리스에 발길질을 했다. 오베론은 베갯속으로 묻히는 내 욕설을 들으며 안타깝다는 듯 말했다.

　—어쩔 수 없어. 그 할머니는 유닛 A에 고액의 예치금을 넣어둔 VVIP라 본부에서도 무시할 수 없었을 거야.

　—말도 안 돼……. 내가 세심하지 못했다는 건 알겠어. 하지만 완전히 말도 안 되는 누명이잖아.

　내 항변에 오베론은 어린 여동생의 실수를 가슴 아파하는 오빠처럼 안쓰러운 표정을 지을 뿐이었다.

　—네 말은 충분히 이해해. 그런데 넌 그 할머니의 자존심을 건드린 거야. 시카모어 섬에 비하면 유닛 A도 초라하게 느껴질 수 있지.

　—그만, 그만해!

　더는 듣고 싶지 않아서 기기를 강제 종료했다.

2월 7일

　내 소식을 들은 엘리야는 분개하며 관할 고용노동청에 고발하라고 했다. 나는 고개를 저었다. 애당초 내가 맺은 계약에는 이런 조항이 있었다. 유닛의 시니어들은 심리 상태가 온전치 못한 경우가 있으므로 일반적인 민원 제기는 어렵다는. 설상가상, 계약서를 다시 훑어보니 나 같은 임시직은 언제든 해고될 수 있다는 조항까지 포함돼 있었다. 물론 아주 세련되고 부드러운 말투로 적혀 있었지만.

─소름 끼쳐.

엘리야는 밥맛이 떨어진다는 듯 시리얼 그릇에 담겨 있던 숟가락을 탕 소리 나게 내려놓았다.

─말이 돼? 자기가 뭐 황제라도 되냐고? 겉으로만 교양 있는 척이고 속은 완전 계급 의식으로 가득하네. 세상이 썩어도 제대로 썩었어. 너 그거 모르지? 유닛 A에 있는 사람들이 누리는 호의호식도 100프로 그 늙은이들이 내는 돈만으로 가능하진 않다는 거. 유닛 A조차 일정 금액은 정부 지원금으로 운영돼. 사설 기관이고 최고 등급인데도 말이지. 그 수많은 노인들에게 제공되는 복지 비용이 대체 얼마라는 소리겠니? 이게 다 정부가 레고 블록 쌓듯 수없이 많은 유닛 건립을 허용했기 때문이야. 이대로는 안 돼. 오늘 당해봐서 알잖아. 그 사람들이 늙어 죽기 전에 숨이 막히는 건 너랑 나일걸.

엘리야는 가방을 뒤지더니 종이를 한 장 꺼내 높이 쳐들었다. '유닛 철폐! 유닛 타도!' 따위의 문구가 강렬한 그림과 함께 배치된 선전 포스터였다. 엘리야는 얼마 전부터 매주 집회에 참석하고 있다며 목소리를 높였다.

유닛 철폐에 대한 주장은 전부터 있어 왔지만 최근 들어 점점 첨예해지는 추세다. 명세표상의 급여와 실제 통장에 꽂히는 급여의 차이는 점점 커지고 있고, 그 차액은 대부분 노인 복지에 쓰인다. 나조차 어쩌다 하는 아르바이트 급여 명세서를 살피면 도통 나와 관련 없어 보이는 항목에서 수입이 제해지는 부분이 많다. 그 사실이 때로 답답하게 느껴지긴 했지만 한탄하는 것 외에 다른 방법이 있을 거라고 구체적으로 생각해본 적은 없다.

변화를 외치는 이들이 내세우는 해결책은 유닛의 축소, 혹은 철폐다. 그들은 유닛을 점진적으로 줄이면서 청년을 향한 복지를 늘려야 한다는 온건파와 아예 유닛을 없애야 한다고 주장하는 급진파로 나뉜다. 예상했던 대로 엘리야는 급진파에 속했다.

─뭔가가 바뀌려면 갑자기, 확, 아예 뒤엎어지듯 바뀌어야 돼. 그냥 적당히 부드럽고 착하게 굴면 뭐든 원래대로 돌아간다고. 흔들어 엎고 부러져야 길이 다시 깔리고 방향이 바뀌는 거야. 다음에 너도 집회에 같이 나가자! 이런 일을 겪고도 그 구닥다리 늙은이들 비위만 맞출 셈이야?

엘리야가 열을 올렸다.

─그렇지만 너도 그들을 위해 일하잖아.

내가 말했다. 병원에서 노인을 돌보는 일에는 최소한의 사명감이 동반되지 않을까 해서였다. 엘리야는 픽 코웃음을 쳤다.

─맞아. 겉으론 비위를 맞춰주는 척하지. 속으론 신물이

나. 그들이 언제 죽을지 계산해보는 게 내 취미야.

 엘리야가 웃었지만 나는 차마 따라 웃을 수는 없었다.

 그 후로도 우리의 대화는 한참이나 계속됐다. 개인적인 고민을 털어놓기 위해 시작한 이야기는 점점 세계의 변혁이라는 거대한 주제를 향해 가고 있었다. 대화를 마치고 방으로 들어온 뒤에도 밤늦도록 엘리야가 튼 영상이 빚어내는 소리가 문틈을 파고들었다. 유닛 철폐 집회의 구호와 함성, 그에 대한 보도를 전하는 격앙된 어조의 뉴스를 들으며 엘리야와 그녀의 퍼스널봇 살리아는 한편이 돼 누군가를 향해 분노를 쏟아냈다.

 나는 귀를 감싸고 누워 있다가 벌떡 일어나서 메일을 써 내려갔다. 오베론에게 시킬 수도 있었지만 이번만큼은 직접 쓰고 싶었다. 수신자에 유카시엘 본부의 메일 주소를 적고 제목은 '탄원서'라고 썼다. 그리고 내게 일어난 일은 말도 안 되는 처사라고 강하게 항변했다. 가만히 있는 것보단 나을 거라는 이유에서지만, 사실 큰 효과가 있을 거라는 기대는 걸지 않는다. 여전히 암흑에 빠진 기분이다.

2월 9일

 유카시엘 본부에서 답장이 왔다. 예상보다 빨리 답이 와서 놀랐는데, 제목을 탄원서라고 쓴 게 도움이 된 것 같다.

유나라 님께

안녕하세요. 유카시엘 재단입니다.
귀하의 민원이 정상적으로 접수되었음을 알립니다.
귀하의 불편에 송구함을 표하지만, 유감스럽게도 귀하에 대한 본사의 조처는 규정에 따른 것입니다.
그러나 고용법에 의거해 유나라 씨는 유카시엘에서 계속 근무할 자격이 있으므로 차선책을 제안합니다.
유나라 씨는 내주부터 유닛 B에서 일할 수 있습니다.
유닛 B에서도 귀하의 능력을 발휘하며 좋은 커리어를 쌓을 수 있을 것이라 확신합니다.

동의하면 '예',
동의하지 않으면 '아니요'를 클릭해주십시오.
(단, '아니요'를 선택할 시 귀하의 업무는 자동으로 종료 처리 되며, 향후 10년간 유카시엘 재단에 재취업이 불가합니다.)

완전 깡패가 따로 없다. 이건 뭐, 막다른 골목에 밀어 넣고 멱살을 잡는 꼴이 아닌가? 하지만 내 결정이 뭐였겠는가? 마음은 '아니요'였지만 손가락은 이미 '예'를 누른 후였다. 나 아닌 누구라도 그랬을 거다.

나를 미래로 인도해주는 건 '예'지 '아니요'가 아니니까.

2월 12일

내일은 유닛 B로 출근한다. 유닛 A에서의 경험보다 모든 게 순조롭기를!

……하지만 내 머릿속엔 어떻게 하면 유닛 A로 다시 돌아갈 수 있는지에 대한 고민뿐이다.

유닛 B

선샤인 마운틴

2월 13일

　유닛 B에는 '마운틴'이라는 명칭이 붙지만 그 위치는 한강을 조망할 수 있는 곳부터 산속 펜션을 개조한 곳까지 다양하다고 들었다. 내가 배정된 유닛은 과거에 비즈니스호텔이었던 장소를 개조한 '선샤인 마운틴'으로, 시내의 지하철역과 멀지 않은 곳이었다.
　평지에 서 있는 건물에 선샤인 마운틴이라는 이름이 어울리지 않는다고 생각했지만, 38층 로비에 들어서자 통창 아래로 쭉 뻗은 대로가 시원하게 펼쳐졌다. 드론 택배와 플라잉카, 택시콥터들이 소음을 내며 경관을 해치긴 했지만 그만하면 도심 한복판의 '마운틴'이라 칭할 수 있을 것 같다.
　어쨌든 선샤인 마운틴은 사파이어 레이크와 모든 면에서 확연히 달랐다. 일단 화려한 장식이나 웅장함 대신 미니멀한 분위기와 실속을 갖춘 느낌이었다. 유닛 A가 궁전을 연상시켰다면 유닛 B는 모던하게 꾸민 미술관 쪽에 가깝달까?

유닛 B의 구성원은 다양하다. 공식 규정은 연회비를 감당할 경제적 상태를 증빙한 뒤 AI 면접을 통과하면 누구나 구성원이 될 수 있다고 밝히고 있다. 그러나 오베론은 비공식적인 선발 과정을 이렇게 설명했다.

―면접이 꽤 까다로워. 결과적으로 한 건물 안에 비슷한 사람끼리 모이게 되지. 예를 들면 교수, 교사, 성공한 자영업자처럼 사회적으로 안정되고 건실한 커리어를 가졌던 사람들끼리 말이야. 공식적으로는 주소지와 가까운 곳으로 랜덤 배정된다고 말하지만 실제로는 그렇지 않아.

―어째서지?

―음……. 여러 사람이 한 장소에 모였을 때 분란이 일어나지 않게 하는 가장 중요한 요소가 뭔지 알아?

―글쎄. 강력한 규율? 서로에 대한 배려심?

―틀렸어. 바로 균질성이야.

오베론이 말했다.

―균질성?

―응. 비슷해야 해. 모든 면에서 서로의 수준이 맞아야 갈등이 줄지. 최소한 경제적 조건과 사회적 위치라도 비등하면 분란의 여지가 적어.

녀석의 말을 떠올리며 주변을 찬찬히 둘러봤다. 로비의 한쪽 벽면은 책장으로 꽉 채워져 있었고, 그 앞에는 책을 읽을 수 있는 공간이 꾸며져 있었다. 조용히 책을 보며 차를 마시는 시니어들의 인상은, 사파이어 레이크에서 만난 사람들에게서 허례허식과 허영심을 걷어낸 것처럼 위화감이 느껴지지 않았다.

복도를 따라 걸음을 옮기며 여러 개의 방에서 동아리 활동을 즐기는 사람들을 지켜봤다. 고전문학 독서부터 시작해 칼림바와 코딩에 이르기까지 즐길 거리가 다채로웠다. 나는 사람들에게 언제든 털어놓고 싶은 이야기가 있으면 찾아오시라고 인사를 건넸다.

—여긴 너무 교양만 강조해. K-pop 댄스가 없어요. 그게 너무 아쉽네?

한 할머니의 말에 모두 웃음을 터뜨렸다.

—젊은 사람들이 뭐가 좋다고 우리한테 댄스를 가르치겠어요. 선생도 우리 또래여야 우리도 편하고 재미있지.

—그래, 그냥 설렁설렁 말고 제대로 춤 좀 배우고 싶다! 여기 있는 사람들 다 예전에 클럽 다니면서 춤추던 사람들이라고요. 맞잖아?

할머니들의 정겨운 수다에 나를 포함한 모두가 웃음을 터뜨렸다. 사실 나는 그들에게 K-pop 댄스를 누구보다 잘 가르칠 사람을 알고 있다. 바로 엄마다.

엄마 나이에 엄마만큼 춤을 잘 추는 사람은 드물 거다. 어릴 때 발레와 한국무용을 배운 엄마는 성인이 되고 K-pop 댄서로 진로를 수정했다. 댄스 크루에 소속돼 유명한 아이돌들의 백업 댄서였던 적도 있지만, 내가 태어난 뒤에는 생계를 위해 크루에서 나와 댄스학원에서 일하기 시작했다. 학원은 대부분 이른 저녁부터 문을 열었기 때문에, 나는 오후부터 항상 혼자 있어야 했다. 덕분에 햇살의 방향이 바뀔 무렵부터 내 안엔 불안감이 차올랐다. 깜깜한 밤까지 나 혼자 있어야 한다는 걸 알았기 때문이다. 지는 해는, 그 어떤 기능을 지닌 로봇으로도 해결되지 않는 깊은 고독이 나를 메울 거라는 두려움과 같은 뜻이었다. 그런 나와 엄마가 이모를 만난 건 운명이었다.

엄마는 살림을 위해 쏠쏠하게 중고 거래를 했다. 오래된 물건들, 이미 중고로 들인 물건들을 다시 중고로 내놓는 일을 게을리하지 않았다. 어느 눈 내리는 겨울, 엄마가 내놓은 파란 전기 주전자를 사겠다는 사람이 나타났다. 긴 주둥이 끝이 날렵하게 휘어 드립커피를 내리기 좋은 주전자였다. 엄마는 주전자를 깨끗이 닦아 약속 장소로 나갔다. 아파트 입구에서 파란 파카를 머리끝까지 뒤집어쓴 여자가 싸라기눈을 맞으며 엄마를 기다리고 있었다. 두 사람은 거래를 하고 꾸벅 인사를 나눴다. 그런데 발걸음이 향하는 방향이 같았다. 같은 아파트 단지, 같은 동, 그것도 모자라 바로 옆집이었다.

—얼마 전에 이사 왔어요.

파카에 묻은 눈을 털며 여자가 말했다.

—이웃이었네요.

엄마의 응답에 현관에서 얼굴을 빼꼼 내민 건 여섯 살의 나였다.

—어, 그거 우리 주전자잖아!

터지는 두 여자의 웃음.

―그러면 같이 차라도 한잔하실까요. 제가 대접할게요!

라는 말로 건네진 이모의 초대.

―좋아요. 나 다른 사람 집에 가본 적 없는데 신난다!

하며 선수 쳐버리는 나의 천진함. 그날 우리 옆집, 이모의 집에서 막 이모 것이 된 익숙한 주전자로 만든 핫초코의 맛. 깊어가는 밤까지 이어지던 두 여자의 대화 속에 까무룩 잠이 들어버린 나. 이모와의 첫 만남은 그날 마신 핫초코처럼 달콤하고 따뜻했다.

다음 날 아침 눈을 떴을 때 엄마는 없었다. 대신 코코넛 쿠키와, 캐러멜 향이 섞인 홍차가 모락모락 김을 내며 낯선 테이블 위에 놓여 있었다. 허락도 없이 코코넛 쿠키를 와그작 베어 물었을 때, 낮은 소파에 앉아 있던 이모와 눈이 마주쳤다. 이모가 다가와 두 손으로 내 뺨을 부드럽게 감쌌다.

―너, 나랑 아주 잘 맞을 것 같다!

이모의 말에 나도 모르게 헤벌쭉 웃어버렸던 기억이 난다.

엄마와 민아 이모가 절친이 되기까지는 많은 시간이 필요하지 않았다. 둘은 서로가 서로의 부족함과 모자람을 부드럽게 메우는 사이가 될 수 있다는 걸 단번에 깨달았다. 피 한 방울 섞이지 않았는데도 그토록 빨리 친해질 수 있었던 이유도 그래서였다. 외동이라 형제가 없던 엄마는 이모에게 늘 진짜 언니를 찾은 것 같다고 말했고, 하나뿐인 동생이 외국에 나가 있어 혈혈단신이나 다름없던 이모도 엄마를 알뜰살뜰히 아꼈다. 나는 둘의 소중한 공통분모였다. 얼마 후부터 나는 학교가 끝나면 늘 민아 이모의 집으로 갔다. 내 영역이라고 여겨지는 또 하나의 공간에서 숙제를 하고 공상을 펼쳤다.

  이모가 내게 알려준 세계는 언제나 현실을 치유할 환상으로 가득했다. 어느 우울했던 저녁, 엄마랑 보러 가기로 한 영화를 보지 못한 날이었다. 늘 바쁜 엄마였으니까 갑자기 취소된 약속을 당연하게 받아들이는 나였지만, 그날은 왜인지 오랫동안 울음이 멈추지 않았다. 엄마 대신 나와 함께 있던 이모가 나를 안으며 달래다가 문득 표정을 바꿨다.

  —안 되겠다. 우리 나라한테 비밀을 알려줄 때가 온 것 같아. 정말 아무한테도 말한 적 없는 이모만의 비밀인데, 나라한테만 특별히 알려줄게.

  내 눈이 동그래지자 이모는 가만히 속삭였다.

  —속상할 땐 마법을 쓰면 돼! 그러면 모든 게 지금과 반대가 될 거야. 자, 이리 와서 누워봐!

  이모의 말대로 바닥에 몸을 기댔다. 그러자 중력을 매단 현실이 가라앉기 시작했다. 나는 숨을 죽이며 벽면을 메운 이모의 책장과 오래된 영화 포스터들, LP판과 CD가 어우러진 이모의 방이 뒤집히는 광경을 천천히 받아들였다.

  —우린 뒤집힌 세상에 살아. 이렇게 널찍한 공간에 뭘 채워 넣을지 상상해봐!

  눈에 들어찬 천장은 하얗고 텅 비어 있었다. 구조는 현실과 똑같았지만 신기하게도 대부분의 공간이 여백으로 채워져 있었다. 이모의 손에 들린 알리가 포물선을 그리며 공중을 날았다.

―거꾸로 된 세상의 가장 힘센 자는 알리와 나라지! 너흰 뭐든 할 수 있어.

비현실적으로 높은 문턱, 공중에 떠 있는 냉장고와 책장, 무릎 높이쯤에 거꾸로 붙어 있는 프라이팬을 바라보자 내 마음을 얽맨 무게가 사라졌다. 짜릿함이 온몸 구석구석으로 퍼져나갔다. 그 세계에서 나는 마법사이며 공주이자 제왕이었고, 충실한 심복 알리와 함께 공중을 날 수 있었다.

―너무 재미있어. 이런 데서 계속 살고 싶어. 다른 사람이 돼서 다른 세상에서 살고 싶어!

거대한 서사의 놀이가 끝나고 다시 현실로 몸을 일으켰을 때 내가 외쳤다. 양 볼을 적신 눈물의 흔적 따위는 지워진 지 오래였다.

―그럼 나라는 배우가 돼야겠네.

이모가 말했다.

―배우가 뭔데?

―방금 나라가 말한 대로 사는 사람이야. 다른 세상에서 다른 사람이 되는 사람. 그리고 자기가 느낀 걸 다른 사람도 똑같이 느끼게 해주는 사람! 마법사보다도 더 멋진 사람이지!

―그럼 나 배우 될래!

나는 흥분에 차서 소리쳤다.

이모가 알고 보면 영화제작자였다는 것, 영화제작을 그만두고 이제는 중고등학교에서 비정규직 예술 강사로 아이들에게 연극을 가르친다는 사실을 알게 된 건 그로부터 한참 후였다.

―이모는 왜 학교에서 연극을 가르쳐?

어느 날 내가 물었을 때, 이모는 잠깐 생각에 잠기더니 이내 밝게 답했다.

―사실 이모 꿈은 다른 건데, 꿈이 너무 커서, 이마아안큼 정말정말 커서, 꿈을 살짝 접었어.

―꿈을 접어?

―응, 꿈이 너무 커서 펼치기가 힘들 땐 꿈을 접어서 잠깐 서랍 속에 넣어두기도 하거든.

―반으로?

―반 가지고는 안 돼. 아주아주 큰 꿈이라고 했잖아. 그러니까 반으로 접고, 또 반을 더 접고, 거기서 한 번 더 접어야지. 꿈이 콩알만큼 작아질 때까지 접어야 해. 그러곤 보이지 않을 만큼 작아진 꿈을 마음속의 서랍 안에 꼭꼭 감춰두는 거야!

―꿈에 주름이 져 있어도 되는 거야? 그렇게 계속 접고 접으면 꿈이 너무 작아지잖아. 그러다가 못 찾으면, 꿈이 어디로 사라져버리면 어떡해?

내가 울상 지었다.

―그럴지도 모르지. 하지만 괜찮아. 내가 잊더라도 얘는 잊지 않으니까.

이모가 내 손을 모아 내 가슴 위에 얹었다. 손바닥 위로 내 심장박동이 콩닥콩닥 전해졌다.

―느껴지지? 꿈이 살아 있는 거.

나는 고개를 끄덕이고 나서 작게 속삭였다.

―이렇게 꿈이 몰래 숨어 있다가 언젠가 활짝 피는 꽃처럼 팡! 터질지도 몰라.

―맞아. 폭죽처럼 팡!

―번개처럼 우르릉 쾅!

―화산처럼 펑펑!

우리는 경쟁하듯 두 팔을 크게 펼쳤다. 웃음이 방 안을 가득 메웠다.

이모는 쾌활하고 영민한 사람이었다. 무슨 일이 있어도 절대로 침울해지지 않았다. 이모 덕에 나는 양지를 딛고 쑥쑥 자랐다. 미세하게 깨져 뭔가가 새어 나가던 내 마음을 보수해준 사람도 이모였다. 어느 순간부터 나는 엄마가 늦게 돌아오는 밤이 두렵지 않았다.

이모의 집은 내게 또 하나의 세계였다. 이모의 특제 요리인 단호박 수프가 보글보글 끓는 소리를 들으며 알 수 없는 단어들로 가득 찬 책장을 구경할 때면, 나는 안전하고 단단한 곳에 와 있다는 느낌을 받았다. 나는 그곳에서 비밀을 털어놓고 다른 존재로 변신해서 마법을 부렸다.

비가 오거나 눈이 내리면 우리는 말이 없어졌다. 나는 가만히 책을 읽거나 그림을 그렸고 이모의 노트북엔 흰 화면이 켜졌다. 이모의 손끝에서 타닥타닥 모닥불 타는 소리가 나면 하얀 배경 위로 검은 활자가 새겨졌다. 그건 이모의 꿈, 이모가 세상에 선보이고 싶은 영화의 실마리들이었지만 내가 이해하기엔 너무 어려운 글자들이었다. 어린 나이에도 그 글자들이 현실보다 더한 중력을 갖고 땅 아래로 깊게 뿌리내린 단어들임을 짐작할 수 있었다. 그러나 내 기척이 느껴지면 이모는 항상 반달웃음을 지으며 나를 향해, 우리의 세계로 돌아왔다.

고백건대 그 당시 나는 엄마보다 이모를 더 사랑했다. 어느 날 그 비밀을 털어놓자 이모는 턱을 쳐들며 크게 웃더니 작게 속삭였다.

—이모도 마찬가지야. 유나라 없으면 유진이를 왜 만나!

엄마의 이름은 '진'이지만 이모는 항상 성까지 붙여 유진이라고 불렀다. 나와 이모가 재잘거리고 있으면 엄마는 비트에 맞춰 스텝을 밟으며 요리를 하고는, 유연한 웨이브 실력을 뽐내면서 우리 앞에 접시를 날랐다. 모양새는 투박해도 정말 맛있는 요리, 이게 뭐야 싶어도 일단 숟가락을 들면 먹는 걸 멈출 수 없는 음식들이었다. 나는 그 위에 양념처럼 뿌려진 웃음과 농담, 서로를 품은 따뜻한 마음을 함께 먹으며 쑥쑥 커갔다.

우리 셋은 완벽한 정삼각형이었다. 벽이 맞닿은 두 집이 합쳐져 만들어진 정삼각형. 우리를 칭하는 말은 가족이었다. 누구도 우리 사이를 갈라놓을 수 없을 것처럼 그 세계에선 모든 게 평형을 이루었고 모든 게 조화로웠다.

어느 날 아빠가 등장하기 전까지는.

2월 15일

선샤인 마운틴에서 일한 지도 벌써 3일째다. 아직까지 큰 문제는 없지만 굳이 하나를 꼽자면 햇살이 거슬리기는 한다.

상담실에 작은 창문이 달려 있는데, 묘한 각도 때문인지 겨울 태양의 고도 때문인지는 몰라도 아침에 얼굴을 침범하기 시작한 햇살은 정확히 오후 세 시가 되면 왼쪽 얼굴과 왼쪽 팔 절반을 태울 듯 비춘다. 책상을 옮기려고도 해봤지만 규정상 가구 배치를 바꾸기는 어렵다고 해서 포기했다.

하아……. 지금도 한쪽 얼굴이 뜨겁다. 진정팩이라도 붙여야 할 것 같다.

2월 16일

유닛 B의 시니어들도 그다지 큰 걱정거리를 안고 지내는 것 같지는 않다. 상담실을 찾는 건 주로 할머니들인데 무릎이 안 좋다거나 키우던 강아지가 보고 싶다는 식의, 좋게 말하면 귀엽고 나쁘게 말하면 평온하고 지루한 걱정들이 대부분이다.

나는 눈을 동그랗게 뜨고 적절한 속도로 고개를 끄덕이며 잔잔한 미소를 짓고 그들을 바라본다. 나의 이런 태도가 나를 다시 유닛 A로 이끌 방법이기만을 바라면서.

2월 17일

꼭 사파이어 레이크가 아니어도 좋으니, 다시 유닛 A로 돌아가고 싶다. 그래야 한다!
오늘 아침, 시카모어 섬에 입도한 한국인은 대부분 유닛 A에서 근무했던 사람들이라는 뉴스 기사를 본 뒤에 그 생각이 더더욱 간절해졌다.

……며칠째 유카시엘에 메일을 보내고 있지만 답장은 없다.

2월 18일

아직도 답장을 받지 못했지만 오늘도 이메일을 보냈다. 아무리 곱씹어도 내가 당한 근무처 이관은 경우에 맞지 않는다. 호소하는 느낌을 지우고 협박성으로 메일의 톤을 바꿔봤다.
햇살의 요상한 각도 때문에 얼굴이 반쪽만 타버리기 전에 다시 유닛 A로 복귀하고 싶다.

2월 20일

유카시엘에서 답장이 왔다.

귀하가 연속적으로 보낸 메일을 잘 확인했습니다.
결론적으로 귀하의 유닛 A 복귀 가능성은 현재로서 요원해 보입니다.
더불어 귀하의 메일 작성 시간이 유닛 B에서 근무 중인 시간대로 파악됩니다.
근무 중에 계속 다른 근무지로의 이관 희망 메일을 발송하는 것은, 현재 배정지뿐 아니라 유카시엘 전체에 대한 불만족과 불성실로 간주될 수 있습니다.
귀하의 건강과 행복을 기원합니다.

—한마디로 유닛 A는 꿈도 꾸지 말고, 유닛 B에서까지 잘리고 싶지 않으면 메일 그만 보내란 거지?
오베론에게 물었더니 녀석은 얄밉게도 이렇게 대답했다.
—정확해!

2월 21일

더 이상 유카시엘에 메일을 쓰지 않기로 했다.
잘리는 기분을 또다시 감당할 자신은 없다.

2월 22일

오후에 상담을 온 할머니는 나이가 드니 습진 때문에 손끝이 자꾸 갈라져 생활 속에서 겪는 불편함이 이만저만이 아니라고 했다.
삶의 끝자락에 다다라 마음에 품은 고민이 손끝의 습진 정도라면 성공한 인생 아닐까? 통나무배를 타고 바다 위를 표류하는 기분으로 사는 내가 그런 인생에 어떤 조언을 준단 말인가.

2월 24일

음력 설이 지난 지도 꽤 됐지만, 설을 핑계로 몇 달 만에 엄마 집에 갔다. 엄마를 만나는 일은 마치 해묵은 숙제, 혹은 미루고 미룬 방 청소 같다. 딱히 엄마가 보고 싶다는 생각은 들지 않지만, 그 상태로 시간이 흐르면 어서 빨리 해치워야 한다는 압박감이 밀려온다.

　엄마의 집에 이르는 길은 복잡하다. 어떻게 보면 문명의 이기를 거스르는 과정 같기도 하다. 트램을 타고 전철을 타고 버스를 타고 마지막엔 한참을 걷는다. 그러는 동안 드론과 플라잉카, 택시콥터, 높은 빌딩들, 가게와 상점들은 점차 사라지고 어느새 나 홀로 한적한 흙길을 걷고 있다. 다리가 뻐근해질 때쯤에 저 멀리 작은 정원이 딸린 아담한 흙담집이 보인다. '시골에 사는 부모님의 집'이라고 하면 누구든 떠올릴 그 집이 바로 엄마의 집이다.

　본인의 출생 즈음인 20세기 말에 대한 향수로 카세트테이프와 LP판, 고장 난 비디오 플레이어를 전시해놓은 엄마의 거실 한 켠엔 백남준을 연상시키는, 역시나 고장 난 브라운관까지 있다. 그중에서도 화룡점정은 엄마의 퍼스널봇이다. 혼자 사는 시니어에게 무료로 지급되는 감정형 퍼스널봇은 전원이 꺼진 채 20세기의 유물들 사이에서 옷걸이로 쓰이고 있다.

　―쟨 내 스타일이 아니라 필요도 없는데 반납하려면 돈을 내야 한다네? 쓸데없이 자리만 차지하게 하긴 미안하니 옷이라도 걸쳐줘야지.

　엄마의 변론이다.

　엄마에게서 구수한 된장찌개나 야채 쌈을 잔뜩 곁들인 담백하면서도 풍성한 집밥을 기대한다면 오산이다. 집에서 나를 맞이한 건 엄마가 읍내에 나가서 직접 사 온 눅눅한 맥도날드 햄버거와 얼음이 거의 다 녹은 콜라였다.

―알지, 엄마 요리 끊은 거? 주는 대로 먹으렴.

엄마의 변명에는 자신감이 넘쳤다. 나는 햄버거를 두어 번 베어 물다가 결국 얼음이 아주 조금 남은 콜라만 빨아 먹었다. 혀끝에 느껴지는 뽀글뽀글한 탄산의 감각, 그게 엄마의 감촉이라는 걸 깜박했다. 세상에 우리 엄마보다 더 쿨한 엄마를 찾긴 어려울 거다.

엄마는 내가 햄버거를 먹는 시늉만 하다 대부분 버린 걸 눈치채지 못한 채, 최근에 심었다는 작물의 이름을 차례로 읊기 시작했다. 그중엔 고구마와 깻잎, 상추, 콩나물 등 누가 봐도 식탁 위에 올라야 할 작물들도 꽤 많았다. 요리에 쓸 것도 아니면서 왜 그렇게 열심히 키우는지 알다가도 모를 일이다. 하긴, 엄마는 집에 들인 대부분의 식물도 죽이는 사람이니 어차피 그것들은 밥상 위에 오르기 전에 말라 죽을 확률이 높다.

―엄마, 요즘도 춤춰?

―당연하지. 애들 가르치려면 나도 감을 잃으면 안 되니까. 아이들 가르치는 건 정말 즐거워.

엄마는 성당 봉사활동의 일환으로 마을 아이들에게 K-pop 댄스를 가르친다는 이야기를 한참 했다. 엄마가 성당 봉사활동을 한 지는 꽤 됐다. 동네 인구 중 큰 비중을 차지하는 이주민들을 위한 일이 대부분이다. 엄마는 아이들에게 한

글도 가르친다며 아이들의 이름을 하나하나 꼽고 각 아이의 특징을 자세히 이야기했다. 나는 가만히 듣다가 콜라가 바닥 날 때쯤 엄마의 말을 끊었다.

─그렇게 아이들을 좋아하면서 왜 나는 직접 안 돌본 거지?

엄마는 말을 멈추고 나를 바라봤다. 이미 여러 번 말했지만 또 대답하는 수고를 아끼지 않겠다는 듯.

─바빴지. 돈 버느라 정신없었고. 어른들이 대는 핑계라 네가 이해해줄 거란 기대는 안 한다.

─그래서 민아 이모한테 맡긴 거잖아.

엄마 앞에서 민아 이모의 이름을 말한 건 진짜 오랜만이다. 엄마도 그 이름을 듣자 표정이 미묘하게 바뀌었다.

불편해지고 싶지 않아서 말길을 돌렸다. 내가 유카시엘에서 시니어 상담사로 일하게 됐고, 잘되면 시카모어 섬으로 가게 될지도 모른다고. 상황이 모두 아주 잘 풀릴 경우만 편집해서 얘기했다. 엄마는 내가 원하는 바를 꼭 이뤘으면 좋겠다고 말해주었지만 왜인지 편치 않았다.

─엄마는 언제까지 여기서 혼자 살려고? 돈 많이 모아서 나중에 유닛 B 같은 데 들어가면 좋을 텐데.

나는 선샤인 마운틴의 쾌적한 시설과 체계적인 관리 시스템, 다양하고 즐거운 모둠활동에 대해 마치 홍보라도 하듯 이야기했다. 그러나 엄마는 단호하게 고개를 저었다. 이유는 단순했다.

─엄마는 닫힌 문 안에서 지내기 싫어.

그 한마디로 엄마의 마음을 단번에 읽을 수 있었다. 엄마가 도시를 떠나 하늘과 땅이 맞닿은 곳에 머물고 있는 건 자유로움에 대한 갈망 때문이다. 그렇지만, 언젠가 내가 시카모어 섬으로 떠나고 엄마가 완전히 혼자가 된다면 엄마는 어떻게 살까. 걱정을 내비치자 엄마는 개던 옷을 내려놓고 화통하게 웃었다.

―아이고, 걱정하지 마세요. 다 살아지고 다 죽어지니까.

그러더니 다시 옷을 개며 노래하듯 반복했다.

―다 살아지고 다 죽어진단다. 그러니 더더욱 내가 원하는 대로 살고 죽어야지. 그게 내 꿈이야. 소박하게 살다가 어느 날 자연스럽게 사라지는 거.

―무슨 꿈이 그래.

―이 나이쯤 되면 다들 그런 꿈을 꾸게 돼.

나는 아무 말도 하지 않고 무릎을 껴안았다. 마루는 엉덩이를 델 것처럼 뜨뜻했지만, 사방에서 새어 들어오는 찬 공기에 몸이 오도도 떨렸다.

―추워. 냉기가 심하네.

―시원한 공기라고 생각해. 산소가 풍부한 신선하고 깨끗한 공기!

엄마가 말했다. 얼음이 몇 조각 띄워진 콜라처럼 언제나 혼자만 상쾌한 엄마가 얄미워서 해가 지기 전에 집을 나섰다. 엄마는 자고 가라고 했지만, 밀린 숙제를 끝냈으니 어서 돌아가고플 뿐이었다.

집으로 향하는 내내 목에 가시가 걸린 것처럼 답답했다. 엄마가 썼던 '꿈'이라는 단어가 자꾸 뇌리를 맴돌았다. 그 흔해 빠진 말이 왜 겉도는 것처럼 느껴졌는지 한참 고민하다 답을 찾았다. 엄마가 꿈이라는 단어에 담은 뜻은 죽음이었기 때문이다.

모름지기 꿈이란 건 더 찬란하고 밝아야 하지 않을까. 사막 같은 하루하루의 끝에 오색찬란한 어떤 것이 나를 기다리고 있으리라는 희망이 바로 꿈 아닐까. 적어도 나는 그런 믿음으로 버티고 있는데 엄마는 어째서 그 단어를 그런 방식으로 썼을까.

해가 지고 석양이 무섭도록 붉게 번져가는 내내 내 머릿속에는 '꿈'이라고 꽉 닫혀 발음되는 한 글자짜리 단어가 어지럽게 부유하고 있었다.

2월 28일

정말 길고 이상한 날이었다. 아침부터 상담 예약이 꽉 차 있어 피곤한 하루가 될 거라고 예상은 했지만 이렇게 큰 소동이 날 줄은 몰랐다.

점심시간 직전, 고함과 울부짖는 소리가 건물을 날카롭게 메웠다. 문을 열고 나가보니 할머니들이 웅성대는 가운데, 두 할머니가 붉으락푸르락한 얼굴로 씩씩대고 있었다. 합창 동아리에서 늘 티격태격하던 두 사람의 싸움이 크게 번진 모양이었다. 한 할머니가 계속 박자를 놓치자 다른 할머니가 핀잔을 준 게 화근이었다.

내가 일부러 그래? 그 정도면 일부러지. 그러는 너는 얼마나 잘해서, 돼지 멱따는 소리를 노래랍시고 하는 주제에.

주고받을 때마다 수위를 높이던 대화가 급기야 몸싸움으로 번지기 일보 직전이었다. 나는 두 할머니를 차례로 면담하기로 했다.

점심시간이 끝나고 첫 번째 할머니가 들어왔다. 얇은 스카프를 단정하게 두른 할머니의 이름은 차지현이었다. 그녀는 자신이 합창단의 조화를 위해 한 소리 한 것뿐이라고 언성을 높이며 우겼다.

―그래도 다 같이 사이좋게 지내셔야죠. 이렇게 예쁜 목소리를 가지고 계신데 부드럽게 말씀하시면 얼마나 좋아요.

내 말에 눈빛이 조금씩 흔들리던 차지현 할머니는 급기야 둑이 터진 것처럼 눈물을 쏟아냈다.

―나 가수였어요. 이런 데 있을 사람이 아니야. 여기 사람들이랑 잘 지내기도 싫어.

지현 할머니의 음성이 떨렸다.

―답답하고 갑갑해. 나가고 싶어. 나 좀 도와줘요.

그녀가 내 손을 부여잡았다. 가녀린 손끝에 단단히 힘이 들어가 있어 쉽게 뺄 수 없었다.

―에이, 왜 그러세요. 저 여기 처음 왔을 때, 이곳에 계신 모든 분들이 정말 행복해 보여서 얼마나 기분이 좋았다고요.

내 말이 끝나기도 전에 지현 할머니는 빠르게 고개를 저었다.

―너무 괴로워. 여기서 하하호호 웃고 있지만 그 웃음을 유지하는 게 얼마만큼이나 힘든지 알아요?

어떻게 대답해야 좋을지 몰라서 힘드시죠, 라고 그녀가 했던 말을 반복했다. 그러나 지현 할머니의 말은 엉뚱한 곳으로 튀었다.

―상담은 필요 없어. 부탁 하나만 들어줘요. 우리 아들한테 연락 한 통만 해줘, 응?

나는 그건 해드릴 수가 없다는 말을 어떻게 하면 최대한 덜 자극적으로 전달할 수 있을지 궁리하느라 애를 먹었다. 상담 교육을 받을 때 귀에 못이 박히게 들은 말이 '안 된다는 말은 안 된다'라는 것이었다. 안 돼, 라는 말이 어린아이에게 분노와 울음을 유발하듯, 노인에게도 금지어는 되도록 쓰지 않아야 한다는 문구가 상담 원칙 안내문에 붉은 글자로 크게 적혀 있었다. 나는 손을 조심히 비틀었지만 내 손을 쥔 지현 할머니의 손은 갈고리처럼 집요했다.

―아들이 두 명이나 돼. 근데 걔들은 나를 이런 데 처박아 놓고 지들이 효도를 끝낸 줄 알아. 나는 그냥 꼭두각시야. 자식들이 짜놓은 각본대로 움직이고, 행복해 보이라고 처박아둔

이 감옥 안에서 웃으며 잘 지내는 척해야 한다고. 난 이제 연기하기 싫어.

지현 할머니가 아이처럼 엉엉 울기 시작했다. 나는 그녀가 스스로 울음을 그칠 때까지 한참을 기다렸다. 내 반응을 보고 아무것도 달라지지 않으리라는 걸 깨달았는지, 눈물을 거두고 난 후 할머니의 목소리는 체념한 듯 한결 낮아져 있었다. 그녀는 안 되는 걸 알지만 가만히 있을 수는 없었다며, 미안하다는 말과 함께 방문을 나섰다.

추스를 틈도 없이 다른 할머니가 상담실 안으로 들어섰다. 합창단에서 박자를 맞추지 못해 타박을 들었던 최수빈 할머니였다. 검은 베레모에 새빨간 스웨터를 입고 유리알이 주렁주렁 달린 커다란 목걸이를 한 최수빈 할머니의 패션 센스는 대담하고 노골적이었다. 울음기가 있는 차지현 할머니의 얼굴을 본 최수빈 할머니의 표정이 득의양양해졌다. 굳이 다른 사람의 노랫가락에 박자를 맞출 필요성을 느끼지 못할 것 같은 사람이었다.

―사람들 눈치 보고 맞춰 사는 게 정말 피곤해. 젊어선 그냥, 아님 말고 식이었지. 그런데 나이란 건 말이야, 하나의 옷이에요. 입고 싶지 않은 미운 옷. 벗을 수도 없고 점점 두꺼워지기만 하지. 미운 옷을 입으면 어떻겠어? 사람이 안 예뻐지잖아. 똑같은 행동을 해도 늙은이가 하면 추하고 못나 보이지. 그러니까 말이라도, 행동이라도 조심, 또 조심해야 되는 거야. 사실 난 있죠, 하루라도 빨리 할머니가 되고 싶다고 말할 정도

로 정신없고 피곤한 젊은 시절을 보냈어요. 근데 이놈의 규율과 간섭! 여기까지 와서 합창단에 내 속도 못 맞춘다고 싸움까지 날 일이야? 그래서 이제껏 반응 안 하고 점잖게 지내다가 한 소리 하길래 맞대응 좀 했더니, 어이구, 젊은 사람을 앞에 놓고 울긴 왜 울어?

수빈 할머니가 도도하게 혀를 찼다.

—난 이런 데랑 맞지 않는 사람이에요. 편하자고 들어왔는데 아주 불편해. 못 견디겠어. 가진 돈 다 털어 온 거라 나가봐야 갈 데도 없고.

—여기 계신 분들 말고 만나는 분은 계세요? 가족이라든가 친구분들이요.

내 물음에 그녀는 성가시다는 듯 고개를 흔들었다.

—애쓰고 찾아보면야 어딘가 한둘은 있겠지. 근데 난 인간관계에 힘들이기가 싫었어. 사람이 얼마나 피곤한 존잰데. 그래서 정이란 정은 전부 자식들한테 갖다 바쳤지. 근데 자식들이 죄다 나보다 먼저 떠났어. 열세 명이나 되는 애들이 전부 다…… 나보다 먼저 가버렸어요.

수빈 할머니는 약하게 흐느끼며 가슴팍까지 내려온 목걸이에 두 손을 가져다 댔다.

—열셋……이요?

믿을 수가 없어 재차 물었지만, 왜인지 고개를 끄덕이는 수빈 할머니의 표정은 그렇게 슬퍼 보이지 않았다. 절절한 슬픔보다는 안쓰러움에 가까운, 자식을 잃은 사람치고는 뭐랄까,

감정이 너무 희석된 표정이었다.

　―우리 애들 사진 좀 보여줄까?

　수빈 할머니가 품에서 지갑을 열더니 꼬깃꼬깃한 사진을 한 장씩 꺼냈다. 베레모를 쓴 젊은 여자가 닥스훈트 한 마리를 안고 있었다. 다음 사진은 몰티즈, 그다음엔 핏불테리어와 페르시아고양이가 뒤를 따랐다. 사진 속의 최수빈 할머니가 차츰 나이 들어가는 동안 열세 마리의 동물들도 바뀌었다. 할머니는 사진을 넘길 때마다 강아지와 고양이의 이름을 하나하나 언급하며 그 '아이들'을 추억했다. 나는 고개를 끄덕이며 귀 기울였지만, 할머니가 그 애들의 유골을 조금씩 합쳐 만들었다며 목에 걸린 유리 목걸이를 들어 보이는 순간, 어쩐지 기괴하다는 느낌을 지울 수 없었다. 반려동물이 아닌 자식, 마리가 아닌 명. 하지만 사람의 죽음보다는 묘하게 훨씬 가벼운.

　그녀의 자식으로 산 고양이와 개들은 행복했을까? 솔직히 말하자면 그 열세 명, 혹은 열세 마리의 동물들이 할머니의 삶에 외로움의 방패막이로 차례로 소비되고 갔다는 생각이 들 뿐이었다.

3월 2일

　3월을 색으로 말한다면 개나리색일 거다. 하지만 아직도 세상은 겨울옷을 벗을 마음이 전혀 없는 듯 헐벗은 채다. 영하의 기온에 바람마저 쌩쌩 부니, 저 풍경 어딘가에 봄이 숨어 있다는 걸 믿을 수 없을 정도다.

저녁에 엘리야와 떡볶이를 나눠 먹으며 그저께 있었던 일에 대해 들려줬다. 엘리야는 고래를 절레절레 저었다.

―정말 이기적이야. 내가 노인들 중에서 제일 싫어하는 부류가 어떤 사람들인지 알아? 아이 안 낳고 동물만 기른 사람들. 납세 의무도 없는 동물만 키우다가 결국 우리가 내는 세금으로 연명하는 사람들.

엘리야의 표현은 언제 들어도 노골적이다. 엘리야가 덧붙였다.

―내 말은, 내 월급의 일정 부분이 왜 사회에 아무 기여도 안 한 그 사람들을 먹여 살리는 데 쓰이냐는 거야.

―그렇다고 아무 기여도 안 했다는 표현은 좀 심하지 않아? 아이를 낳고 싶었지만 못 낳은 사람도 있을 거고, 각자 말 못 할 사정이 있을 텐데. 그리고 그들도 뭔가를 했겠지. 돈도 벌고 나름 의미 있는 삶을 살았을 거야. 사회 구성원으로서 세금도 내고 소비도 했을 거라고. 모든 사람이 기계처럼 뭔가 정해진 대로 뚝딱 기능하고 생산해야 하는 건 아니잖아.

엘리야가 내 쪽으로 돌아앉았다.

―너 말 잘했다. 네가 틀렸다는 얘길 하고 싶어졌으니까. 있지, 모든 인간은 기능을 하고 생산을 해야 하는 게 맞아. 아기는 아기의 기능을 하지. 미래의 자원으로서 많은 것들을 소

비하게 하면서. 아기가 태어나면 경제가 돌아가기 시작해. 기저귀, 옷, 장난감……. 아기는 아무것도 안 하는 것처럼 보여도 아기의 존재만으로 살 것투성이야. 부모는 분윳값이라도 벌어야 하니 열심히 일하고, 책임져야 할 뭔가가 있으니 미래를 위해서 모험을 하지. 대출을 끼고 집을 산다든가 하는 좀 커다란 모험. 그러다 보면 사회에 선순환이 일어나. 그 지긋지긋한 청소년기에도 마찬가지지. 책값, 교육비, 옷, 각종 IT 기기들……. 부모한테 조르는 게 한두 개니? 하다못해 애들이 셀럽 굿즈를 사는 것도 그 산업 분야에서는 소중한 성장지표라고. 그러다 어른이 되면 대부분 회사에 몸이 묶인 서글픈 인생이 돼버리지만, 그래도 너와 나를 봐. 고단하고 팍팍한 현실 속에서도 뭔가를 사 먹고 문화생활도 하고, 월급을 받으면 소소한 즐거움을 위해 돈을 쓰잖아. 그런데 노인이 되면 어떻게 되게? 모든 게, 완전히, 올스톱이야.

엘리야는 내가 아닌 가상의 청중을 상대하듯 열변을 토했다.

—늙은 사람들의 특징이 뭔 줄 알아? 그들은 소비도 안 하고 생산도 안 해. 노인들은 뭔가가 원활하게 돌아가도록 만드는 존재가 아니라 사회 전반을 삐거덕거리게 하고 느리게 만드는 존재들이야. 그들은 물건도 거의 안 사. 공연도 잘 안 봐. 뭔가를 사거나 소비해도 우대권, 할인권, 초대권으로 해결하니까 실제로 쓰는 돈은 거의 없지. 더 이상 효용성 있는 뭔가를 생산하지도 못해. 결과적으로 그들은 이 사회와 경제가 굴

러가는 데 하등 보탬이 되지 않아. 노인들은 그냥 시스템의 얼룩 같은 거라고. 그저 노인 부양 시설의 일자리가 점점 늘어나게 하는 게 그들의 역할이라면 역할이겠지. 네가 유카시엘에서 일하고 내가 요양원 간호사인 것처럼. 그래, 백배 양보해서 노인은 수입원이 줄기 때문에 아끼는 게 당연하다 쳐. 그렇다면 최소한 젊었을 때 아이라도 한 명 낳은 사람이 더 당당한 거 아닐까. 적어도 새로운 소비 주체, 미래의 납세 주체를 만들어낸 거니까. 그런데 그것도 아니고 평생 자기의 개인적인 외로움을 해소하기 위해 개, 고양이만 키우다 늙어버린 사람의 노후를 왜 너랑 내가 지탱해줘야 하냐고.

3월 3일

엘리야가 맞는 걸까. 그런 것 같기도 하고 아닌 것 같기도 하다. 맞는 부분은 알겠지만 틀린 부분이 어딘지 꼽기 어려운 걸 보면, 대체로 맞는다는 뜻일까.

그렇지만 적어도 난 엘리야같이 말할 수는 없을 것 같다. 모든 사람이 기능을 해야 한다는 식의 표현 말이다. 혹은, 깊은 마음속에서는 엘리야에게 동의하지만 겉으로 혐오를 표현하는 게 껄끄러워 나 스스로를 속이고 있는 건 아닐까. 그렇다면 더 진실하고 솔직한 건 어쩌면 엘리야 쪽인 걸까?

엘리야와의 대화를 피하고 싶은 이유가, 그녀의 말이 나를 불편하게 해서인지, 아니면 내가 내 안에 숨은 괴물을 마주 보고 싶지 않아서인지 헷갈린다.

3월 7일

선샤인 마운틴에서 상담을 하면 할수록 여러 가지 상념이 스친다. 실용적이고 세련돼 보였던 유닛 B 구성원들의 삶 이면에는 체면 때문에 꺼내놓지 못한 속내가 꽁꽁 감춰져 있다. 내담자들은 나와 심리적 벽을 허물었다 싶으면 여지없이 속을 풀어놓는데, 그들이 품고 있던 마음이 놀랍도록 한결같아서 가끔은 여러 사람이 아닌 한 사람의 이야기를 듣고 있는 듯한 착각마저 든다.

3월 9일

이곳 사람들이 지닌 고민의 스펙트럼은 대체로 같다. 자식에 대한 원망과 그리움, 퍼스널봇이 아닌 진짜 인간에 대한 갈증, 유닛 생활의 갑갑함, 언제까지 이곳에 머물러야 할지, 혹은 머물 수 있을지 모른다는 짙은 불안감.

그들의 이야기를 들으며 가족의 의미에 대해 고민하게 된다. 그러다가 엄마의 노년이 어떤 모습일지를 상상하면 나도 모르게 생각을 멈춘다.

시카모어 섬으로 영영 떠나고 싶다는 꿈이 죄스럽게 느껴지는 게 싫다. 엄마와 나 사이에 깊게 얽힌 응어리를 풀어야 한다는 강박이 나를 무겁게 짓누른다.

하지만 엄마는 늘 제멋대로 살았는걸?

3월 10일

엄마 얘기를 좀 더 해야겠다.

정말이지 엄마만큼 자신이 원하는 대로 하고 산 사람이 있을까? 그 역사는 나를 낳던 순간까지 거슬러 올라가야 할지도 모른다. 엄마는 지금은 거의 사라진 표현인 '미혼모'였다. 그러니까 나는 요즘은 사어가 돼버린 말로 '사생아'였던 셈이다.

엄마가 그렇게 용감하게 나를 낳은 배경엔 당시 급작스럽게 도입된 레파LEPA 제도가 있었다. 과거 프랑스의 팍스PACS 제도와 유럽의 생활동반자법을 참고해 만든 레파는 법적 동반자를 뜻하는 '리걸 파트너십legal partnership'의 줄임말이다. 결혼하지 않은 부모 밑에서 태어난 자녀와 그 가정에도 의료보

험과 수당을 제공하는 복지제도로, 당시 심각했던 저출생 문제를 해결하기 위해 새롭게 시행된 법안이었다. 엄마는 당당히 그 제도를 받아들인 얼리어댑터였으나 엄마를 제외한 보통 사람들은 그렇지 않았다. 나는 자라나는 내내, 나처럼 비혼 부모 밑에서 태어난 아이를 만나본 적이 거의 없다. 엄마는 법의 테두리 안에서 행한 일인데 뭐 어떠냐고 늘 의연한 태도를 고수했지만, 어린 나는 엄마와 우리 집의 사정을 이해할 수 없었다.

집 밖에는 맞서야 할 존재들이 많았다. 이를테면 엄마랑 둘이 산다고 할 때 아빠의 존재에 대해 묻던 친구들, 애초에 엄마가 아빠랑 결혼한 적이 없다는 사실에 더욱 놀라는 그들의 부모, 레파라는 제도의 이름을 말하면 입맛을 다시면서 세상 많이 변했다고 고개를 절레절레 젓던 학원 선생님까지.

보이지 않는 싸움에서 이기는 방법은 엄마처럼 뼛속까지 꼿꼿한 태도를 고수하는 것이었을 테지만, 어리고 연약한 나는 늘 열세에 머문 패자였다.

그러나 이모를 알게 된 후 나는 더 이상 싸울 필요가 없었다. 이모는 때때로 나를 대신해 싸웠고, 더 나아가 싸우지 않고도 상대를 이길 수 있는 법을 알려줬다. 아무리 심각하고 괴로운 일도 이모와 함께라면 옷에 묻은 먼지를 털어내듯 간단하고 손쉬운 것이 됐다. 이모와 허락된 시간은 엄마가 오기 전까지였지만 우리는 자주 그 규칙을 어겼다. 규칙이 없는 게 우리 사이의 규칙이었으니까. 그렇게 민아 이모와의 우정으로 비로소 봉합된 내 가슴은 하루아침에 다시 너덜너덜해졌다. 갑자기 나타난 아빠가 바꿔버린 모든 것 때문에.

덕분에 나는 지금까지도 엄마와 어색하다. 어쩌면 이 수수께끼엔 답이 없는지도 모르겠다. 문제가 잘못됐기 때문에 딱 맞는 답이 없는 건지도.

3월 15일

이제 유닛 B가 쾌적하고 실용적인 공간이라는 생각은 거의 들지 않는다. 내 상담 업무는 노인들의 신세 한탄으로 전락한 지 오래다. 정말 깊이 고민해서 상담해야 하는지, 적당히 공감해주는 척하는 게 나은지 헷갈릴 지경이다.

—기 빨려. 진심 쓰지 마. 그것도 스킬이다, 너.

엘리야의 조언이다.

—아이들이 떼쓰면 어떻게 해? 일단 이 말 저 말 다 해가며 멈추게 해야 하잖아. 우쭈쭈 착하지, 뚝 그쳐야 산타할아버지가 선물 준다. 그러면서 손 씻기고, 밥 먹이고, 말 듣게 하잖아. 노인들도 그냥 그렇게 대하면 돼.

거기까진 좋았다. 그러나 엘리야는 항상 다음 단계로 나가고 싶어한다.

—적어도 넌 외모부터가 한국인이니 그들도 나한테 하듯

널 함부로 대하진 않겠지. 나는……. 하, 말도 마. 내 심정이 어떤지 너 같은 한국 애들은 절대 모를 거다. 이방인이 돼본 적이 없을 테니.

그러곤 레퍼토리처럼 쏟아져 나오는 차별에 대한 분노와 한탄의 넋두리. 나는 하고 싶은 얘기를 꾹 눌러 삼켰다. 말하자면 이런 얘기들.

엘리야, 너도 모를 거야. 태어난 땅에서 이방인이 되는 게 어떤 기분인지. 원래부터 이 땅에 살면서도 주인일 수 없는 사람의 심정이 어떤지. 너 같은 이민자를 배려해주느라 속에서 이렇게 조심하고 저렇게 조심해야 하는 마음이 얼마나 복잡하고 불편한지.

너는 차별이란 단어를 무기로 써서 네 속을 거리낌 없이 표현할 수 있지만 내가 가진 무기는 아무것도 없어. 그러니까 그렇게 흥분하지 않아도 돼.

3월 19일

모처럼 시카모리아에 접속했다. 현실이 제자리걸음을 한다는 느낌이 들 때 시카모리아만큼 나를 긍정적으로 자극해주는 곳은 없다.

용이나 여신, 화려한 전사로 변신할 수 있는 수많은 메타버스와 달리 시카모리아의 정책은 특이하다. 시카모리아는 시카모어 섬의 모습을 충실하게 구현하지만, 입장하는 사람은 가상의 아바타를 쓸 수 없다. 가면을 쓰거나 옷으로 체형을 가릴 수는 있어도 아바타를 내 모습과 다르게 바꾸는 건 불가능하다는 뜻이다. 처음 아이디를 만들 때 전신을 스캔해 제출했던 신체 정보와 이미지 정보를 토대로 나의 아바타는 나의 모습 그대로 구현된다.

상당히 예스러운 이 운영 방침은 물론 카밀리아 레드너가 정한 것이다. 거짓 없이, 가식을 걷어내고 오로지 진짜 모습으로만 존재할 수 있는 곳. 시카모어가 가상의 천국이 아닌, 실재하는 낙원임을 주지시키기 위해 정한 방침이라고 한다. 일각에서는 이 정책의 허울 안에 숨은 비인간성을 힐난한다. 장애나 특수한 외모를 지닌 사람이 허들 없이 새로운 세계를 체험할 권리를 원천적으로 막고 있다는 비판이다. 그러나 시카모리아는 비난하고 싶은 자들은 비판할 것이 없는 세계로 떠나라는 듯 이 정책을 고수 중이다.

시카모리아 안을 거닐다 보면 에메랄드빛 은행잎을 가진 실제 거주자들도 심심치 않게 눈에 띈다. 그들이 섬의 메타버스에 접속해 있는 이유는 섬의 이미지 관리를 위해서라고 들었다. 섬의 모습을 최대한 똑같이 재현하기 위해 실제 도민들이 불침번을 서듯 시카모리아에 교대로 접속해 있어야 한다는 방침 역시 카밀리아가 고집하는 운영 원칙 중 하나다.

나는 한 무리의 섬 사람들을 향해 천천히 걸어갔다. 무슨 말이든 섞고 싶어서였을 거다. 하지만 그들은 내 마크를 흘깃 보더니 자연스럽게 방향을 틀었다. 오늘따라 내 위로 뜨는 연보라빛 이파리가 부끄러웠다. 내가 섬에 속해 있지 않다는, 이방인의 증명을 지우고 싶다.

3월 24일

3월 말의 폭설이라니! 15센티나 쌓인 눈이 딱히 놀랍지도 않지만 며칠 있으면 4월이라는 사실이 새삼스럽기는 하다. 봄을 출입 금지시키려는 밉살스러운 겨울을 뒤로하고 나는 여름으로 떠났다. 오늘도 습관처럼 시카모어 비치로 말이다. 여윳돈이 얼마 남아 있지 않아도 사치를 부리고 싶을 때가 있다. 매일 파도처럼 밀려오는 똑같은 피로감을 잊고 싶다는 방증일까?

실제로 가본 바다라곤 몇 군데 되지도 않지만 이곳의 청록색 바다와 평화로운 모래사장은 내 마음의 천국이다. 습기 하나 없이 보드라운 모래가 발 위로 찰랑찰랑 감겼다. 눈을 꾹 감아도 발가락 사이로 빠져나가는 금빛 모래의 반짝임이 선명하게 뇌를 적셨다.

천천히 열까지 숫자를 세며 걸었다. 하나. 둘. 셋. 넷. 다섯. 여섯. 일곱. 여덟. 아홉. 그리고 열을 세려는 순간 어어, 하는 목소리에 번쩍 눈을 떴다. 나는 낯선 사람의 품에 안기다시피 한 채였다. 고개를 들자 얼굴을 붉힌 채 나를 내려다보고 있는 남자와 눈이 마주쳤다. 나는 헉 소리를 내며 물러섰다. 남자는 내 당황함을 지우려는 듯 황급히 설명했다.

―바다 쪽을 향해 서 있었어요. 그러다가 문득 뒤로 돌았더니 그쪽이 눈을 감은 채 저한테 다가오고 있더라고요. 넘어질까 봐 팔을 벌릴 수밖에 없었죠.

―미안해요, 바보같이…….

―아닙니다, 정말로. 괜찮아요.

그가 손사래를 쳤다. 당황스러웠지만 그와 나의 입가엔 왜인지 미소가 떠올라 있었다.

―그나저나 동지네요. 나도 이곳의 손님이거든요.

나는 그의 옆에 뜬 연보라빛 나뭇잎을 곁눈질했다.

―그렇네요. 근데 우리 전에 몇 번 본 적 있지 않아요? 난 기억나는 것 같은데.

그가 말했다. 말을 나눈 지 1분이 채 지나지 않았는데 그의 입에서 나오는 우리, 라는 단어가 싫지 않았다. 그리고 보니 서글서글한 눈매에 늘 시원해 보이는 민트색 셔츠를 입은 남자가 눈에 익은 것 같기도 했다. 그가 통성명을 하자고 제안하며 내 이름을 물었다.

―나라예요. 유나라.

―유나라. 예쁜 이름이네요. 전 김재희입니다.

친절한 미소를 지으며 그가 말했다. 우리는 바닷가를 거닐며 이야기를 나누었다. 그도 나처럼 시카모어 섬에 자리가 나면 지원할 예정이라고 했다.

—여기 자주 접속하세요?

내가 물었다.

—가끔요. 사실 메타버스 같은 걸 즐기는 편은 아니라서 올 때마다 어색한 기분이 들어요. 그렇지만 시카모어 채용 절차에 시카모리아 접속 이력이 반영된다는 얘기도 있잖아요. 그래서 하는 수 없이 가끔 이 이상한 세계에 발을 들이고 있죠. 아, 물론 서류부터 통과해야겠지만.

—저도 마찬가지예요. 재희 씨랑 다른 점이 있다면 저는 메타버스로나마 시카모어에 오는 게 좋다는 거죠. 올 때마다 목표를 다질 수 있으니까. 그런데 재희 씨는 시카모어에 왜 가고 싶어요?

—음……. 이유야 다 거기서 거기 아닐까요. 시카모어에서는 왠지 희망을 전부 실현할 수 있을 것 같아요. 그저 환상일지도 모르지만 그래도 더 나이 들기 전에 확인해보고 싶어요. 내 안에 그린 그림이 진짜 현실이 될지 신기루가 될지.

그가 내게 부드럽게 미소 짓자 얼굴이 따끈따끈해졌다. 해 질 녘의 붉은 기운 탓일 거라 여기면서도 어쩐지 몽롱했다. 재희는 해변을 달려가는 한 무리의 아이들을 귀엽다는 듯 바라봤다.

—아이들 좋아하세요?

—글쎄요. 보통?

그렇게 대답하면서도 나는 그런 미온적인 대답이 이 상황에서의 정답이 아닌 것 같다는 생각에 조금 불안해졌다. 재희가 다시 아이들의 뒷모습을 물끄러미 좇았다.

―난 아이들을 정말 좋아해요. 성가시다고 아이를 싫어하는 사람도 많지만, 난 끝닿을 줄 모르는 에너지로 혼을 쏙 빼놓는 어린 존재들이 사랑스러워요. 나중에 결혼하면 아이도 많이 낳고 싶어요. 마음 같아선 한 다섯 명쯤? 아내 될 사람이 허락해야겠지만.

그가 웃었다.

―다섯 명이라니, 김칫국이 대단하신데요. 혹시, 시카모어에서요?

재희는 고개를 끄덕였다.

―네. 시카모어 섬의 10프로가 되는 게 꿈입니다. 섬에 정착해서 아이를 낳고, 가정을 이루고, 꿈같이 지내고 싶어요. 좋은 사람을 만날 수 있겠죠?

그렇게 말하며 그가 고개를 돌려 내 옆모습을 끈질기게 바라봤다. 나는 그의 시선을 모른 척하느라 바다 쪽으로 눈길을 돌렸다. 붉은 해가 천천히 가라앉고 있었다. 그가 뭔가를 더 물으려 했을 때 별안간 그의 실루엣이 깜박거리며 일그러지기 시작했다.

―어쩌죠. 시간이 다 됐나 봐요. 이런, 이제 막 재미있어지던 참이었는데…….

재희가 다급하게 말했지만 기계음이 섞인 그의 음성은 거칠게 갈라졌다.

　—다음에, 또…….

　채 말을 맺기도 전 재희는 부서지듯 형체도 없이 사라졌다. 그는 그의 현실로 돌아간 것이다. 순식간에 나는 혼자 남겨졌다. 재희가 다시 접속할 거라는 희망을 가지고 한참을 기다렸지만 그는 나타나지 않았다.

　어디선가 나팔 소리가 울렸다. 모래사장 한중간에서 엘피다 극단의 깃발이 바람에 나부끼고 있었다. 엘피다의 단원들이 노래를 부르며 행진하듯 내 앞을 지나갔다. 그러고 나자 바닷가에 서 있는 사람은 나뿐이었다. 막 해가 가라앉고 한순간에 깜깜한 어둠이 찾아왔다. 형용할 수 없는 외로움이 밀려들었다. 재희를 만나기 전보다 더 깊고 은밀한 외로움이었다. 그와 나눈 달콤했던 대화가 갑자기 사라진 그의 모습처럼 부질없게 느껴졌다. 극단의 노랫소리마저 멀어지자 이보다 더 혼자일 수는 없을 것 같았다.

　그때였다. 캑캑거리는 소리가 들리더니 어둠 속에서 무언가가 나를 향해 빠르게 돌진했다. 처음엔 커다란 수탉이 벼슬을 흔들며 달려드는 줄 알았다. 하지만 그건 닭머리 탈을 쓴 사람이었다. 상의를 입지 않아 드러난 몸에는 잔근육이 선명했고, 튜닉 스타일의 옷 아래로 긴 부츠를 신어 로마 시대의 병정을 연상케 했다. 남자는 나를 지나쳐 곧장 바다로 나아가더니 가면을 쳐들고 바다 위로 구토했다. 몇 차례 더 토악질을 한 그가 휘청거리며 몸을 일으켰다. 그의 팔에 익숙한 타투가 보였다. 날개를 접고 고개를 쳐든 독수리 모양 타투, 엘피다의 표식이었다! 그의 옷과 신발에도 엘피다 극단의 독수리 문양이 새겨져 있었다.

─괜찮으세요?

내가 물었다. 엘피다의 단원과 직접 대화를 나누는 건 처음이었다. 비틀거리는 남자의 냄새를 맡을 수 있다면 분명 진한 술 냄새가 풍길 것 같았다. 그가 내 머리 위에 뜬 보라색 이파리를 바라보더니 측은하다는 눈빛을 보냈다.

─여긴 결코 낙원이 아니에요. 지금이라도 꿈을 바꾸기를. 꿈의 방향을 바꾸기를.

나는 몇 초간 어안이 벙벙한 상태로 있다가 이내 웃음을 터뜨렸다.

─속을 뻔했네. 엘피다 극단의 정기 공연 레퍼토리잖아요.

─잘 아네요.

남자가 말했다. 닭머리 가면 너머 엿보이는 눈에 피로감이 어려 있었지만 맑은 눈빛이었다.

─하지만 연극 대사가 꼭 무대 위의 상황만 설명하는 건 아니죠. 좋은 이야기는 현실을 환기하니까요. 그러니 환상을 품었다면 한시바삐 깨는 게 현명할 거예요. 달콤한 천국처럼 보이는 곳일수록 가까이 다가가면 지옥과 닮아 있을지 모르니.

그가 연기인지 진짜인지 모를 말투로 중얼거렸다.

─그 지옥이 어떤 사람에겐 삶을 지탱하는 원동력이 된다면요? 전 꼭 시카모어에 가고 싶어요. 정식으로 입도해서 이

외부자 마크를 떼버리고 엘피다 극단에 들어가고 싶어요. 당신처럼요. 그쪽도 그런 희망으로 시카모어에 온 거잖아요.

내 말에 남자는 옅은 웃음소리를 냈다.

─그랬었죠……. 좋아요! 궁금한 게 있다면 다 물어봐요, 뭐든 다 알려줄 테니.

그가 주머니에서 사탕을 꺼내보라고 권하는 어릿광대처럼 말했다. 나는 빠르게 머리를 굴렸지만 갑자기 다가온 기회 앞에 전혀 엉뚱한 질문을 던지고 말았다.

─카밀리아 레드너 씨가 궁금해요. 혹시 실제로 본 적이 있나요?

남자는 내 질문이 의외라는 듯 잠깐 침묵하더니 고개를 끄덕였다.

─그럼요. 잘 알죠. 카밀리아의 집 안, 그녀의 바로 옆에서 공연한 적도 있으니까.

─정말요? 그럼 카밀리아의 한국 이름이 뭔지도 아나요? 한국계라고 들어서 궁금해요.

대체 무엇을 기대하는 건지도 모른 채 나는 묻고 있었다.

─이름이 뭐였더라. 첫 글자가 민……이었던 것 같아요. 그녀의 방에서 봤죠. 정확히는 카밀리아의 침대 옆에 놓인 오래된 보석함에 새겨진 글자를 본 것뿐이지만.

남자의 말에, 전부터 가끔 뇌리를 스치던 한 가지 가정이 현실에 한 발짝 가까워졌다. 엄마에게조차 털어놓은 적이 없는 나만의 작은 공상.

혹시 카밀리아 레드너가 민아 이모인 건 아닐까.

카밀리아의 신상은 철저히 비밀에 부쳐져 있지만 나는 과거에 카밀리아가 인터뷰에서 짧게 언급한 모든 것을 욀 수 있을 정도로 잘 알고 있다. 그녀가 즐겨 듣는 비틀즈의 음악과, 음식에 곁들여 먹는 겨자 식초는 내가 기억하는 민아 이모의 취향과 정확히 일치했다. 거기에 더해 민아 이모가 내게 말해준 비밀 하나 더. 언젠가 이모는 내게 이런 말을 한 적이 있다.

―나라한테만 말해줄 엄청난 비밀이 있어. 이모는 정말 상상할 수조차 없는 엄청난 복권에 당첨됐단다.

―정말? 얼마짜리 복권인데?

이모는 미소를 지었다.

―아주아주 큰 복권이지.

―집도 살 수 있을 만큼?

―섬이라도 살 수 있을걸.

―그럼 섬 사줘, 이모! 나도 놀러 가게.

―알았어. 그럼 약속!

내가 내민 새끼손가락에 이모는 새끼손가락을 마주 거는 대신 두 손으로 내 손을 감쌌다. 그러곤 맞잡은 손 위로 기도하듯 얼굴을 숙였다. 조금 뒤 고개를 든 이모의 얼굴은 붉었다. 눈 안에 눈물이 잔뜩 고여 있었다. 나는 깜짝 놀라 물었다.

―왜 울어?

―좋아서. 지금 나라랑 함께 있는 이 순간이 기뻐서.

기쁘다고 하는데 왜 이모의 목소리가 떨리는지 나는 헤아릴 수 없었다. 그저 복권의 금액이 정말 큰가 보다 했을 뿐이었다. 엄마조차도 가끔 이모의 얘기가 나오면 이모 걱정은 전혀 할 필요가 없다고 말하곤 했다.

민아 이모와 카밀리아 레드너가 동일 인물이라는 게 가능한 일일까. 이모가 막대한 자금을 가지고 시카모어 섬을 사서 꾸렸다면? 내가 아는 한민아라면 충분히 그리고도 남았다. 이모는 늘 꿈을 현실에 옮기는 사람이었으니까.

그런 생각을 하는 동안 닭머리 남자는 내 외부자 마크 옆에 표시된 국기를 유심히 살피며 내 곁을 한 바퀴 돌았다.

─한국인이군요. 곧 섬의 채용 공고가 있다는 건 알고 있죠?

─그럼요! 시카모어에 조금이라도 관심 있는 사람이라면 모를 리가 없죠.

─그럼 이제 아무도 알려주지 않을 비밀 정보를 줄게요. 곧 카밀리아가 직접 여러 나라를 돌며 섬에 데리고 올 사람들을 뽑을 거예요. 당연히 그 나라들 중엔 한국도 포함돼 있죠.

─정말요?

남자가 고개를 끄덕였다.

─한국은 나이 든 사람들로 넘쳐나니, 이 섬에 필요한 우수한 인재도 많겠죠. 카밀리아가 새로운 사람들을 뽑는 현장에 직접 가보고 싶다고 했어요. 당신이 면접까지 가게 된다면 어디선가 카밀리아가 당신을 지켜보고 있을 겁니다.

─그럼 전 어떻게 해야 해요? 저는 유카시엘에서 일하고 있어요. 유닛 A에서 일해야 합격할 가능성이 높다는데, 사정이 생겨 지금은 유닛 B에 와 있지만……. 어떻게든 다시 유닛 A로 올라가야겠죠?

나는 두서없이 떠들어댔다. 하지만 남자는 고개를 젓더니 가까이 다가와 얼굴을 들이밀었다.

─지금부터가 진짜 고급 정보니까 잘 들어요. 높은 등급으로 가서는 안 돼요. 지금처럼 중간 등급에 계속 머물러서도 안 되죠. 낮은 곳으로 가세요. 그리고 더 낮은 곳으로.

그가 어릿광대의 잠언처럼 속삭였다.

─카밀리아는 프리미엄 시설만 경험하고 시카모어에 온 청년들에게 실망감을 느끼고 있어요. 보다 다채로운 경험을 통해 시니어들을 깊게 이해하고 진심 어린 서비스를 제공할 수 있는 사람들을 찾고 있죠. 이를테면 가장 상위 유닛부터 가장 하위 유닛까지 폭넓은 경험을 한 사람들 말이에요. 그러니, 기회가 된다면 더 낮은 유닛으로 가봐요. 거기서 여러 사람을 겪고 느낀 바를 정리해봐요.

─알겠어요, 꼭 그럴게요!

나는 희망적으로 외쳤지만 나를 바라보는 남자의 눈엔 애처로움이 실렸다. 이번엔 내 몸이 점멸하고 있었다. 곧 접속이 끊어질 것이니 입장 상태를 연장하고 싶다면 코인을 충전하라는 알람이 울렸다. 하지만 나는 가진 코인이 없었다.

─사라지고 있군요. 그래요, 그대는 사라질 거예요. 하지

만 다시 영원토록 불타오를 테죠. 그러고 나면 우린 다시 만나게 될지니…….

　남자가 알 수 없는 연극의 대사를 읊더니 과장된 인사를 하며 몸을 숙였다. 내가 화답하기도 전 접속이 끊겼고 나는 순식간에 회색빛 내 방으로 돌아왔다. 얼굴에 땀이 흥건하게 흐르고 있었다.

3월 25일

　자정까지 고민하다가 오베론을 호출했다. 그러곤 이렇게 말했다.
　―유카시엘에 메일을 보내줘. 충원 가능한 인원이 있다면 가능한 한 빨리 유닛 C로 가고 싶다고!
　오베론은 의아하게 여기면서도 내 말을 따랐다.

　어쩌면 닭머리 남자가 내게 장난을 친 건지도 모른다. 하지만 분명 그는 섬 사람이었고 엘피다 단원이었다. 나는 그를 믿어보기로 했다. 내게 다가온 기회에 도박을 해본 거다.

3월 29일

유카시엘 본부로부터 답장이 왔다. 다음 주부터 유닛 C에서 일해도 좋다는 소식이다.

내가 일하게 될 곳의 이름은 '뉴시티 필드'다.

유닛 C

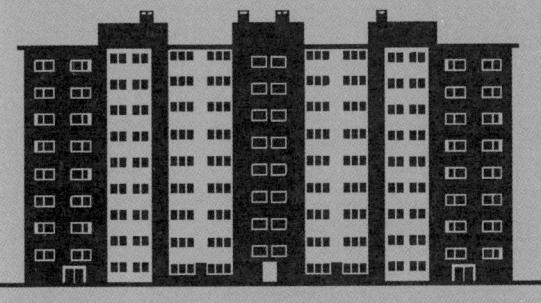

뉴시티 필드

4월 3일

　뉴시티 필드, 그러니까 유닛 C로 향하는 버스는 도시를 종단해 수도권으로 향했다. 나는 맨 앞자리에 앉아서 꾸벅꾸벅 졸다가 버스가 크게 회전하는 바람에 눈을 떴다. 차창 너머 시야를 메운 건 거대한 장벽처럼 세워진 아파트촌이었다. 촘촘한 아파트 장벽을 향해 진입하는 버스는 밀림에 들어서는 작은 벌레 같았다. 버스가 앞으로 나아갈수록 아파트 장벽은 성큼성큼 다가오듯 점점 커졌고, 삼면이 건물로 된 이상한 세상에 들어선 것처럼 건물들이 버스를 단단히 에워쌌다. 너무 어지러워서 눈을 감았다. 그제야 버스가 직진하고 있을 뿐이라는 단순한 사실이 작은 안도감을 줬다.
　한때 신도시였던 이곳이 노인 거주지로 바뀐 것도 이미 오래전의 이야기다. 유카시엘에 속한 건물들과 개인이 소유한 집들이 섞여 있지만, 도시 전체를 채운 벌집 같은 아파트에

칸칸이 노인들이 살고 있다는 사실만큼은 을씨년스럽게 다가왔다.

내가 내린 곳은 거대한 아파트 단지 앞, 그중에서도 과거 임대 아파트로 쓰이던 건물이 모여 있는 곳이었다. '뉴시티 필드'라는 팻말이 입구에 크게 붙어 있었고, 연청색과 연회색이 뒤섞여 칠해진 건물들은 겉보기엔 깔끔해 보였다. 하지만 걸음을 옮길수록 건물 곳곳에 빠짐없이 가 있는 균열이 눈에 들어왔다. 무성하고 푸르른 건 틈새마다 자리 잡은 잡초뿐이었고 그 밖의 모든 게 시들어 있었다. 여러 차례의 도색으로도 가릴 수 없는 실금 가득한 벽, 녹슨 유리와 아귀가 맞지 않는 창틀, 그리고 곳곳에 아무렇게나 뒹굴고 있는 쓰레기까지.

갑자기 억센 고함 소리가 귀를 파고들었다. 재활용 쓰레기장 옆에서 두 노인이 언쟁을 벌이고 있었다. 정확히 말하자면 갈색 체크무늬 조끼를 입은 노인이 욕을 하며 누군가에게 쓰레기를 던지고 있었고, 회색 재킷을 입은 다른 할아버지는 잔뜩 움츠린 채 그의 말에 당하고만 있었다. 갈등의 원인은 단순해 보였다. 회색 재킷 할아버지가 음식물 쓰레기를 버리다가 실수로 국물이 튄 모양이었다. 나는 본능적으로 둘을 말리기 위해 몇 걸음 나섰지만 그 순간 본부의 매뉴얼이 떠올라 걸음을 멈췄다. 절대 성난 노인 가까이 가지 말 것.

재빠르게 오베론을 호출해 유닛 본부에 신고하라고 요청했다. 몇 초 지나지 않아 어딘가에 있는 스피커에서 새된 음성이 흘러나왔다. 폭력 사태, 폭력 사태 발생. 곧 AI봇이 빠르게 미끄러져 다가와 두 노인을 떼어놓았다. 나는 그 모습을 뒤로하고, 예전에는 주민 커뮤니티 시설로 쓰이던 본부 건물 안으로 들어섰다.

실내에 발을 들이자마자 나를 맞이한 건 중앙의 대형 스크린이었다. 이곳 시니어들이 얼마나 행복하고 안락한지를 설명하는 영상이 흘러나오고 있었지만, 여기 머무는 사람들에게 무언가를 끊임없이 주입하기 위한 장치라는 생각을 지울 수 없었다. 작은 상담실 안으로 들어가자 홀로그램이 켜지며 AI 매니저가 모습을 드러냈다.

—안녕하세요. 뉴시티 필드의 대표 매니저 클로입니다. 불미스러운 모습을 보여드려 죄송합니다. 그럼 귀하의 업무에 대해 말씀드리겠습니다.

클로는 한참 동안 유닛 C에서의 지침과 내가 해야 할 일에 대해 떠들었다. 로비 중앙에 틀어진 화면의 내용과 별반 다르지 않았다. 화면이 꺼지자마자 나도 모르게 중얼거렸다.

—미쳤네. 같은 말만 반복하는 저 따위 AI가 대표 매니저라니. 차라리 앵무새가 낫겠다. 망할 것들…….

내 말을 들은 오베론이 무안하다는 듯 어깻짓을 했다.

—같은 AI로서 내가 대신 사과해야 하나?

—너는 달라. 너는 공식 인증된 내 친구니까.

—영광이군. 그럼 가보자, 친구. 첫날이니 구경부터 시작하자고!

오베론은 동화 속에 나오는 작은 귀뚜라미처럼 내 어깨 위로 가볍게 걸터앉았다.

나는 오베론과 소곤대며 유닛 안을 탐색했다. 어딘가 탈색된 느낌의 건물은 피로감을 줬고 특별히 주목을 끌 만한 건 없었다. 굳이 꼽자면 상위 유닛에서 보이던 인간 노동자는 거의 눈에 띄지 않았고 많은 게 자동화돼 있었다.

그래서 냉랭한 공기가 더욱 삭막하게 느껴졌는지도 모르겠다.

4월 4일

AI 대표 매니저 얘기를 들은 엘리야는 픽 코웃음을 쳤다. 그녀는 AI로 대체된 수많은 노동력에 대해 성토하며 우리가 "싸게 부려 먹히고 있다"고 일갈했다. 엘리야는 요즘 더 열심히 집회에 나간다. 해가 바뀌면서, 월급에서 제해지는 금액이 느는 걸 본 뒤 더는 참을 수 없었다고 한다.

―쥐꼬리만큼이지만 월급이 올라서 좋았어. 근데 늘어난 금액은 전부 새로 추가된 복지 예산으로 빠져나가더라고. 물가상승률을 감안하면 내 월급은 줄어도 한참 줄어든 거야.

엘리야는 나에게 집회에 같이 나가자고 계속 졸랐다. 지금은 몸과 마음이 너무 고단하고 바쁘다고 했더니 책망의 목소리가 돌아왔다.

—그건 직무 유기야. 젊은이로서의 방관이자 직무 유기! 세상이 지금 같아도 된다는 거야, 넌?

싸우고 싶지 않다는 의사조차 싸움의 재료로 삼는 엘리야의 논리 앞에 좀 피곤해졌다. 그렇지만 그 말이 틀렸다고 할 수 있을까. 여러모로 생각이 많아진다.

4월 5일

오늘 뉴시티 필드에서의 첫 번째 상담이 있었다. 유닛 C에서 어떤 풍경을 맞이하게 될지 사뭇 궁금해지던 찰나, 얼마 전 쓰레기 소각장 앞에서 당하고만 있던 김지훈 할아버지가 들어왔다. 구부정한 어깨에 보폭이랄 게 없다고 할 수 있을 만큼 바닥을 짧게 밀어내는 걸음걸이. 지훈 할아버지는 마치 녹슨 자동인형처럼 천천히, 하지만 끈질기게 걸어와 내 앞에 앉았다. 검게 얼룩진 손이 심하게 떨렸고 입가엔 주름이 촘촘히 수놓아져 있었지만, 나는 그의 눈빛에 어린 일말의 염원 같은 걸 느낄 수 있었다. 전날의 소동에 대해 이야기를 꺼내자 할아버지는 지나간 일을 굳이 따지고 싶지 않다고 말했다.

—그래도 계속 피해를 보면서 살 수는 없잖아요.

내 말에 그는 느릿느릿 말을 이었다.

―그 사람은 원래 다들 피하는 사람이에요. 어젠 내가 재수 없게 걸린 거지, 뭐.

나도 사전 조사를 통해 어제 그 갈색 조끼의 노인이 악명 높다는 건 이미 알고 있었다. 문득 할아버지의 손에 눈길이 갔다. 검버섯이 잔뜩 핀 손등 위로 피처럼 붉은 반달 모양 자국이 선명했다. 그게 뭐냐고 묻자 할아버지의 얼굴에 반가운 미소가 번졌다.

―이거? 내 인장 같은 거지요. 한창 작업할 때 손을 베었어요. 그런데 베인 자리에 유화 물감이 스민 거야. 병원에서는 곧 피부로 흡수돼 사라질 거라고 했는데, 이상하게 계속 원래 색대로 남아 있어요. 신기하지요? 어디 가서 말하면 내 말을 믿지도 않아요. 이게 참 걸리적거리고 싫을 때도 있었는데, 지금은 이 자국이 있어 다행이야. 그렇지 않았다면 내가 그림 그리던 놈이란 걸 잊었을지도 모르니까.

―그림을 그리셨어요?

그림, 이라는 단어를 말하자 할아버지의 눈에 한층 더 밝은 빛이 실렸다.

그는 화가였다. 유명한 전시관에서 전시회도 여러 차례 열었고, 국내는 물론 해외에서도 상을 받았다. 그가 내게 보여주겠다며 주머니에서 꺼낸 신문 기사는 코팅이 돼 있었음에도 너덜너덜했다. 지금보다 젊고 자신감 있는 그의 모습이 바스러질 것 같은 코팅지 안에 위태위태하게 봉인돼 있었다.

―그저 꿈을 좇았을 뿐입니다. 그러다가 이렇게 됐지만.

그가 연약한 미소를 지으며 더듬더듬 말했다.

―이렇게라니요…….

나는 위로하듯 입을 열었지만 그 뒤를 이을 말이 떠오르지 않았다. 다행히 할아버지는 내 반응에 개의치 않는 것처럼 보였다. 그는 생각을 정리하듯 허공 어딘가에 시선을 둔 채 말했다.

―이것만으로도 참 고마워요. 내가 꿈꾼 것과는 좀 다르지만, 이렇게 지붕 있는 곳에서 세끼 밥을 먹을 수 있잖아요.

―……어떤 꿈을 꾸셨었는데요?

내가 물었다. 얼마 전 엄마가 꿈이라는 단어를 말했기 때문일까. 할아버지의 꿈이 궁금했다. 그는 천천히 입을 열었다.

―난 단순하게 살았어요. 그림 말고 다른 가능성은 떠올려본 적도 없었지. 오로지 그림을 그리는 내 손을 믿으며, 화폭에 완성될 작품을 머리와 가슴에 꽉 채웠지요. 하루하루 희망 속에 살았고 모든 게 영원할 거라 여겼어요. 사람이 그림을 직접 그린다는 게 어떤 의미가 될지, 내가 걸어온 한 가지 길이 어떻게 끝날지에 대한 상상력은 부족했던 거예요.

―그 선택을 후회하세요?

질문을 던져놓고 나는 솔직하게 변명했다.

―저도 꿈이 있는데 가끔은 그걸 따르는 게 맞는지 의문이 들어서요.

할아버지는 나를 물끄러미 바라보았다.

—아가씨는 참 젊군요. 이렇게 쳐다보는 걸 용서해요. 그저, 내가 당신처럼 다시 젊음을 가지게 된다면 어떤 선택을 했을지 가늠하느라 그런 거니까.

그가 말을 이었다.

—그런데, 다시 돌아가도 나는 그림을 그릴 것 같아. 더 열심히, 온 힘을 다해서 말이에요. 그 끝이 이런 모습이라 하더라도 변함은 없어요. 다시 지금과 같은 모습으로 이 길에 똑같이 서 있더라도, 적어도 가보지 못한 길에 대한 후회는 없을 거야. 그거면 족해요.

그는 재킷을 뒤지더니 구깃구깃한 종이를 한 장 꺼내 펼쳤다. 흔들린 필치로 그린 풍경화였다.

—어때요. 이렇게 매일 그리고 있답니다. 아무도 봐주지 않을 그림이지만. 아니지, 오늘은 당신이 봐줬군요.

나는 아무 말도 할 수 없었다. 내 눈앞의 할아버지는 마음이 이끄는 꿈을 좇은 대가로 이곳에 있는 걸까? 그런 생각에 빠져 있는데 그가 내게 쪽지를 하나 내밀었다.

—그래서 말인데 부탁이 하나 있어요. 혹시 물감을 사줄 수 있겠어요? 딱 한 통이면 됩니다.

쪽지에는 물감의 상표와 품번이 적혀 있었다. 누군가에게 건네기 위해 오래 품고 있었는지 꼬깃꼬깃한 종이가 눅눅하게 닳아 있었다. 나는 잠시 망설였다. 할아버지의 눈빛과 말투가 너무 간절했다. 여태까지 그가 내게 들려준 이야기가 오로지 그 물감 한 통을 위해 설계된 것인가 싶을 정도로.

하지만 내가 대답을 궁리하는 사이 우리의 모든 대화를 엿듣고 있던 AI가 먼저 반응했다. 벽 어딘가에 내장된 스피커에서 경고성 발언이 흘러나왔다.

수용자는 상담자에게 개인적인 부탁을 해서는 안 됩니다.
상담자는 수용자의 개인적 부탁을 들어줄 수 없습니다.

날카롭고 건조한 음성이었다. 유닛 A와 B에서는 느낄 수 없었던 AI의 적극적인 개입과 '수용자'라는 표현이 당황스러웠다. 할아버지는 좌절한 눈으로 주섬주섬 물건을 챙기기 시작했다. 내 기분도 덩달아 침울해졌다.
꿈을 따른다는 이유만으로 불행해진다면 어떤 목적으로 살아야 할까. 나는 한동안 답할 수 없는 질문에 갇힌 채 방을 빠져나가는 할아버지의 뒷모습을 묵묵히 바라보고 있어야 했다.

4월 9일

피는 줄도 몰랐는데 거리엔 온통 흐드러진 벚꽃이다. 전혀 눈치채지 못한 사이에 성큼 와버리는 봄은 매년 참 신기하기도 하다.
새롭게 알게 된 게 한 가지 더 있다. 집으로 가는 길, 수없이 지나던 길모퉁이에 화방이 있다는 걸 오늘 처음 알았다. 왜인지도 모른 채 가게 안으로 들어섰다. 주인을 기다리는 수많은 화구와 색색의 물감을 보자 김지훈 할아버지가 떠올랐다.

그가 쪽지에 썼던 상표의 물감도 그곳에 있었다. 비쌌다.

빈손으로 가게에서 나왔지만 마음은 가게에 들어서기 전보다 무거워져 있었다.

……자려고 누웠지만 오래 뒤척인 끝에 일어났다. 창밖에 비가 떨어진다. 벚꽃도 하루 이틀이면 흔적조차 찾을 수 없겠지. 인터넷으로 아까 본 물감을 검색했다. 가게에서 본 가격보다는 낮았지만 결코 싸다고는 할 수 없는 금액이다.

물감을 결제했다! 5분이 채 지나지 않아 드론이 창문에 달린 택배 수거함에 물감을 떨어뜨리는 소리가 들렸다. 내가 왜 그랬는지는 모르겠다. 과거로 다시 돌아가도 지금의 길을 택하겠다는 그의 말에 뭉클해서였을까. 꼭 김지훈 할아버지를 위해 샀다기보다 그저 꿈을 좇은 사람을 응원하고 싶었다. 그러니까 어쩌면 나 자신을 응원하고 싶었던 건지도…….

아무튼 이제 좀 개운하게 잘 수 있을 것 같다. 이미 너무 늦은 시간이지만!

4월 10일

　출근하자마자 상담 기록지에서 미리 봐둔 호수를 찾아가 문을 두드렸다. 김지훈 할아버지가 의아한 얼굴로 문을 열었다. 오랫동안 환기를 하지 않았는지 문이 열린 순간 퀴퀴한 냄새가 훅 끼쳤지만 개의치 않고 물감 꾸러미를 내밀었다.
　―깜짝 선물이에요. 물론 공식적으로는 비밀이고요!
　내 말에 할아버지는 붉어진 눈시울로 연신 고개를 끄덕였다. 아이처럼 기뻐하면서도 미안해하는 할아버지를 보자 나도 뭉클해졌다.
　덕분에 하루 종일 마음이 화창했다. 내가 타인에게 기쁨을 선사할 수 있는 존재라니, 어제보다 부자가 된 기분이었다!
　비가 깨끗하게 씻어낸 세상에 꽃향기가 진하게 묻어났다. 콜라주처럼 뒤섞인 봄꽃의 향기를 맘껏 들이켰다. 그러자 내가 봄 세상에 살고 있다는 사실이 강하게 실감 났다.

4월 11일

　내가 누군가에게 뭔가를 대가 없이 줄 줄 아는 존재라면 그건 오로지 민아 이모 덕이다. 이모는 내게 모든 걸 아낌없이 내어줬으니까.

말이 나온 김에 민아 이모에 대해 조금 더 정리를 해볼까 한다.

이모와 엄마, 그리고 내가 이룬 트라이앵글이 깨지게 된 계기에서부터 다시 시작해야겠다. 닫힌 문틈 사이로 새어 나온 공기를 타고 아홉 살의 내게 기습적으로 다가왔던 균열에 대해 말이다.

학교가 끝나고 집으로, 그러니까 여느 때처럼 이모의 집으로 향하던 길이었다. 집 앞에 거의 도착했을 때, 걸음을 멈추게 한 짧은 문자가 왔다. 나라야, 오늘은 집으로 가렴. 이모가 보낸 메시지였다. 무슨 일인지 고개를 갸우뚱하기도 전, 같은 내용의 문자가 엄마에게서도 왔다. 나라야, 학교 끝나면 바로 집으로 오렴. 내가 생각하는 집은 항상 두 개였다. 엄마와 지내는 집, 그리고 우리 집과 벽을 공유한 이모의 집.

나란히 나를 바라보는 두 개의 현관 앞에서 나는 엄마가 있는 집 쪽으로 한 발짝 다가섰다가 바로 뒤로 물러섰다. 닫힌 문 너머로 묘한 기운이 느껴졌다. 익숙한 공기 안에는 내가 알지 못하는 냄새가 섞여 있었다. 나는 손을 쥐었다 폈다 하며 천천히 도어록 비밀번호를 눌렀다. 정적 속에 도근도근한 가슴을 안고 문을 열자 이질적인 공기가 낯선 풍경과 함께 쏟아졌다. 처음 보는 남자가 거실에 앉아 있었다. 생경하지만 익숙한, 사진 속 얼굴보다 훨씬 나이가 든, 나의 아빠가.

엄마는 싱글맘으로 나를 잘 키우리라고 굳게 다짐했기 때문에 아빠에 대해 자주 언급하지는 않았다. 나의 탄생에 기여한 아빠가 있지만, 우리 가정은 그 존재 없이도 잘 돌아간다는 게 내가 받아들인 가족의 형태였고, 나는 당연하게 엄마의 성씨를 물려받았다. 그럼에도 가끔 아빠에 대해 물어보면 엄마는 인쇄해둔 사진 몇 장을 조용히 보여주곤 했다. 사진 속의 아빠는 젊고 날카롭고 이지적이었다. 시간이 지남에 따라 사진은 빛이 바래갔고, 내가 성장하며 겪는 질풍노도와 상관없이 사진 속 아빠의 표정은 늘 무감정했기 때문에, 어떻게 보면 아빠에 대한 그리움을 느끼지 않게 하기에 최적인 사진이었다. 그런데 갑자기 진짜 아빠가 내 앞에 불쑥 나타나 있었다. 존재조차 자주 언급되지 않던 아빠가 엄마와 지속적으로 연락을 취하고 있었다는 걸 알게 된 것도 그때였다.

아빠는 사진과 달랐다. 전체적으로 모든 게 사진보다 둥글면서 동시에 네모났다. 얼굴형도, 몸통도, 눈과 코와 턱도 네 귀퉁이가 공평하게 닳은 지우개를 연상시켰다. 아빠의 모든 곳에 방사형의 주름이 져 있었다. 그는 나를 보고 반가운 손님을 맞이하듯 상체를 약간 곧추세웠고, 그러자 아빠와 마주 앉아 있던 엄마가 빼꼼 고개를 내밀었다. 엄마는 몹쓸 짓을 하다 들킨 사람처럼 얼굴이 벌겠다. 흥분과 혼란과 눈물 같은, 모든 종류의 들고일어나는 감정이 한차례 폭풍우처럼 지나간 뒤인 듯했다.

"나라야, 아빠……."

그렇게 말하는 엄마의 목소리는 감격에 겨운 듯 갈라져 있었다. 하지만 그들이, 그러니까 엄마와 아빠가 일으키는 어색하고 들뜬 바람은 내 마음에 사나운 모래 먼지를 일으켰다. 온통 뿌옇고 따갑고 혼란스럽기만 했다.

그만큼 아빠의 등장은 급작스러웠다. 엄마와 결혼하지 않고 유학을 떠나 미국에서 일하던 아빠는 느닷없이 한국에 돌아왔고, 이제부터 우리와 함께 살며 '가족으로 지낼' 예정이었다. 엄마는 우리가 '원래' 한 가족이었다고 강조했지만 엄마가 감격으로 받아들이는 모든 일들에 나는 어안이 벙벙할 뿐이었다.

나중에 알게 된 사연은 대충 이랬다. 엄마와 아빠가 연애를 시작한 건, 아빠가 부모님의 병환으로 휴학을 하고 한국에 와 있을 때였다. 그때 내가 생겼다. 그러나 나의 친조부모는 엄마를 그다지 마음에 들어 하지 않았다. 그들은 그들과 결이 전혀 다른 젊은 댄서를 며느리로 받아들일 준비가 돼 있지 않았고, 공들여 키운 귀한 외동아들이 드넓은 세상으로 뻗어나가야 한다고 판단했다. 엄마도 사랑받고 자란 외동딸이었기 때문에 자신을 탐탁잖아 하는 집에 눈치를 보며 들어갈 생각이 전혀 없었다. 그렇게 엄마는 결혼제도가 아니라 이제 막 공표된 새로운 제도 안에서 당당히 아이를 키우겠다고 선언했다.

그러나 엄마가 나를 홀로 떠맡은 동안에도 두 사람은 종종 연락을 주고받았으며, 놀랍게도 둘의 애정은 꺼지지 않는 불씨처럼 지속된 모양이었다. 내가 모르는 사이 아빠는 내가 자라나는 모습을 사진과 동영상으로 쭉 봐오며 언젠가 돌아오겠다는 다짐을 늘 품고 있었다고 한다. 엄마는 최후의 순간까지 내게 아무런 예고도 해주지 않은 이유가, 그런 아빠의 다짐이 성사되지 않을 경우 내가 상처받을 것이 두려워서였다고 했다. 솔직히 말해서 나는 엄마 아빠가 왜 하필 그 시점에 별안간 결혼을 해서 한 지붕 아래 살려고 했는지 잘 이해할 수가 없었다.

가장 유력한 이유는 둘 다 급작스럽게 고아가 되었기 때문일 거다. 외할아버지와 외할머니는 엄마가 나를 낳기 전후 차례로 돌아가셨고, 친할아버지와 친할머니는 아빠가 유학에서 돌아오기 얼마 전, 유명을 달리하셨다. 후에, 중학교에 다니던 무렵의 어느 날, 엄마와 한바탕 크게 싸웠을 때 나는 이렇게 소리친 적이 있다.

—외로워지면 가족을 찾게 된다는 거야? 이해가 안 돼.

그때 엄마가 나를 똑바로 바라보며 했던 말과 표정을 잊을 수 없다.

—나는 이해돼. 너무나 잘.

어쨌든 아빠의 귀환으로 내 삶은 많이 달라졌다. 태어난 지 9년이나 지난 아이를 가운데 두고 하루아침에 조립된 가족은 엉성하고 삐걱거렸다. 아빠는 자신이 등장함으로써 가족이 회복됐다고 안도했을지 모르겠지만 어린 내가 겪는 일상의 균열은 너무도 컸다.

아빠는 나를 데리고 맛있다는 식당이나 재미있다는 전시를 찾아갔지만 하나같이 내 취향에 맞지 않았다. 그러면 아빠는 자신이 제공하는 진귀한 콘텐츠를 거부하는 내가 이해되지 않는다는 표정으로, 항상 떨떠름하게 쩝 소리를 내며 책망하듯 엄마를 바라봤다. 엄마는 나를 설득하려고 노력했지만 나는 엄마의 얼굴에 새겨지는 난감한 표정이 미웠다. 당시의 나에게 엄마는, 쇼에 등장해 평소처럼 굴지 않는 물개에게 생선을 한 마리 더 던져보며 재주를 넘으라고 강요하는 조련사처럼 보였다. 나는 갑자기 나타난 아빠 앞에서 쩔쩔매는 엄마를 티 나게 외면했다. 그리고 둘을 동시에 얼어붙게 만드는 단순한 문장이 있다는 사실을 알게 된 후 의도적으로 그 말을 자주 입에 올렸다.

―근데 민아 이모는?

그렇게 물을 때마다 아빠의 얼굴에는 복잡한 물음표가 새겨졌다.

그 뒤 민아 이모와 우리의 사이는 뭔가 어그러졌다. 평범했던 것들이 해서는 안 되는 일이 됐다. 예를 들면 내가 민아 이모의 집에 매일 가는 것, 아빠 대신 이모와 밥을 먹는 것. 원래 하던 자연스러운 모든 것들.

딱 한 번, 민아 이모와 엄마 아빠 그리고 나, 이렇게 넷이 함께 밥을 먹은 적이 있다. 나라를 많이 예뻐해주셨다고 들었습니다. 네, 정말 사랑스러운 아이죠. 그동안 이 사람이 옆집 언니 얘기를 많이 했거든요. 그랬구나, 몰랐네요. 저희가 너무 신세를 많이 졌죠. 아니에요, 제가 나라랑 각별해서 그런걸요. 이제 제대로 아빠 노릇을 하게 됐으니 앞으로는 폐를 끼치지 않게 돼서 다행입니다. 폐……요? 아, 왜 이런 자리에서 그런 얘길 해. 이런 자리니까 할 얘긴 해야지.

팽팽하게 오가는 세 어른의 대화 속에 나는 줄곧 침묵을 지켰다. 내 의견을 묻는 사람은 아무도 없었다.

나는 예전처럼 이모의 집에 들렀지만 이모가 나를 대하는 태도는 확연히 달라졌다. 일상적으로 나누던 농담은 점차 사라졌고, 이모의 얼굴엔 전에 없는 깊은 수심이 엿보였다. 재미있게 놀다가도 이모가 불현듯 시계를 보며 나라, 이제 집에 갈까, 라고 말하면 나는 속상한 마음을 못내 감추지 못한 채 더 있겠다고 졸랐다. 그러면 이모는 망설이다가 무너지듯 함박웃음을 지으며 그래, 우리 나라, 더 놀다 가야지! 하고 말하곤 했다. 평소보다 나를 더 오래, 꽉 끌어안으며.

4월 12일

어제는 민아 이모 생각을 하다 눈물이 나서 글쓰기를 멈췄다. 하지만 오늘 오후, 놀라운 소식을 접했다. 카밀리아 레드너가 한국에 방문한다! 오베론이 내게 반길 만한 소식이 있다며 그 뉴스를 들려준 순간, 나는 "닭머리 남자의 말이 틀리지 않았어!"라고 외쳤다. 덕분에 '닭머리 남자'가 대체 누구냐며 집요하게 묻는 오베론에게 둘러댈 말을 찾느라 애를 먹었지만.

4월 13일

카밀리아 레드너에 대해서 조금 더 조사했다. 그녀에 대해 알려진 게 상상 이상으로 적어서 단편적인 것들뿐이었지만, 내가 몰래 품었던 심증은 한층 더 확신 쪽으로 기울었다.

비틀즈와 겨자 식초 레시피에 더해 괄목할 만한 정보를 얻었다. 카밀리아 레드너는 한식과 오트밀 쿠키를 좋아한다. 오트밀 쿠키에 두부를 조금 넣어 직접 굽곤 한다는 기사를 접했을 때 팔에 소름이 돋아났다. 민아 이모와 함께 만들던 쿠키의 레시피와 정확히 일치하기 때문이다. 언젠가 이모가 두부를 작게 잘라 쿠키 반죽에 넣으며, 어느 책에도 나와 있지 않은 자신만의 레시피라고 했던 기억이 생생하다. 또 카밀리아는 크리스마스가 아닐 때도 빙 크로스비의 캐럴을 즐겨 듣는다. 이모의 집에서는 사계절 내내 캐럴이 흘러나왔다. 정확히는 비가 오거나, 꽃이 떨어지거나, 무언가 낭만이 필요할 때.

민아 이모는 정말 카밀리아가 아닐까?

그걸 확인하려면 반드시 면접까지 올라가야 한다!

4월 14일

다음 주에 유카시엘에서 첫 급료를 받는다. 첫 출근을 기준으로 90일 안에 일시금으로 지급받는 데에 동의했기 때문에 이제야 처음 돈이 들어온다. 월급도 아닌 분기급이다!

와, 나 자신이 새삼 대견하다. 쥐꼬리만큼 모아둔 돈으로 버티느라 정말 고생이 이만저만이 아니었다. 석 달 치를 몰아서 받는다니 기대가 되는 건 사실이다! 오랜만에 시카모리아 접속도 하고 맛있는 것도 사 먹어야지. 많지 않은 돈에 하고 싶은 건 늘 많아서 문제다. 그래도 이런 날이 있어 버틴다. 다들 마찬가지일 거라 생각하면 그나마 위안이 된다.

4월 17일

뉴시티 필드에서의 상담 업무는 노인들 간의 분쟁을 막는 일이 전부라 해도 과언이 아니다. 여타의 유닛 C도 마찬가지일 것 같다. 충분치 않은 먹이 앞에 여럿이 달려든다고 상상해보라. 동물이든 인간이든 본능이 이성을 앞지르게 될 거다. 잔뜩 예민해진 코를 쿵쿵대며 종종 파국으로 향하는 갈등 상황에 직면할 수밖에 없겠지. 그래서인지 불행히도 김지훈 할아버지처럼 신사적인 태도의 시니어를 만나기는 쉽지 않다.

여기 있는 모든 사람이 난폭하거나 예의가 없다는 건 아니다. 이야기를 나누다 보면 그들이 한때 품었던 자비심과 자애로움, 선하고 보드라운 본성을 희미하게나마 읽을 수 있다. 깊은 곳 어딘가에 숨은 아름다움이 반짝이는 파편처럼 짧게 스쳐 지나간다.

하지만 말투, 표정과 행동처럼 겉으로 드러나는 것들은 대체로 거칠다. 세월과 상황이 빚어놓은 그들의 외피는 단단하고 험하다.

4월 18일

오후 늦게 계좌에 돈이 찍혔다. 유카시엘에서 받은 첫 급료 앞에 나는 할 말을 잃었다. 턱도 없이 적은 몇 개의 숫자가 나를 거만하게 쏘아보고 있었다. 물론 거대 기업인 유카시엘에서 나에게 지급하는 금액이 얼마 되지 않는다는 건 진작에 알고 시작한 일이었다. 내가 어쩌다 추첨으로 뽑힌 사람이라서, 임시직이라 그럴 거라고 생각하며 미래를 위해 기꺼이 감내하겠다고 다짐했었다. 그렇지만 오늘 받은 명세서에 적힌 숫자들은 생각보다 훨씬, 훨씬 더 적었다.

귀하의 노고에 감사드린다는 짧은 메시지 아래로는 작은 글씨로 이번 분기부터 새롭게 재편된 복지 정책에 의해 세금을 추가로 공제한다는 메시지가 짧게 기록돼 있었다. 작은 글자로 써진 것에 비해 제해진 금액이 너무 커서 머리가 아득해질 정도였다. 그 금액의 대부분이 노인복지를 위해, 일면식도 없는 노인들의 난방비와 무료 급식을 위해 나간다.

엘리야가 말한 걸 직접 겪으니 비로소 현실이 피부로 느껴진다.

내 존재는 뭘까. 노인을 상담하고, 노인을 떠받치고, 노인의 마음에 들기 위해 애쓰고 나서 내게 떨어지는 초라하기 그지없는 숫자들이 의미하는 바가 뭘까.

그 보잘것없는 숫자들이 내 존재이자 명함이자, 세상이 내게 매긴 등급 같다. 참담한 기분을 끊어내고 싶어 시카모리아에 들어갈까 하다가 그조차 그만두었다.

가슴 한구석에서 치사한 목소리가 중얼대기 시작했다. 며칠 전 물감을 사지 않았다면 시카모리아에 한 번쯤 접속할 수 있었을 텐데.

그런 후회를 하는 나 자신이 가련하고 끔찍하다.

4월 19일

창문의 아귀가 맞지 않아 찬바람이 새어 들어온다. 봄이라는 사실이 무색하게 아침저녁의 공기는 아직도 시리기만 하다. 천 조각과 휴지로 막아두었지만 밤이 되면 냉기를 실은 바람에 몸을 떨며 잔다.

예전에 유행했던 울퉁불퉁한 유리 너머 보이는 풍경은 왜곡돼 있다. 모든 게 어딘가 비뚤어지고 어그러져 있다. 내 눈에 보이는 세상을 편편하게 다림질하고 각에 맞게 고쳐 예쁜 색으로 칠하고 싶다. 가끔 두서없이 그런 소망을 품었다가 이내 말도 안 되는 생각이라는 걸 깨닫게 되면 현실은 더없이 사나워진다.

4월 20일

나는 내가 겪는 부당한 현실을 애써 외면해온 게 아닐까? 나서서 뭔가를 뜯어고치기보단 그저 하루하루를 잘 살겠다고 다짐했던 나는, 엘리야의 말대로 젊은이로서의 직무를 유기하고 있었는지도 모른다.

스스로를 속이며 억지웃음을 짓고 있었던 건 아닐까.

출구 없는 미로에 갇힌 기분이다.

어제의 행복이 비참함과 불행으로 전환되는 오늘이 진저리 나게 서글프다.

희망과 절망 사이의 줄다리기가 버겁다.

4월 21일

끔찍한 하루였다.

그 노인을 봤을 때 처음부터 예감이 좋지 않았다. 출근 첫날, 김지훈 할아버지에게 소리치며 쓰레기를 던지던 노인의 이름은 최현우였다. 유닛 안에서 소란을 일으킨 노인은 의무적으로 상담을 하게 돼 있는데, 그는 끈질기게 그 절차를 피하고 거부하다가 벌점 유예기한의 마지막 날인 오늘에야 상담실을 찾았다.

상담실 문이 열리자마자 나와 눈이 마주친 최현우 노인은 내 전신을 위에서부터 아래로 천천히 훑었다. 흰자가 뿌옇게 바랬음에도 눈빛이 너무 형형해서, 비 오는 날 마주친 자동차의 헤드라이트를 연상시켰다. 그는 자신이 이 대화의 주도권자라는 걸 주지시키듯, 요란하게 의자를 끌더니 털썩 앉아 팔짱을 끼고 퉁명스럽게 말을 던졌다.

―상담이랍시고 왔는데 어디, 해봐.

불편한 기색을 감추려고 그의 시선을 피했다. 그러곤 오늘의 자리는 어르신이 속마음을 편하게 털어놓으시라고 마련된 거라고 일러주었다. 그는 그 일에 대해서라면 할 말이 없다며 반쯤 돌아앉았다. 나는 대화를 열기 위해 억지로 미소를 지었다.

―당연해요. 항상 처음을 어려워들 하세요. 어떻게 살아오셨는지 가볍게 얘기하셔도 좋아요. 그러다 보면 다른 이야기들도 나오곤 하거든요.

노인은 쩝, 소리를 내며 중얼거렸다.

―그러게, 내가 어떻게 살았더라…….

뭔가를 조롱하듯 허공을 휘 둘러보던 그가 낄낄대기 시작했다.

―그냥 뭐, 되는 대로 살았어. 열심히 산 적이 한 번도 없네. 아, 이거 말하기 창피한데 그래도 사실은 사실이니까. 내가 살면서 한 가장 똑똑한 짓이 뭔 줄 알아? 난 남들보다 딱 한 가지를 일찍 깨달았어. 어차피 애써봤자 잘난 놈들을 따라잡을 수는 없다는 거. 그래서 다른 사람들이 오르지도 못할 나무 쳐다보며 애쓰고 괴로워하고 우울해하는 동안, 난 현실을 인정하고 아주 편하게 살았지. 힘 쫙 빼고 진짜 편하게, 인생이라는 물결에 나를 맡겼어. 될 대로 돼라. 그랬더니 정말 될 대로 되더라고. 생각보다 좋은 방향으로.

―그랬군요. 보통은 다들 삶이 힘들고 고통스러웠다고들 하시는데 새롭네요. 제 말은, 다행이라고요.

내 추임새가 흡족했는지 그의 목소리엔 한층 활기가 실렸다.

―정말 열심히 기를 쓰고 한 게 하나 있기는 해. 진짜 성가시고 귀찮았지. 어쩌면 커다란 목표를 이루는 것보다도 훨씬 더 힘든 일이었을 거야. 그게 뭐였게?

그가 비밀을 말하듯 고개를 앞으로 들이밀었다.

―선 넘지 않는 거.

―선……이요?

노인은 자신의 무용담에 심취한 듯 눈을 가늘게 떴다.

―지원금. 수많은 무상 제공 용품들. 공짜 집. 그런 걸 받으려면 선을 지켜야 해. 무엇보다 버는 금액이 일정 선 이상으로 높아지지 않아야 하지. 결혼하고 아이를 낳으면 받는 지원이 많다고 하지만, 가족이 생기면 들어오는 것보다 밖으로 새는 바가지가 더 커서 결혼은 꿈도 안 꿨지. 난 애초에 내 한 몸 건사하며 사회가 정한 소외 계층에 포함될 수 있도록 세심하게 포트폴리오를 짰어. 지원이 더 많은 계통의 아르바이트를 구하거나 실업수당을 여러 번 받을 수 있을 정도로 깔짝대며 일했지. 정규직은 애초 생각도 안 했어. 그리고 남들이 게을러서 놓치는 복지제도를 깐깐하게 살펴보고 깨알같이 이용했어. 식비부터 문화생활비까지. 까딱해서 선을 넘는다 치면 적절한 방법을 써서 적어도 서류상으로는 그렇게 보이지 않게 했지.

그가 방을 휙 둘러보더니 말했다.

―여기가 아파트였던 건 알지? 내가 젊었을 때 이런저런 일을 하며 자주 들렀던 곳이야. 그때 내가 언제 이런 집에 살

수 있을까 좌절하면서, 절망에 빠져서 저기 담벼락에 기대서 담배를 피우던 기억이 생생해. 근데 이거 봐. 여기 와 있잖아. 선 넘지 않고 함부로 꿈꾸지 않은 대가로 돈 한 푼 들이지 않고서!

노인의 말은 나를 얼어붙게 했다. 많이 노력하고 더 애쓴 사람에게 주어져야 할 혜택이, 노력하지 않고 의도적으로 가정을 이루지 않고, 그저 사회보장제도를 계속 누릴 수 있도록 수 쓴 것밖에 없는 사람에게 오랜 기간 주어졌다니.

꿈을 좇은 사람은 물감 한 통 살 여력이 안 될 만큼 비참해지고, 꿈꾸지 않은 자는 기세등등하게 남들을 짓누르며 인생 살기 쉬웠노라 돌이키는 것이 맞는 걸까. 내 눈앞에 앉은 이 노인은 무엇을 빨아들여 자신의 에너지로 쓴 것일까.

예정된 시간이 다 가도록 그는 지치지 않고 뭔가를 쏟아냈지만 내 머릿속은 점점 더 어지러워졌다. 어느새 마무리할 시간이 다가왔고, 나는 얼른 그와의 대면을 종료하고 싶어 몸을 곧추세우고 티가 나게 시계를 봤다. 그러나 노인은 두 손에 턱을 괴고 나를 빤히 바라볼 뿐이었다. 그가 다시 입을 열었다.

―난 꿈을 이뤘어. 아무런 꿈도 꾸지 않았는데 말이야. 덕분에 너같이 젊은 여자랑 이 시간에 이렇게 공짜로 얘기도 나눌 수 있고.

―이제 시간이 다 됐습니다.

나는 정색하며 그의 말을 잘랐지만 노인은 아랑곳하지 않았다.

　―나보다 오히려 네가 더 고충이 많은 얼굴인데? 나한테 털어놔봐. 내가 너보단 오래 살아서 도움을 줄 수도 있잖아.

　깨닫지도 못한 사이 그는 나를 '너'라고 지칭하고 있었다. 나는 지난번 그랬듯 AI봇이 부적절한 대화를 감지하고 조치를 취해주길 바랐지만 그런 일은 일어나지 않았다.

　―그만 종료하시죠. 안녕히 가세요.

　내 말에 노인의 얼굴이 삽시간에 험상궂어졌다. 다음 순간 그는 의자가 튕겨 나갈 것처럼 벌떡 일어섰다.

　―네 꿍꿍이가 뭔지 알아.

　그가 씩씩댔다.

　―여기서 대충 때운 시간을 경력이랍시고 꾸며서 시카모어인지 뭐시기에 가려는 거 아니야? 너처럼 상담실에서 종종거리는 애들이 대부분 비슷하지.

　노인이 내게 몸을 기울였다.

　―내가 비밀을 하나 말해줄까? 아니, 사실 네가 더 잘 알고 있을 테니 비밀이랄 것도 없지.

　그가 탁한 숨을 뿜어내며 그르렁댔다.

　―넌 절대 그곳에 갈 수 없어. 결코 여기서 빠져나갈 수 없어. 여기 남게 될 거야. 영원히, 평생. 그래서 나처럼 될 거야.

　노인은 커다랗게 웃음을 터뜨렸다. 나는 앉은 자리에서 빠져나오려 했지만 내 뒤는 벽이었고, 테이블에 버티고 앉은 노인의 덩치에 가로막혀 의자는 꿈쩍도 하지 않았다. 갑자기 사방의 벽이 좁아지는 것 같은 느낌이 들더니 그의 얼굴이 나를 잡아먹을 듯 눈앞에 있었다. 나는 소리를 치며 눈을 번쩍 떴다. 버스 안이었다.

어디서부터가 꿈이었는지를 되새겨봤지만 분명치 않았다. 내가 섬에 가려 한다는 사실을 노인이 알 리 없으니 거기서부터가 꿈이었을까? 그러나 지나칠 정도로 생생한 그의 표정과 말은 효력을 발휘하기 시작한 저주처럼 이미 내 머릿속에 단단히 들어박혀 있었다. 나는 결코 여기서 빠져나갈 수 없다. 영원히 이곳에 남는다…….

주변을 둘러봤다. 버스 안을 메운 건 오로지 나이 든 사람들뿐이었다. 별안간 토할 것처럼 식은땀이 났다. 숨을 몰아쉬며 버스 창밖으로 얼굴을 돌리자마자 회색빛 아파트가 끝도 없이 휙휙 지나갔다. 그 안을 가득 채운 노인들의 얼굴을 상상하자 온몸의 핏기가 싹 가셨다. 뭔가가 끓어 넘치듯 밀려 올라왔다. 버스가 정류장에 서자마자 나는 쏟아지듯 뛰어내려 속이 텅 빌 때까지 구토를 했다.

가까스로 고개를 들어 주변을 둘러봤다. 이미 익숙할 정도로 낯익은 풍경이 새삼 소름 끼쳤다. 아이들이 뛰놀던 놀이터는 노인을 위한 공원으로 바뀌었다. 학교였던 곳은 노인을 위한 복지시설이 돼 있다. 신호등 앞에 서 있는 사람도 노인, 가게 안에서 일하는 사람도 노인이었다. 거대한 광고판엔 노인 모델이 노인을 위한 제품을 선전하고 있고, 곧 있을 선거에 출마한 나이 든 정치인이 내세운 슬로건도 모조리 노인을 위한 정책이다. 한때 어린이집이었던 노란 지붕의 건물에서 퀭한 얼굴의 노인이 나와 나를 물끄러미 바라봤다. 끔찍함이 나를 채웠다. 분노로 뜨거워진 심장이 팔딱댔다.

벌컥, 집에 돌아오자마자 엘리야의 방문을 뜯어낼 듯 열어젖혔다. 놀란 듯 돌아보는 엘리야에게 선언하듯 말하는 내 목소리가 심하게 떨렸다. 집회에 참석하겠다고, 오늘 밤 함께 가자고 나는 말하고 있었다. 나를 채운 끝 모를 갑갑함이 뭔지 깨달았기 때문이다.

우리는 노인들에게 모든 것을 빼앗기고 있다. 우리는 모든 것을 앗아간 노인들 탓에 설 자리를 잃고 기회를 박탈당했다. 이 시대의 노인들은 이제는 사라져버린 직업으로 젊은 시절 돈을 모아, 나이가 들어서까지 젊은이들의 일자리를 빼앗고 있으며, 그것도 모자라 젊은이들의 막대한 세금을 빨아먹고 있다.

더 이상 방관자로 살고 싶지 않다. 나는 이제 나를 위해, 우리를 위해 행동할 거다.

4월 22일

어제는 정말 굉장했다. 어젯밤 있었던 일을 다 쓰려면 호흡부터 골라야 할 것 같다.

저녁을 먹은 뒤 엘리야와 함께 집회 장소인 시내 중심가로 나섰다. 광장에는 깃발을 든 사람들이 가득했다. 대부분이 내 또래로 보였고, 가장 나이가 많아 보이는 사람도 30대 중반을 넘지 않았다. 밤이 깊어갈수록 많은 인원이 모여들었다. 이렇게 내 또래의 사람들이 한자리에 모인 것을 경험한 게 얼마 만인지조차 아득했다. 완전히 새로운 세계에 진입한 것 같은 기분이었다. 그래서였을까. 분명 집회에 나가기 전에는 물먹은 솜처럼 축 처진 상태였는데 신기하게도 몸이 점점 가벼워졌다.

사람들이 든 깃발은 정말 다채로웠다. 인종과 직업, 각자 믿는 종교와 사는 지역이 달랐고 본토 한국인과 이주민, 새터민, 정규직과 비정규직이 모두 섞여 있었다.

누군가가 구호를 외치기 시작했다.

과거에 갇힌 자들에게 미래는 없다!
청년을 위한 길을 열어라!

나는 고동치는 맥박을 느끼며 조그맣게 구호를 따라 했다.

과거에 갇힌 자들에게 미래는 없다!

청년을 위한 길을 열어라!

내 음성이 더해진 함성은 점차 커져갔다. 함성이 두터워질수록 내 목소리에도 힘이 실렸다. 가슴속에 해방감이 들불처럼 번져나갔다. 나는 온 힘을 다해 목청껏 외쳤다.

젊은이는 미래다!
청년을 위한 길을 열어라!

온몸에 전율이 일었다. 문득 어린 시절의 기억이 떠올랐다. 민아 이모와 식당에 갔던 어느 날이었다. 어린아이는 식당에 들어올 수 없다는 식당 앞 공고문을 본 민아 이모가 식당 주인에게 애원했다.
　—민폐 끼치지 않도록 주의할게요. 근처에 갈 곳이 없어요.
　—애는 못 들어와요. 아이들이 갑자기 소란을 피우면 주변 사람들이 불편해한다고요. 가세요.
　이모는 물러서지 않았다.
　—당신은 어렸던 적이 없나요? 설사 시끄럽다고 하더라도 그게 바로 아이의 특징이에요. 아이라고 해서 문전박대하는 건 너무하잖아요. 이건 명백한 차별이에요.
　말이 끝나기도 전 주인이 두 손으로 이모의 어깨를 밀었다. 이모는 튕겨져 나가듯 몇 발짝 뒤로 밀렸다.
　—차별? 쌩 지랄을 하고 자빠졌네. 시끄럽게 징징대지 말

고 꺼져요. 애새끼 데리고 나가라고, 씨발!

이모의 입술이 떨렸다. 쾅 소리를 내며 닫힌 문 사이로 사라지던 식당 주인과 우리를 바라만 보던 손님들의 얼굴이 잊히지 않는다. 하찮은 벌레를 보듯, 우리를 해치워야 할 것들로 보던 그 얼굴들.

그들은 지금 어떻게 살고 있을까. 내가 내는 세금으로 유닛에서 편안하게 지내는 건 아닐까? 그들의 삶에 나는 어떤 식으로든 기여하고 있을 거다. 하지만 우리를 포용하지 못했던 자들을 왜 우리가 포용해야 한단 말인가. 왜 나의 새파란 젊음이 나를 보듬지 못한 자들의 맥박을 뛰게 한단 말인가. 우리가 타도하고 싶은 건 유닛 자체가 아니라 우리에게서 많은 걸 당연하다는 듯 빼앗아가는 마음이라는 생각이 들었다.

……그러나 이상하게도 나를 채운 희열은 오래가지 않았다. 사방에서 왕왕 울리는 구호는 점차 과격해져갔고, 어느새 나는 구호를 따라 외치지 않고 있는 나 자신을 발견했다. 어쩌면 그들과 눈이 마주쳤기 때문인지도 모른다.

대로 옆, 인도 한구석에 할머니의 손을 잡은 일곱 살가량 된 여자아이가 보였다. 할머니의 눈에는 경계심이, 곰 인형을 꼭 안은 아이의 눈에는 두려움이 가득했다. 파도처럼 밀려드는 함성 속의 구호는 점점 더 격해졌다.

청년의 앞을 막는 장애물!

세금을 삼키는 벌레들!
젊은 피를 빨아먹는 늙은 흡혈귀들!

할머니는 구호의 겨냥을 피하듯 고개를 숙였다. 겁에 질린 아이의 얼굴 위로 랜턴 빛이 강하게 비쳤다. 움찔하며 팔을 들어 얼굴을 가린 아이와 눈이 마주친 순간, 나는 그 옛날 나를 내려다보던 식당 주인이 된 듯한 기분에 사로잡혔다.

바로 그때, 누군가가 나의 어깨를 톡톡 두드렸다. 고개를 돌리자 내 뒤에 선 사람이 나를 향해 반가운 미소를 짓고 있었다.

―여기서 만나네요. 지난번에 너무 갑작스럽게 헤어져서 아쉬웠는데.

―……네?

―이런, 못 알아보는군요. 재희예요. 시카모리아에서 만났던.

―아, 여기서 보네요.

나는 그가 시카모리아에서 만났을 때보다 더 훤칠해져서 못 알아봤다는 말을 삼켰다.

―그러게요. 이렇게 사람이 많은데 한눈에 알아봤어요!

재희가 명백한 반가움을 표시했다. 그의 가방에는 유카시엘의 왕관 쓴 해마 로고가 새겨진 커다란 배지가 달려 있었다.

―유카시엘에서 일해요? 나도 여기서 근무해요.

―정말요?

내 말에 그의 눈이 커졌다. 일행이 그를 재촉하자 재희는 주머니에서 펜을 꺼내 자신의 손등과 함께 내밀었다.

—적어요, 번호.

—손등에다가요?

—폰을 놓고 와서 본의 아니게 고전적인 방법을 쓰게 되네요. 얼른요!

나는 그의 손등에 정신없이 번호를 휘갈겼다. 재희는 내 어깨를 잡곤 귀에 대고 다섯 음절을 속삭인 뒤 휙 사라졌다. 연락할게요.

시위는 계속됐고, 나는 여러 가지 감정에 휩싸인 채 거리를 거닐다가 엘리야보다 먼저 집에 돌아왔다.

……원망과 분노, 그에 딸려오는 죄책감, 그리고 갑자기 찾아온 예기치 않은 로맨스 사이에서 가슴이 요동친다. 트램펄린 위에 올라탄 것 같다.

4월 23일

규칙적이면서도 부드러운 소리에 천천히 눈을 떴다. 무언가를 도마 위에 써는 소리. 뭔가가 끓는 소리. 안온하고 포근한 집의 소음이 나를 깨웠다. 문을 열고 나오자 거실은 놀랍도록 깨끗하게 정돈돼 있었고, 볶은 마늘의 달콤한 향이 코에 포근하게 휘감겼다. 엄마가 음식을 하고 있었다. 그러나 엄마의 뒷모습을 보자마자 내 입에서 튀어나온 말은 상냥함과는 거리가 멀었다.

—엄마가 왜……. 여긴 어떻게 들어왔어?

—네 룸메이트가 열어줬어. 아주 친절하고 싹싹한 아이더라.

엄마가 웃으며 말했다. 그 속없는 말투가 심기를 건드렸다. 알지도 못하면서, 내가 원하는 걸 해준 것도 아니면서 주도권을 잡은 것처럼 구는 태도가 못마땅했다.

—요리 끊었다며. 밥 생각 없어. 그만해.

의외로 엄마는 순순히 동작을 멈췄다.

—미안해. 나라가 보고 싶어서 마음이 앞섰다. 막 다 했는데, 먹기 싫으면 먹지 않아도 돼.

예전처럼 맞서 싸우게 될 줄 알았는데 예상보다 싱거운 항복에 나는 꿀을 삼킨 듯 아무 말도 할 수 없었다. 엄마에게 쏘아붙이고 싶었다. 허락도 없이 들어와서 요리하지 말라고. 그러고선 미소 띤 얼굴로 내가 너에게 행복을 제공했으니 너는 행복을 느껴야 한다는 듯이 날 대하지 말라고. 그렇게 속으로는 빗장을 잠갔는데 코와 입은 이미 반응하고 있었다. 침이 꼴깍 넘어가고 나도 모르게 코를 킁킁대며 음식 냄새를 온몸으로 느끼는 중이었으니. 결국 5분 후에 나는 항복하듯 엄마가 만든 만두전골을 야무지게 먹고 있었다. 어쩔 수 없이 먹어주는 거라는 따위의 말을 덧붙였지만 음식은 끝도 없이 술술 넘어갔다. 누군가가 나를 위해 직접 해준 온기 있는 요리를 먹어본 게 너무 오랜만이었다.

―잘 먹으니 보기 좋다. 얼굴이 많이 상했어. 잘 챙겨 먹어야 한다.

―알아서 하고 있어. 그러니까 앞으로 진짜 이렇게 기분 내키는 대로 와서 요리하지 마세요. 보고만 있지 말고 엄마도 좀 드시고요.

엄마는 고개를 끄덕였다. 밖에서 시끄러운 경적이 들렸다. 점차 가까워지는 클랙슨 소리는 함께 울리는 구호와 짝을 맞추고 있었다. 늙은것들은 꺼져라! 나이 든 흡혈귀는 지옥으로! 욕설보다 더한 구호였다.

―요즘 젊은 애들이 노인들 지내는 곳을 없애라고 야단인 모양이더라.

엄마가 커튼을 닫으며 혀를 찼다.

―이해가 안 가는 건 아니지만 저래선 안 되지.

―이유가 있어서 그런 건지도 모르잖아. 왜 안 되는데?

나조차도 구호가 거북스러웠지만 엄마의 생각이 궁금했다.

―미움은 더 큰 미움을 불러오니까. 그리고 말은 생각을 지배하지. 밉다고 뱉는 순간 실제 미워했던 것보다 더 미워지게 돼.

―그렇다고 참으면 속부터 곪는걸? 지금 나와 내 친구들은 너무 참아서 곪다 못해 문드러진 마음으로 살고 있고.

그때부터 엄마와 나의 논쟁이 시작됐다. 충돌하고 삐걱거리며 서로의 말에 대답이 되지 않는 소모적인 논쟁. 그 과정에서 내가 집회에 나간 걸 알게 된 엄마는 충격받은 듯 젓가락을 내려놓았다.

―모든 노인이 혐오의 대상이 되어선 안 돼. 너희가 외치는 말들이 다 맞다고 고집하지는 마.

어쩌면 이미 나는 엄마에게 일부 동의하고 있었는지도 모르지만, 그쯤에서 입을 닫았다. 엄마는 건강히 지내라며 집을 나섰고, 나는 혼자 거리를 가로지르는 엄마의 궤적을 창문 너머로 오래도록 좇았다. 엄마가 집까지 가는 길에 행여 과격한 시위대 청년들과 마주치지는 않을까 염려하며.

4월 24일

조금 전 엘리야가 궁금하다는 표정을 지으며 내게 다가왔다.

―그래서, 집회 다녀온 소감이 어때? 난 한 번 나갔다 올 때마다 속이 뻥 뚫리는 것 같은데 넌 안 그랬어? 너도 꽤 열심히 구호를 외치던데?

―새롭고 신선했어. 내 목소리가 그렇게 큰지 나도 처음 알았고.

내가 말했다.

―그런데 의문이 들기는 해. 언젠가 우리도 나이가 들고 노인이 될 텐데, 그땐 어떤 모습일까? 힘도 없고 가진 것도 없어서 낮은 등급의 유닛에 들어가거나 전적으로 남의 도움으로 살게 된다면 말이야.

엘리야는 내 말을 자신 있게 받아쳤다.

―그럴 일은 없어. 일단 약간의 돈만 있으면 거의 늙지 않는 게 가능한 시대니까. 우리가 나이 들기 전에, 수십 년 동안 시간을 끈 그놈의 영생 기술이 완성되지 않을까. 사실 기술 자체는 이미 완성돼서, 어디선가는 상상도 할 수 없는 고액에 일부 사람들에게 적용되고 있다는 소문도 돌잖아. 하지만 걱정 마. 시간이 갈수록 젊음을 유지하는 기술은 더 좋아지고 비용은 점점 싸질 거야. 그리고 설령 노인의 신분이 된다 해도 너랑 내가 낮은 등급의 유닛에 갈 일은 없어. 모든 노인은 자신의 능력과 수준에 맞는 유닛에 머무는 거야. 다르게 말하면 유닛의 등급이 곧 그 사람이 살아온 인생의 증명이라고 할 수 있지. 난 게으른 현재를 살고 있지 않으니까 당연히 내 미래도 그들 같지 않을 거야.

엘리야와의 대화는 갑자기 울린 벨 소리로 인해 중단됐다. 일단 폰을 가지고 방 안으로 들어왔지만 받지 않았다. 그 뒤로도 몇 차례 같은 번호로 전화가 걸려왔지만 모르는 번호라 무시했다. 요즘 이상한 광고 전화가 너무 많이 온다. 귀찮아서 그냥 놔뒀는데 전화가 한 번만 더 오면 차단할 작정이다.

4월 25일

이런 감정을 느껴본 게 얼마 만일까. 모닥불 앞에 앉은 것처럼 몽글몽글하게 취하는 기분 말이다. 어제 내게 수없이 전화를 건 사람은 재희였다! 막 번호를 차단하려던 순간 메시지가 왔고, 곧바로 통화했다. 재희는 자기가 연락할 줄 몰랐느냐며 나를 만나고 싶다고 했다. 메타버스가 아닌 현실에서.

옷장을 갈아엎어 할 수 있는 한 최대한 예쁘게 차려입었다. 오래전에 사둔 연보라색 시폰 드레스를 꺼내 스팀으로 주름을 펴자 새 옷처럼 멋진 실루엣이 됐다. 가슴이 조금 파인 편이라는 게 살짝 걸린다. 몸매를 강조할 의도는 조금도 없는데 오해를 받고 싶지 않다. 하지만 고민 끝에 이 드레스를 입고 가기로 했다. 조금 후 재희가 나를 데리러 올 거다. 멋진 레스토랑을 예약했다는데, 기대하지 않으려 해도 심장이 쿵쾅대는 건 어쩔 수 없다. 시선을 떨구자 두근두근 방망이질 치는 가슴의 움직임이 실제로 보여서 손끝으로 가슴을 지그시 눌렀다.

거울 속의 내가 예쁘다고 오랜만에 생각해봤다. 낭만과 로맨스, 설렘이 뒤섞인 이 기분을 칭할 수 있는 단어는 행복 아닐까. 오랜만에 꽉 찬 행복을 느끼는 중이다!

4월 26일

기대감이 실망과 수치심으로 변하는 과정은 놀랍도록 짧다. 그 찰나의 변화에는 깊은 슬픔이 동반된다. 어제는 그것을 확인한 날이었다.

시작은 좋았다. 나를 데리러 온 재희와 수줍은 인사를 주고받은 뒤, 그의 차를 타고 그가 예약해둔 화려한 레스토랑에 가서 마주 앉았다. 모든 게 순조롭고 매끄러웠다.

―반가워요. 다시 현실에서 만나서.

그렇게 말하는 재희의 말투는 자신감 넘쳤다. 그의 얼굴은 밝고 윤이 났으며 눈은 더욱 빛났다. 의심할 바 없이 나를 향한 열망의 눈빛이라고 느낄 만큼.

집회에는 그저 친구의 성화에 못 이겨 재미 삼아 나가본 것뿐이라며, 재희는 자신이 유카시엘에서 의사로 일하고 있다고 밝혔다.

―의사라면 어떤 쪽이에요?

너무 속물적으로 느껴지지 않기를 바라며 그에게 물었다. 순전히 궁금해서 던진 질문이었다. 하지만 내 말이 떨어지기 무섭게 그는 대답할 기회가 생겨 기쁘다는 듯, 마시던 물잔을 내려놓았다.

―아픈 곳을 치료해주는 의사는 아닙니다. 어찌 보면 그 반대죠. 고통이 끝나는 것을 도와주는 쪽이니까.

―네?

―비탈리스 부서에 속해 있습니다.
―아……. 그렇군요.

그가 자랑스럽게 말했지만 나는 당황한 기색을 숨기는 데 실패하고 말았다.

―왜요? 이상한가요? 설마 나라 씨도 이 일에 편견을 가지고 있는 건 아니죠?

그는 공격에 앞서 방어부터 하겠다는 듯 눈썹을 움찔거렸다. 나는 고개를 저으며 아니라고 했다. 거짓을 말한 건 아니다. 다만, 재희가 풍기던 선량하고 이타적인 이미지가 조금 더 현실적인 것으로 바뀌었을 뿐.

비탈리스 아시스탕스Vitalis Assistance, 줄여서 비탈리스라고 불리는 부서가 유카시엘의 최고 인기 부서라는 건 누구나 아는 사실이다. 하지만 처음부터 그랬던 건 아니다. 라틴어와 프랑스어를 혼용해 '생명력 지원'을 뜻하는 이 이름의 부서가 탄생하기까지는 길고 지루한 논란이 있었다.

초기에 이 부서의 신설에 따른 논란을 잠재우기 위해 유카시엘이 꾀한 건 이미지 고급화 전략이었다. 유카시엘은 다른 부서의 네다섯 배에 달하는 연봉을 제안하며 의사 면허를 가진 자들의 지원을 받았다. 또한 부서를 햇살이 가장 많이 드는 꼭대기 층에 배치하여 비탈리스, 즉 생명력이라는 단어 아래에 숨은 죽음의 그림자를 탈색했다. 어떻게 하든 선택사를 상업 시스템 안에 밀어 넣는 게 유카시엘의 야심 찬 계획이었다.

실제로 선택사가 현재의 상태에 안착하기까지는 꽤 오랜 시간이 걸렸다. 제도가 처음 법제화됐을 당시는 모두가 기뻐하며 안도하는 분위기였다. 본인이 원하는 시기에 존엄하게 죽음을 택할 수 있는 선택사의 입안은 고령화 사회에서 모두가 끈질기게 염원하던 것이었으니까.

그러나 처음에는 누구나 비교적 쉽게 접근 가능했던 선택사, 달리 말하면 조력 죽음 혹은 존엄사는 숱한 부작용을 낳았다. 여러 차례의 법 개정을 거쳐, 결과적으로 현재의 선택사 제도는 '신원이 확실하고 재력이 충분한 사람만 누릴 수 있는 특별한 혜택'이 됐다.

그 과정에서 한때는 합법적 살인자라는 오명을 쓰기도 했던 선택사 부서 의료진의 지위는 격상했고, 유카시엘의 비탈리스 아시스탕스 부서에서 근무하는 의사가 최고의 연봉을 받는 직업이라는 사실은 이제 상식이 됐다.

그럼에도 어린아이 중에서 이 직업을 꿈꾼다고 대놓고 말할 아이는 드물 거다. 혹여 그런 아이가 있다고 해도 어른들은 그 애에게, 적어도 그 직업을 꿈으로 삼지는 말라고 말할 것이다. 그만큼 이 부서의 존재에 대해서는 여전히 비판의 목소리가 크다. 이를테면 간혹 진보 성향의 뉴스에서 접하곤 하는 이런 식의 이야기들.

"의사 면허가 있지만 그들은 사람을 살리기 위한 의료 행위를 하지 않는다. 곧 고인이 될 사람의 결심이 그대로인지를 확인하고 고농도 질소가 뿜어져 나오는 기기의 버튼을 누를 뿐이다. 그들은 정말 의사인가, 혹은 죽음의 파수꾼인가."

누구에게나 열려 있다고 선전하지만 사실은 재력이 넘치는 유닛 A나 B의 시니어들에게만 제공되는 서비스라는 점도 유카시엘이 쉬쉬하는 지침이다.

이해는 간다. 죽음에 드는 비용은 천문학적이니까. 더 쾌적할수록, 더 간단하고 고통이 없을수록 비용은 높아진다. 높아진 비용을 뜻하는 다른 단어는 존엄이다.

그렇다면 자본주의 끝단에서 존엄의 다른 이름은 돈인 걸까.

다행인지 불행인지, 재희는 자신의 직업에 커다란 자부심을 가진 것처럼 보였다.

—조금 더 많은 사람에게, 더 적은 비용으로 선택사가 허용될 수는 없을까요? 예전에 그랬던 것처럼 말이에요.

내 물음에 재희는 가볍게 고개를 흔들었다.

—아마 그럴 일은 없을 거예요. 수많은 부작용과 시행착오를 거쳐 지금의 제도로 안착한 거니까요. 제일 안전하고 악용될 일이 없는 형태로요. 그러니 앞으로도 지금처럼 시스템 안에서 정당한 절차를 밟은 사람들만 서비스를 제공받을 수 있을 겁니다.

—그렇지만 죽음은 누구에게나 다가오잖아요. 어떻게 보면 죽음이야말로 신이 인간에게 내린 가장 공평한 마지막이 아닐까요?

내 말에 그는 흠, 하고 가벼운 숨을 내쉬었다.

―나도 그렇게 생각했던 적이 있는 것 같네요. 그런데 이제는 좀 바뀌었어요. 모든 시니어는 자신에게 걸맞은 유닛에 가 있고, 개개인이 맞이할 죽음의 형태도 그가 살아온 인생을 대변하는 거라고.

나는 엘리야와 놀라울 정도로 똑같은 말을 하는 그를 바라봤다.

―일종의 운명론 같은 거네요.

겨우 그렇게 대답했지만 재희와 대화를 나눌수록 입안이 거칠게 메말라갔다. 선택사는 돈을 가진 자들만 향유할 수 있는 최상의 서비스라는 그의 믿음이 단단하다는 걸 확인하면 할수록, 마음을 비집고 들어온 쓴맛은 점점 강해졌다.

엄마는 그런 혜택을 받을 수 있을까? 나는 먼 훗날 어떤 곳에서 살다가 어떤 죽음을 맞이하게 될까? 나의 마지막이 지나온 내 삶을 통째로 대변한다고 담담하게 인정할 수 있을까?

나를 채우기 시작한 유쾌하지 않은 의문들이, 내가 그에게 느꼈던 친밀감을 서서히 지워나가고 있었다.

―나라 씨는 어떤 일 해요? 같은 유카시엘에 있다고 해서 반가웠는데.

재희는 화제를 돌리듯 물었다.

―상담 일을 하고 있어요. 지금은요…….

나도 모르게 말끝을 얼버무리며 대답했다.

―그래요? 상담은 거의 AI가 전담하는 줄 알았는데. 역시

회사가 워낙 크다 보니, 한 지붕 아래 있어도 서로 모르는 게 많네요.

재희가 다시 미소 지었다. 그러나 그의 질문에 차근차근 답해나가는 사이, 내가 단기로 채용된 임시직이라는 사실을 알게 된 재희는 아, 라고 한숨 쉬듯 말하며 뒤로 기대앉았다. 나는 상대의 감정이 멀어지는 광경을 실시간으로 목격하고 있었다. 재희는 물을 한 모금 마시더니 아까보다 한층 더 건조해진 얼굴로 입을 뗐다.

―전에 시카모리아에서 만났을 때, 나라 씨가 나한테 물었죠. 시카모어에 왜 가고 싶냐고. 나도 같은 질문을 해볼게요. 나라 씨는 왜 섬에 가려는 거죠?

―재희 씨랑 다르지 않아요. 시카모어는 꿈의 섬이잖아요. 그곳에 가서 꿈을 펼치고 이루고 싶어서요, 자유롭게.

내 말에 그는 웃으며 머리를 쓸어 넘겼다.

―자유라. 우리 조금 더 솔직해져봅시다. 방금 말한 자유가 무슨 뜻인지에 대해서. 나라 씨도 알 거예요. 자유는 팍팍한 곳에 머물지 않는다는 거. 난요, 이왕이면 더 부유하고 격이 높은 사람들이 많은 곳에 가고 싶어요. 편안하고 안락할 테니까요. 내 삶의 질도 더 올라갈 테고요.

그때 이 질문을 던지지 말아야 했을까. 하지만 나는 참지 못하고 이렇게 묻고 말았다.

―그럼 재희 씨는 돈이 없는 노인은 격이 낮다고 생각하나요?

재희가 곤란하다는 듯한 표정을 지었다. 그는 막 포크로 찍은 스테이크 조각을 말없이 씹었다. 최소한의 호의를 담고 있던 그의 얼굴이 점차 무표정하게, 더 나아가 감추지 않고 드러낸 불쾌한 표정으로 빠르게 바뀌었다. 마침내 고깃덩이를 삼킨 그가 입을 닦으며 상쾌하게 말했다.

―사람마다 가치관이 다르죠. 모두가 서로를 이해할 필요는 없어요. 오늘 나라 씨에 대해 더 자세히 알게 돼 다행이에요. 내가 하는 일이나 내 의견에 대한 나라 씨의 부정적인 마음은 바뀌기 힘들 거예요. 그런데 내가 충분히 나이를 먹어서인가……. 철학의 노선이 다른 사람과 어울리려는 노력이 이제 버겁더라구요. 피곤해요.

그가 웃었다. 예상보다 더 솔직한 그의 발언에 얼얼했지만 나는 가볍게 고개를 끄덕이고 던지듯 물었다.

―혹시 제가 임시직이 아니라 유카시엘의 정규 직원으로 일하고 있었다면 뭐가 달랐을까요?

재희는 고개를 젖혀 웃더니 나를 빤히 바라봤다.

―어쩌면요? 그랬다면 나라 씨도 유카시엘에 대해 더 깊이 이해했을 테고, 지금과는 생각의 방향이 달랐을 거예요. 이야기 나누는 게 좀 더 수월했을지도 모르죠. 난 나라 씨가 좀 더 준비된 사람인 줄 알고 내 시간을 들인 거니까.

그 대답이 마무리 발언이라도 되는 것처럼 그는 손목시계를 들여다보더니 옷깃을 매만지며 상체를 곧추세웠다. 그것이 그와 나의 마지막이었다.

착각에 불과했던 로맨스가 빨리 종료된 게 다행스럽다. 자기위안인지도 모르지만 관계가 깊어졌다면 내가 더 아팠을 테니.

집으로 돌아오는 길에 차창에 비친 내 모습과 눈이 마주쳤다. 그 순간 내 드레스의 색깔이 시카모리아의 지긋지긋한 연보라색 나뭇잎과 같은 색이라는 사실을 깨달았다.

4월 29일

며칠이 지났는데도 재희가 남긴 두 단어가 머릿속에서 왕왕 울린다. 준비된 사람. 내가 재희에게 준비되지 않은 사람이라는 건 상관없다. 그러나 또 다른 누군가는, 여기가 아닌 어딘가에선 나를 준비된 사람이라고 여겨줄까.

밤이 깊도록 스스로에게 물어봤지만 내 안에서 들려오는 부정의 메아리는 나를 한없이 작아지게 한다.

유닛 D

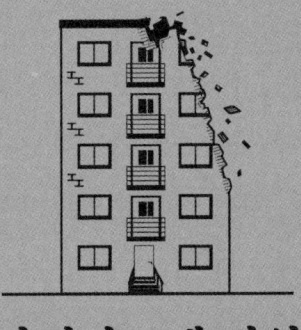

아리아드네 정원

5월 1일

내가 배정된 유닛 D의 정식 명칭은 '아리아드네 정원'으로, 수도권 외곽에 위치한 폭이 좁은 30층짜리 건물이다. 유닛 C에서 있었던 최현우 노인과의 불미스러운 대화를 본부에 보고하고 이동을 강력하게 요청하자 곧바로 이관 절차가 진행됐다. 물론 유닛 D에 가겠다고 자청하는 사람이 드물기 때문에 가능한 일이었겠지만.

인터넷으로 미리 살펴본 아리아드네 정원의 외관은 낡고 허름했다. 가장 먼저 눈을 사로잡은 건, 건물 입구 한쪽에 대놓고 새겨진 '청년행복주택'이라는 표식이었다.

청년을 위한 임대주택이 노인 복지시설로 바뀐 경우는 워낙 흔해서 놀랍지도 않지만, 이렇게 표식을 지우지도 않고 놔두고 있다는 게 새삼스럽다. 그러나 오베론은 이 정도면 유닛 D치고 상태가 매우 양호한 건물이라며, 유닛 D에는 오래된 모텔 건물이나 폐가도 속해 있다고 말해주었다.
　이곳의 분위기는 얼마나 살벌할지 단단히 각오하려고 살펴본 건데, 여러모로 예감이 좋지 않다. 뉴시티 필드에서 학습한 바에 따르면 유닛 D인 아리아드네 정원에서 훨씬 험한 상황을 맞이할 것 같다.

5월 2일

　예상 밖으로 아리아드네 정원은 차분하고 고요하다.
　오베론이 일러준 바에 의하면 유닛 D의 노인들은 이미 경제력을 거의 상실한 상태이며, 이들의 일거수일투족은 상점과 벌점으로 철저하게 관리된다.
　상위 유닛에도 상벌점 제도는 있지만 유닛 D만큼 엄격하지는 않다. 상위 유닛에서의 상벌점이 말 그대로 경고와 동기 부여라는 의미를 지닌다면 유닛 D의 상벌점은 삶의 질과 직결된다.
　노인들은 상점에 따라 지급되는 복지포인트를 현금화해서 사식을 사 먹거나 개인의 편의를 위해 쓸 수 있다. 반대로 행실이 불량하거나 문제를 일으킬 경우 벌점으로 포인트가 깎이며, 총 포인트가 기준치 이하로 떨어지는 즉시 유닛 D에서 강제 퇴거된다.

퇴출된 노인들은 유닛 F로 이송된다. 더 이상 갈 곳 없는 노인들을 마지막으로 맡아주는, 유닛 F 말이다.

유닛 F로 가기를 원하는 사람은 없다. 그래서인지 아리아드네 정원의 구성원들은 대체로 조용하고 경직된 인상을 풍겼다. 유닛 C에서까지 엿볼 수 있었던 자기연민조차 느껴지지 않았다. 그들은 그저 먹고 마시고 조용히 활동했으며 서로 말을 거의 섞지 않았다.

강한 법규 아래에서 인간이 얼마나 고분고분해질 수 있는지를 확인할 수 있다는 점이 씁쓸했다.

당연히 상담을 신청한 사람은 아무도 없었다.

5월 3일

코딱지만 한 상담실에 앉아 있기가 지루해 건물을 배회하다가 예기치 않게 내 또래의 남자와 눈이 마주쳤.

베이지색 혹은 회색이 연상되는 남자. 누구였더라. 기억을 헤집는 동안, 나를 먼저 알아본 상대의 눈매가 둥글어졌다. 유나라? 끝이 부드럽게 올라간 조용한 목소리를 듣는 순간, 기억 속에서 늘 잔뜩 움츠려 땅을 바라보던 한 아이가 얼굴을 쳐들었다.

고수현? 내 말에 그가 잔잔한 미소를 지으며 고개를 끄덕였다. 소심하고 착하고 말이 없던 소년. 수현은 누구도 예상하지 못했던 갑작스런 남북 개방 직후, 북에서 넘어온 아이였다.

우리는 자리를 옮겨 대화를 나눴다. 수현은 이곳에서 파트타임으로 일한다고 했다. 학교에 다닐 때 친하지는 않았지만 오랜만에 만난 수현이 반갑고 편했다. 그래서인지 평소에 남에게 쉽게 터놓지 않는 얘기도 술술 흘러나왔다. 나는 유닛 D에서 임시로 일하게 된 경위와 시카모어 섬에 대해 이야기했다. 섬에 대한 수현의 생각은 간단했다.
—그런 이상향에도 어둠이 있지 않을까. 완벽한 곳은 없으니까.
—맞아. 하지만 지금의 현실보다는 낫겠지.
—난 이제 아무것도 기대하지 않아. 처음부터 기대하지 않았지만 더더욱.
수현은 쓸쓸하기 짝이 없는 말을 아무렇지 않게 뱉어냈다.

5월 4일

오늘도 수현을 만나 이야기를 나눴다. 수현의 꿈은 셰프가 되는 것이었다. 그는 작은 식당에서부터 출발해, 점차 규모 있는 레스토랑으로 경력을 넓히며 유학을 가기 위해 틈틈이 여러 가지 준비를 했다. 하지만 그의 집은 유학비를 감당할 만큼 넉넉한 형편이 아니었다.

그러던 중 수현은 어렵게 들어간 서울의 한 호텔 주방에서 손을 베었다. 땅땅 언 고기를 힘주어 썰다가 찰나의 순간 칼끝이 손 깊숙이 파고들었다. 재활치료를 하고 다시 일터로 돌아왔지만, 다른 사람은 몰라도 수현은 손의 미세한 감각이 사라졌다는 걸 느낄 수 있었다. 그는 그렇게 꿈을 접었다.

그 뒤 수현은 사람들의 건강 정보를 관리하는 일을 하다가, 자연스럽게 유카시엘의 헬스케어 부서로 근무처를 옮겼다.

―그래봐야 AI를 보조해서 이곳 어르신들을 목욕시키거나 큰 물품을 옮기는 것뿐이야. 주로 몸 쓰는 일이지.

수현이 소탈하게 웃었다. 나는 그에게 좋은 말을 해주고 싶었다.

―대단한 일이지! 그러다가 정규 직원이 될 수도 있잖아.

―정규 직원이라……. 별로 기대하지 않아. 그리고 어차피 나는 다른 일도 하고 있으니까.

그가 덧붙였다.

―다른 일?

내가 묻자 수현은 잠깐 망설였다.

―브로커 같은 거야. 일종의 중계인.

―뭘 중계하는데?

나는 일부러 밝은 투로 물었지만 수현의 대답에 더 이상 미소 지을 수 없었다.

　—죽음.

　그가 대답했다.

5월 6일

　재희는 선택사에 관한 법이 수많은 부작용과 시행착오를 거쳐 지금의 형태로 안착한 거라고 말했다. 가장 안전하고 악용될 일이 없는 형태로. 그 말은 사실이다. 선택사가 도입 이후 여러 갈래로 표류하다가 지금과 같은 형태를 띠게 된 데는 이유가 있다.

　처음에는 모든 이에게 축복으로 여겨졌던 선택사의 합법화는, 다양하고 기상천외한 방법으로 악용되며 많은 사회 문제를 일으켰다.

　유산을 목적으로 고령의 부모나 친척에게 반강제로 유서를 쓰게 한 뒤 제삼자를 통해 목숨을 빼앗는 범죄가 대표적인 예였다.

　갈등도 커졌다. 건강한 상태의 노인들이 미리 선택사 예약을 하지 않는다고 지탄받기 시작했다. 인터넷 게시판에는 선택사를 예약하지 않고 자연사를 택하겠다는 부모, 시부모를 답답해하거나 원망하는 글들이 늘어갔다.

선택사 시행 후 오히려 가족 내부의 균열은 짙어지고 노인 혐오는 눈에 띄게 늘었다. 죽음의 시점을 미리 예약하지 않고 삶이 허락한 만큼 살다 가겠다는 노인들을 비난의 눈초리로 보는 시선이 팽배해져갔다.

속된 말로 '빨리빨리 죽어버리지, 왜 살아 있는 거야'라는 생각으로 노인을 바라보는 사람들이 많아진 것이다. 가난하거나 신원이 확실치 않은 노인도 종종 범죄의 타깃이 됐다.

오랜 기간 동안 수차례의 수정과 보완을 겪은 끝에, 선택사에 관한 제도는 지금과 같은 형태로 자리 잡았다. 부차적인 조항을 제하고 가장 단순하고 명료하게 정리하자면, 현대의 선택사는 신원이 확실하고 재력이 충분한 중산층 이상에게만 허용된다. 엄격한 신원 보증과 공증 절차, 사기나 제삼자의 압박으로 인한 죽음이 아님을 입증하려면 많은 돈이 든다.

돈이 없는 사람들은 과거처럼 죽음을 향해 꺼져가는 생을 온전히 겪으며 운명이 허용하는 만큼 살다 죽는다. 불안과 두려움, 고통을 고스란히 짊어진 채로.

나는 재희에게 죽음만큼은 모두에게 공평한 것이 아니냐고 물었다. 그러나 사실 죽음의 형태가 그 사람의 계급을 드러낸다는 것을 아주 오래전부터 알고 있었다.

5월 9일

참담한 일이 벌어졌다. 오늘의 시작은 평범했지만 끝은 그렇지 않았다.

아침 내내 아무도 방문하지 않는 상담실에 자리를 차지하고 있다가 수현을 만나 이야기를 들었다. 밝지 않은 이야기라도 수현과 함께 있으면 마음이 편해지기 때문에.

수현은 할아버지와 둘이 살았다. 할아버지는 선택사가 전제하는 요건, 즉 재력을 갖추지 못했다. 제대로 된 장례를 치를 비용도 없었다. 할아버지의 병이 깊어질 무렵부터 수현은 백방으로 일하며 돈을 모았다. 처음에는 유일한 혈육의 생을 지키기 위해서였다. 하지만 할아버지의 병세가 돌이킬 수 없다는 걸 알게 된 후부터는 수현이 돈을 버는 목적도 달라졌다. 할아버지의 소원인 선택사를 위해 모으는 돈이었다.

그러나 믿었던 지인의 배신, 투자 실패 따위의 클리셰 같은 악재가 겹쳤고 수현의 수중에 있던, 아니 실은 만져본 적도 없이 그저 가상의 숫자처럼 느껴지던 돈은 깡그리 사라져 0에 수렴하게 됐다.

결국 할아버지가 수현에게 보여준 죽음은 긴 고통 끝에 맞이하는 공동 소각실에서의 짧은 연소, 그 이상도 이하도 아니었다.

수현은 이 제도가 옳지 않다고 생각했다. 값비싼 죽음의 사각지대에 있는 사람들에게 희망을 주고 싶었다. 그렇게 그는 법망 바깥의 브로커가 되기에 이르렀다. 돈이 부족해도, 신원이 불확실해도 안락하게, 고통 없이 잠자듯 죽을 수 있는 권리, 수현은 그것을 제공한다고 했다.

―부정하진 않을게. 물론 이건 명백한 불법이야. 불법 선택사 시장에 정말 돈만 밝히는 사기꾼이 많다는 것도 사실이고.

수현이 말했다.

―하지만 난 아니야. 난 그렇게 안 해. 과거의 나는 손님의 식탁에 맛있는 요리를 내주고 싶었어. 그 뒤엔 사람들의 건강을 지켜주고 싶었지. 이젠 누군가의 선택을 돕고 싶어. 방법이 없을 거라고 포기한 사람들에게 말이야. 그래서 나는 의뢰인의 마지막 장소를 정할 때 항상 신중을 기하지. 되도록 자연과 가깝거나 의뢰인의 추억이 가장 많이 깃든 곳에서 의식을 치러. 위험이 따르긴 해도 진정한 작별의 의식이라면 특별해야 하니까.

수현의 말에 뭐라 반응해야 할지 몰라 발끝만 바라봤다.

재희와 수현이 하는 일은 같다. 합법이냐 불법이냐, 돈이 많이 드느냐 상대적으로 적게 드느냐, 부자만 할 수 있느냐 가난한 자도 할 수 있느냐의 차이가 있을 뿐. 아니, 어쩌면 그 간극은 단어 몇 개로 정리하기엔 너무도 큰 차이인 걸까.

생각에 잠겨 있는데 난데없는 비명이 복도를 찢었다. 한 할머니가 격렬한 욕설을 퍼붓고 있었다. 할머니의 맞은편에 복지 파트너라고 불리는, 이민자 출신의 자원봉사자들이 보였다. 할머니는 그악스럽게 소리치며 그들을 향해 저주의 말을 쏟아냈다.

—너희가 모든 걸 빼앗아갔어, 너희가!

즉시 AI봇이 다가와 할머니를 제지하며 그녀의 복지포인트가 삭감됐음을 알렸다. 그만두지 않으면 실시간으로 포인트가 깎이며, 기준치 이하로 포인트가 낮아지는 즉시 유닛 D에서 퇴출당해 유닛 F로 가야 한다고 AI봇이 차갑게 선언했다. 유닛 F라는 말을 들은 할머니의 얼굴에 공포심이 어렸다.

하지만 그녀가 동작을 멈추기도 전, 더 큰일이 벌어졌다.

거대한 폭발음이 들리며 순식간에 벽 한쪽이 무너져내렸다. 수현이 내 팔을 낚아채듯 잡았고, 우리는 뒤에서 들려오는 녹슨 아우성과 폭발음을 뒤로하고 미친 듯이 달리기 시작했다.

AI의 새된 목소리가 왕왕 울렸다. 외부 충격이 감지됐습니다. 각자 방으로 대피하십시오.

건물이 무너지고 있는데 방 안에 들어가 있으라는 말이 이치에 맞는 걸까 싶으면서도 눈앞에 보이는 방문 손잡이를 꺾어 열려는 찰나, 수현이 나를 강하게 끌며 방향을 틀었다. 수현과 나는 정신없이 계단을 뛰어 내려왔고, 간신히 건물 밖으로 빠져나왔다.

—아직 안에 사람들이 있잖아, 안에!

울부짖듯 외쳤지만 내 시야는 연기에 가려지고 있었다. 한

차례의 거대한 폭발음이 또다시 귀를 울린 순간 나는 정신을 잃었던 것 같다.

얼마나 지났을까. 얼핏 눈을 떴을 때 여러 대의 구급차와 소방차가 보였고 내 얼굴 위로 손부채질을 하는 수현과 눈이 마주쳤다. 수심 어린 그의 눈빛이 슬프다고 생각하며 나는 다시 정신을 잃었다.

눈을 떴을 때는 집이었다. 수현은 보이지 않았다. 그가 나를 집까지 업어왔다고 엘리야가 말해주었다.

뉴스에서는 유닛 철폐를 주장하는 급진파 중에서도 과격파에 속하는 청년단이 유닛 D를 습격했다는 보도가 조용히 흘러나오고 있었다. 날이 갈수록 유닛이 습격당하는 일이 잦아지고 있지만, 노인들의 불안이 커지는 것을 우려해 언론 보도는 실제 상황보다 축약된다던 소문이 진짜였다. 건물의 파괴를 알리는 뉴스는 마치 짧은 소나기를 알리는 날씨 예보처럼 짧고 건조하게 끝났다. 조금 전 내가 느낀 끔찍한 현장감은 전혀 느낄 수가 없었다. 습격받은 유닛이 A등급이었어도 이렇게 아무 일 아닌 것처럼 보도됐을까?

어지러웠다. 수현을 떠올리자 부끄러운 감정이 들었고 건물 안에 남아 있던 사람들의 존재는 마음을 아리게 했다. 그들이 무사하기를 바랐지만 확인할 길은 없었다. 엘리야는 툴툴거리며 노인들을 돌보기 위해 야간 당직을 나간다고 했다. 나가기 직전 엘리야가 중얼거린 소리가 내 귀에 선명하게 들어

박혔다.

　―어휴, 지겨운 것들. 다 죽어버리지.

　엘리야의 모습이 문밖으로 사라진 뒤에도 나는 환영을 보듯 멈춰 서 있었다. 폭발이 있기 직전 욕설을 내뱉던 할머니가 절규하듯 외치던 말이 생생하게 뇌리를 울렸다. 너희 때문이야. 너희가 모든 걸 빼앗아갔어!

　엘리야의 말과 그 할머니의 말이 서로 일맥상통한다는 생각이 지워지지 않는다. 둘은 나이도 가치관도 다르지만, 둘의 머리를 채운 본질은 결국 같은 게 아닐까. 혐오와 증오와 그 어떤 것으로도 깨거나 부술 수 없는 단단한 장벽 같은 것.

　오늘, 적어도 내 가슴속에 한 가지 다짐이 굳어진 것 같다. 다시는 엘리야를 따라 집회에 나가지 않을 것이다.

　엄마가 맞다. 미움은 미움을 낳고 증오는 증오를 낳는다. 누군가의 몰락을 바라며 느끼는 쾌감은 옳지 않다.

　설사 시대의 흐름이 그렇더라도, 내 주변의 모두가 그게 자연스러운 거라고 말하더라도, 나는 그러한 쾌감을 즐기는 무리에 속하지 않기로 결심한다. 오늘의 일기는 그 다짐을 기억하기 위한 기록이다.

5월 10일

수현에게 고맙다고 메시지를 보냈다.

무사해서 다행이야. 간결한 답장에서 수현의 단정한 마음이 느껴졌다. 나는 메시지를 하나 더 썼다. 시카모어 섬에 이력서를 넣어보라고, 기회가 되면 함께 갔으면 좋겠다고 말이다. 한참 뒤에 수현이 미소 이모티콘으로 답을 대신했다. 나는 착잡한 표정으로 그 이모티콘을 한참 들여다보다가, 뭐라고 답해야 할지 몰라 폰을 가만히 내려놓았다. 수현이 이대로 메마른 현실의 음지에 머무르지 않기만을 바라면서.

5월 11일

아리아드네 정원이 부분적으로 붕괴됐으므로 내가 근무할 곳이 사라졌다.

일주일도 채 머물지 못했지만 유닛 D에서의 경험은 이것으로 충분하다는 판단이 든다.

유닛 F로의 발령까지는 대기시간이 걸린다는 유카시엘의 공지가 도착했다. 상담사를 필요로 하는 유닛 F가 적기 때문이라고 한다.

나의 기다림에 가치가 있기를.

5월 12일

최근에 너무 어수선한 이야기만 늘어놓은 것 같다. 일기장을 다른 이야기로 채우고 싶다. 지난번에 이어 민아 이모의 이야기를 써보려고 한다.

……어쩌면 나는 누구보다 빨리 우리의 이별을 예감했는지도 모른다. 이모와 나 사이에 갑작스럽게 나타난 변화가 우리 관계의 종말을 암시하고 있다는 건 어린 나에게도 자명했다.

몇 차례의 언쟁으로 엄마와 아빠가 내린 결론은 내가 이모를 멀리해야 한다는 것이었다. 엄마는 잠시 휴직을 했고, 나는 학교가 끝나면 이모의 집이 아닌, 아빠와 엄마가 있는 집으로 와야 했다. 드물게 마주치는 이모가 어느 순간부터 전처럼 화사한 미소를 지어주지 않았기 때문에 내 마음은 갈기갈기 찢어지고 있었다.

엄마와 아빠, 그리고 이모와 복도에서 동시에 맞닥뜨린 어느 날, 나는 집에 들어가기를 거부하고 그 자리에 서서 서럽게 울었다. 부드럽지만 강압적인 어조로 어서 집에 가자던 아빠의 음성과, 울음을 그치라는 엄마의 명령에도 나는 꼼짝 않고 점점 더 커져가는 울음 안에서 이모에게 구원의 눈길을 보냈다. 이모는 오랫동안 곤란한 표정을 지었다. 그러곤 이렇게 말했다.

─그럼 우리 나라, 이모 집에 잠깐 들를까?

나는 크게 고개를 끄덕였다. 우리 나라, 라는 말에 담뿍 묻어나는 애정이 너무 그리웠다. 엄마 아빠를 뒤로하고 이모의 집에 들어갔을 때, 이모는 신발을 벗기도 전 나를 와락 껴안았다. 우리는 안전한 어둠 속에서 따뜻한 숨결을 주고받았다.

―이모는 내가 싫어진 거야?

내 말에 이모는 고개를 저었다. 아주 세게 여러 번. 그리고 내 뺨 위로 흘러내린 눈물을 닦고는 이렇게 말했다.

―내 삶에서 가장 큰 무늬가 뭔지 알아? 그건 바로 너야.

나는 그 말을 정확히 이해하지는 못했다. 사실 언어로 이해할 필요도 없었다. 나를 꽉 안은 이모의 체온에서, 흐느끼듯 떨리는 목소리에서 알 수 있었으니까. 이모가 엄청나게 소중하고 특별한 무언가에 대해 이야기하고 있다는 것을.

하지만 그 약속이 무색하게 이모는 어느 날 말도 없이 사라졌다. 인사도 없이 흔적도 없이, 증발한 것처럼 완전하게.

5월 13일

다음 주면 시카모어 섬의 입도 지원 서류 접수가 끝난다. 나는 이미 접수를 마친 상태지만 벌써부터 긴장이 되는 건 어쩔 수 없다.

카밀리아 레드너의 얼굴이 궁금하다. 카밀리아는 뉴스나

인터뷰에서도 늘 가상의 이미지를 써왔다. 풍성한 머리카락이 인상적인 세련되고 온화한 실루엣 안에는 눈 코 입이 없다.

카밀리아의 얼굴을 아는 사람이 몇이나 될까. 이럴 줄 알았다면 닭머리 남자에게 더 자세히 물어볼 걸 그랬다.

5월 14일

카밀리아 레드너에 대해 알아낼 수 있는 건 전부 알아냈다고 할 수 있을 만큼 집요하게 조사했지만, 내가 원래 알던 것보다 새로운 정보는 찾을 수 없었다.

5월 16일

가장 최근에 찍혔다는 카밀리아의 인터뷰 영상을 찾아냈다! 그 영상조차 상당히 오래전의 자료였지만, 그걸 통해 놀라운 사실을 알게 됐다!

영상의 화질은 좋지 않았다. "시카모어 섬의 카밀리아 레드너 씨가 청년에게 전하는 말"이라는 자막 뒤에 서정적인 초원과 예쁜 목조건물이 비쳤다. 곧 카밀리아의 일상을 스케치한 자료화면, 식물을 가꾸고 요리를 하거나 초원을 산책하는 따위의 장면이 흘러나왔다. 하지만 카밀리아는 아주 먼 곳에서 뿌옇고 몽환적인 모습으로 처리된 데다가, 음성 대신 자막이 그녀의 메시지를 전하고 있었다. 그녀가 자신의 목소리를 낸 것은 딱 한 번, 한국에 대한 질문이 나왔을 때였다. 카밀리아는 분명한 한국어 발음으로 말했다.

―저는 늘 한국에 특별한 관심과 애정을 가지고 있습니다. 제가 한국 출신이기 때문에 당연하지요. 한국의 젊은이들은 밝고 진취적이며 건강한 서비스 정신으로 가득 차 있죠. 그들을 시카모어에서 만나고 싶네요.

등줄기에 전율이 일었다. 종이 울리듯 명랑한 비음이 섞인 진하고 분명한 음성. 내가 기억하는 민아 이모의 목소리와 똑같았다! 눈 코 입이 보이지 않는 실루엣 안에 이모가 숨어 있다고 확신한 순간이었다. 엘리야가 빨래를 널다 말고 나를 흘깃 바라봤다.

―무슨 일인데? 왜 그렇게 얼어 있어?

대강 얼버무리려 했지만 왜인지 엘리야는 계속 캐물었다. 나는 시카모어에 지원 서류를 넣었고, 섬에 대해 조사 중이라고 말을 돌렸다. 엘리야는 내 말을 주의 깊게 듣더니 물었다.

―아직 서류 접수가 끝나지 않은 거야?

―응.

―그럼 나도 내볼까? 몇 번 시카모리아에 접속한 적이 있는데, 흥미로운 곳 같긴 하더라.

내가 순간 머뭇거리자 엘리야가 피식 웃었다.

―너 표정 변한 거 알지? 내가 네 자릴 빼앗기라도 할 것처럼. 지원은 누구나 할 수 있는 거잖아.

나는 지루한 표정으로 고개를 끄덕였다. 시카모어 섬에 가서까지 저 얼굴을 마주칠 일은 없기를 바라면서.

5월 18일

닭머리 남자의 말대로 시카모어 채용 면접장에 정말 카밀리아가 모습을 드러낼까. 정말 궁금하다. 그걸 확인하기 위해선 서류부터 통과해야겠지?

5월 19일

새삼스럽지만 5월은 참 푸르르다. 눈길이 닿는 곳마다 보이는 나뭇잎들은 노란 기운을 지워내고 짙은 푸르름으로 옷을 갈아입는다. 모두가 여름을 향해 달려가고 있다. 내 앞날도 마냥 푸르기만 하다면 얼마나 좋을까.

이렇게 싱싱하고 윤기 있는 신록이 불과 몇 개월 안에 앙상한 가지가 된다는 사실이 믿기지 않는다. 그래도 나무들은 계절 안에서 순환하니 끝과 시작이 없다. 하지만 창창하게 푸르렀던 사람이 힘없는 노인이 되는 건 돌이킬 수 없는 일이다. 그 사실이 슬프고 애잔하다.

가끔은 내 영혼이 몸보다 늙었다는 생각이 든다. 나이보다 앞서서 이미 겨울로 달려와버린 건 아닐까.

5월 20일

그동안 보고 겪으며 얻은 것들을 정리하는 중이다. 길지 않은 시간이었지만 유카시엘에서 나만큼 다채로운 경험을 한 사람은 드물 거라는 확신이 든다. 녹록지 않은 여정이었지만 이 과정의 끝에서 나를 기다리고 있을 미래가 어둡다는 예감은 들지 않는다. 어서 마지막 발령이 나기를!

5월 21일

오베론에게 민아 이모에 대한 여러 이야기를 들려주었다. 카밀리아와 민아 이모가 동일 인물이 아닐까 하는 마음속 궁금증과 함께.

―바보 같은 질문인 거 알아. 그래도 알고 싶어. 카밀리아 레드너가 한민아와 같은 사람일 가능성이 얼마나 돼?

오베론은 흠, 하고 작게 숨을 토했다.

―먼저 민아 이모와 카밀리아의 공통점을 알아야 판단할 수 있어. 어떤 점이 네게 그런 상상을 하게 하지?

나는 그동안 알게 된 이모와 카밀리아의 공통점을 하나씩 읊었다. 독특한 요리 레시피와 음악 취향, 거액의 유산 상속과 갑작스러운 복권 당첨에 대한 풍문, 그리고 내 기억 속에 그대로 남아 있는 목소리. 그러나 오베론의 평가는 냉정했다.

―네가 들려준 얘기로만 두 사람이 동일 인물이라고 판단하긴 힘들어. 너는 특별한 공통점이라고 여길지 몰라도 객관적으로는 흔한 교집합일 수 있거든. 네 짐작이 맞을 수도 있고, 아닐 수도 있다는 것만 알 수 있지. 굳이 퍼센티지로 표현하자면 딱 50프로.

―하지만 나의 감이 카밀리아가 민아 이모라고 확신한다면?

―너의 감이 확률을 높이진 않아. 너만의 심증이지 데이터가 아니니까. 그건 내가 판단할 수 없으니 네가 얘기해줘. 네 감에 몇 퍼센트나 쳐주는 게 적절할 것 같아?

―30프로 정도?

내가 답했다.

―좋아. 그럼 카밀리아 레드너 씨가 네가 아는 한민아와 동일 인물일 확률은 80퍼센트인 거네.

오베론이 간단한 연산의 답을 알려주듯 말했다.

5월 22일

오랫동안 가슴속에 묻어둔 기억을 꺼내볼까 한다. 이모와 우리가 어떻게 헤어졌는지의 이야기 말이다.

어느 늦은 밤, 엄마와 아빠는 오래도록 언성을 높였다. 내 귀에 들렸던 그들의 대화가 아직까지도 선명하다. 언제까지 그 여자한테 애를 맡길 건데. 아빠가 돌아왔으면 나라가 제대로 된 가족 안에서 지내게 이끌어야지, 당신이 미적거리니까 그 여자도 자꾸 애를 끼고 돌잖아. 그 여자 그 여자 하지 마. 우리한테는 당신 없었을 때 가족보다 더한 존재였어. 가족보다 더해? 그럼 걔랑 살아. 나라가 나 보는 표정이 어떤지 알아? 완전 뜨내기손님 보듯 해. 네가 혼자 나라 키우느라 고생하고 애쓴 건 알아. 그치만 애가 아빠를 아빠 취급 안 하는 게 정상이야? 애한테도 시간이 필요하다는 생각은 못 해봤어? 나는 미적대는 게 아니라 나라한테 시간을 주자는 거야. 네가 시간을 준다고 해서 이렇게 된 거 아냐. 그만하자, 애 듣겠어. 들으라고 하는 소리야. 아홉 살이나 됐으면 엄마 아빠가 뭐 때문에 싸우는지 알아야 할 나이라고. 그래서 나보고 어쩌라는 건데. 옆집 사는데 그럼 무시해? 오다가다 마주칠 때 인사도 하지 말아? 하루아침에 어떻게 남남처럼 지내냐고.

싸움의 끝에 엄마는 울음을 터뜨렸다. 나는 온몸이 꽝꽝 언 것처럼 웅크리고 앉아 있다가, 눈에 보이는 대로 베개며 옷가지를 문 앞에 쌓았다. 내 방과 맞닿은 벽을 통해 이모가 그 소리를 들을까 봐, 이모를 탓하고 나에게서 이모를 떼어놓으려는 아빠의 말에 이모가 상처받고 나를 떠날까 봐.

그날 이후로 좀처럼 이모를 볼 수 없었다. 이모는 엄마와 나, 아빠가 드나드는 시간에 일절 밖으로 나오지 않았다. 우리는 서로의 현관문이 여닫히는 소리를 들었지만 더는 마주치지 않았다. 아빠는 이사 갈 곳을 알아보기 시작했다. 나는 말이 없어졌고 식사 시간에는 적막감이 돌았다. 이 모든 걸 흡족해하는 사람은 아빠뿐이었다. 드디어 자신이 군림할 수 있다고 느꼈는지 아빠의 얼굴엔 안도감과 승리감이 엿보였다. 집 안을 메운 냉랭한 공기 따위는 개의치 않겠다는 듯, 아빠는 우걱대며 밥을 먹고 큰 소리로 이야기하고 아무 때나 낮잠을 잤다.

아빠에게 애정이 없었으므로 나는 그를 특별히 더 미워하진 않았다. 더 미워진 건 엄마였다. 언제나 당당하고 밝았던 엄마의 우물쭈물하는 모습, 난처해하고 고민하는 표정, 엄마의 얼굴에 드리워진 약자의 그림자가 너무도 싫었다.

긴 고민 끝에 어느 날 나는 이모에게 편지를 썼다. 엄마 아빠는 나를 이해하지 못하니 이모랑 나랑 둘이 멀리 도망가서 살자는 내용의 편지였다. 나는 엄마 아빠가 잠들기를 기다렸다가 몰래 빠져나와, 이모의 문 앞에 편지를 두고 초인종을 누른 뒤 재빨리 돌아왔다. 조금 후, 이모가 문을 열고 편지를 주워 봉투를 열고 한참을 서 있다가 들어가는 소리가 생생히 들렸다. 이모가 내게 어떤 식으로든 전갈을 보낼 거라 확신하며 나는 졸음을 참았다. 하지만 그날도, 그다음 날도 이모에게선 아무런 답이 없었다.

셋째 날, 학교에서 돌아왔을 때 집에는 엄마뿐이었다. 엄마는 내게 달다며 엄격하게 금지했던 동네 수제 빵집의 체리 케이크를 사놓고 나를 기다리고 있었다. 생일도 아닌데 웬 케이크냐고 묻자 그냥 사주고 싶어서였다고 했다. 내가 막 포크를 집어 들었을 때 엄마의 입에서 이런 말이 흘러나왔다.

─우리 이사 가.

엄마의 얼굴은 담담했다. 기쁨도 슬픔도 지워져버린, 체념의 표정이었다. 왜? 어디로? 내 물음에 엄마는 때가 되면 사람들은 이사를 가기도 하는데, 그때가 지금이며 여기서 먼 곳으로 집을 옮겨 모든 걸 새롭게 시작할 거라고 했다. 그 집은 지금 집보다 쾌적하고 안락하며, 그 동네에는 나랑 같이 놀 아이들도 많다는 말을 덧붙인 뒤 엄마는 속삭이듯 말했다.

─그러니까 우리, 이모한테 인사하러 가자.

그러나 이모에게 인사할 기회는 주어지지 않았다. 문을 몇 차례나 두들겼는데도 이모는 답이 없었다. 집 안의 불은 선명히 켜져 있었다. 눈을 감으면 방의 구조며 작은 소품들의 위치까지, 이모의 집이 머릿속에 생생히 그려졌다. 하지만 이모는 끝내 모습을 드러내지 않았고 우리는 발길을 돌려야 했다.

그 뒤 우리는 지방의 한적한 펜션으로 가족여행을 떠났다. 엄마 아빠는 처음 떠나는 가족여행에 내가 즐거워하기를 바랐지만, 내 표정은 내내 어두웠고 날씨도 내 마음만큼이나 흐렸다. 여행이 끝나고 집으로 돌아오던 날, 아빠는 곧바로 어딘가로 가고 나와 엄마만 말없이 집으로 향했다.

엘리베이터에서 내려 복도로 꺾어졌을 때 나를 맞이했던 풍경을 잊지 못한다. 우리 집 앞에 상자가 하나 놓여 있었다. 상자를 열자 수많은 물건들이 눈에 들어찰 만큼 꽉꽉 채워져 있었다. 작은 담요, 내가 가지고 놀던 소소한 장난감들, 이모와 주고받은 카드와 쪽지들……. 그리고 밤의 유원지에서 데려온 알리가 내 눈을 빤히 바라다보고 있었다.

엄마는 놀라서 숨을 몰아쉬더니 이모의 집으로 달려가 문을 쾅쾅 두드렸다.

―언니, 문 좀 열어봐! 민아 언니!

벨을 누르고 문을 계속 두드려도 아무 답이 없었다. 엄마가 손잡이를 비틀었다. 놀랍게도 문이 열렸다. 싸늘한 공기가 얼굴에 확 끼쳤다. 나는 엄마의 뒤를 따라 이모의 집 안으로 들어섰다. 모든 게 사라지고 없었다. 처음부터 아무것도 존재하지 않았던 것처럼, 빈집 안에 낡은 커튼만 바람에 날리고 있었다. 그렇게 이모는 말도 없이 우리를 떠났다.

그 후 우리 가족도 이사를 갔다. 아빠와 엄마는 좋지도 나쁘지도 않게 지내다가 내가 고등학교를 졸업할 무렵 이혼했다. 초반에는 가끔 연락을 주고받았지만, 이제는 아빠의 소식도 잘 모른다. 다른 사람과 결혼해서 아이들을 낳고 살고 있다고 들었다. 아빠는 아빠가 원하던 가정을 꾸렸다. 엄마는 가족 제도에 다시 편입되기를 거부하고 그 뒤로 쭉 혼자다.

한가지만큼은 단언할 수 있다. 이모의 돌연한 잠적에는 엄마가 내게 말하지 않은 사연이 숨겨져 있다. 민아 이모는 내게 작별 인사조차 하지 않고 떠날 사람이 아니었다. 나를 대하던 이모의 눈빛에서 그럴 수 있으리라 상상한 적이 한 번도 없다.

하지만 내가 다 자란 뒤에도 엄마는 그 비밀을 말해주지 않았다. 그건 엄마와 나 사이의 금기다. 나와 엄마의 사이를 멀어지게 한 봉인된 비밀. 언젠가 그 비밀을 풀 수 있을까.

이모를 직접 만난다면 꼭 묻고 싶다. 내가 당신 삶의 가장 큰 무늬라던 말이 정녕 사실이었느냐고. 그렇다면 어떻게 인사조차 없이 나를 떠날 수가 있었느냐고.

카밀리아 레드너가 이모라면 곧 그 모든 걸 확인할 수 있을 거다. 내 인생의 방향이 결론지어지는 날, 모든 비밀도 함께 풀릴 것 같다는 확신이 든다.

5월 25일

드디어 발령이 났다. 이제 유닛 F만 남았다!

유닛 F

프리 하우스

5월 28일

내가 배정받은 유닛 F의 주소지를 검색하자 과거에 학교 건물로 쓰이던 곳의 사진이 떴다. 프리 하우스라는 이름과 달리 삭막하기 그지없는 인상이었다.

학생 수가 줄자 전국적으로 속출한 폐교는 카페, 체육시설, 문화센터 등 다양한 시설로 용도가 변경됐다. 그중에서도 지방 학교의 상당수는 노인 보호시설, 특히 유닛 F로 사용되고 있다. 오베론은 그 이야기를 하면서, 학교 건물이 노인들을 한곳에 모으기가 용이하고, 관리가 쉽기 때문이라는 정보를 덧붙였다.

사진으로 본 프리 하우스는 보호시설보다는 수용소에 가까워 보인다. 내일 가서 확인하면 알 수 있겠지.

5월 29일

집까지 왕복 네 시간이 넘게 걸리지만, 조금만 견디면 된다는 생각으로 유닛 F에서의 숙식 제공을 거절했다. 오늘 직접 가본 프리 하우스는, 솔직히 말해 한시라도 오래 머물고 싶은 곳이 아니었기 때문이다.

내가 배정받은 곳은 예전에, 성적을 올리고 싶은 아이들을 몰아넣고 공부시키던 스파르타식 기숙학교였다고 한다. 그래서인지 눈에 비친 풍경은 황량하기만 했다. 넓지 않은 운동장 끝에 선 장방형의 건물은 왠지 모르게 감옥을 연상시켰다.

건물에 가까이 다가가자 'Free House'라는 표식이 보였다. 다양한 이름을 가진 상위 유닛들과는 달리, 유닛 F의 명칭은 전국 동일하게 '프리 하우스'로 통일돼 있다. 여기서의 Free는 무엇을 의미할까? 자유로움? 혹은 공짜?

커다란 F 뒤로 ree라는 작은 글자들이 따라붙어 있었지만 유독 대문자 F만이 무언가를 선언하듯 각인됐다. 그 커다란 F가 failure, 즉 실패를 연상시킨다는 생각이 들었다. 그렇지 않고선 유닛 A, B, C, D 다음에 유닛 E가 아닌 유닛 F가 존재할 이유도 없을 것 같다.

막연히 머릿속으로 떠올렸던 유닛 F의 시니어는 부랑자에 가까운 모습이었다. 불성실하고 폭력적이고 지저분하며 게으른. 그러나 건물 안으로 들어선 순간 예상 밖의 장면이 눈을 사로잡았다. 경쾌하고 빠른 플루트 연주곡이 흘러나오는 가운데 수많은 노인들이 작업대 앞에 앉아 각자의 일에 집중하고 있었다.

유닛 F는 경제력이 없는 노인들이 숙식을 제공받는 마지막 은신처다. 그러나 정부와 유카시엘은 그들에게까지 자상하게 복지를 베풀지는 않는다. 다른 유닛들의 건립과 존속에 이미 충분히 많은 세금이 쓰이기 때문이다. 따라서 이곳에서 잠자고 밥을 먹으려면 노동력을 제공해야 한다.

조잡한 꽃바구니와 인형을 만드는 사람들이 제일 먼저 눈에 띄었다. 시선을 옮기자 운동화에 신발 끈을 끼우거나 전구의 부품을 만지작거리는 사람들도 보였다. AI의 배정에 따라 외부로의 인력 파견을 기다리다가, 호명이 되면 나가는 이들도 있었다. 그들은 마치 작은 공장에서 쉴 새 없이 움직이는 나이 든 크리스마스 요정들 같았다.

나는 오베론에게 조용히 물었다.

―왜 저런 방식으로 일하지? 로봇이나 기계로 해결될 것들을 왜 구닥다리 옛날 방식으로 하는 거야?

오베론이 나를 애처롭다는 듯 바라보며 내놓은 대답이 잊히지 않는다.

―아직 모르는 모양이구나. 아무리 과학이 발달해도, 아무리 인건비가 오른다고 해도 결국 세상에서 가장 싼 건 사람이야.

5월 30일

상담실은 숙직실이던 곳을 개조한 작고 좁은 방이다. 하루 종일 앉아 있었지만 내게 할당된 업무는 없었다. 아무도 상담을 신청하지 않았기 때문이다.

―유닛 F의 신규 입소자들은 교육을 이수하게 돼 있어. 지붕 있는 숙소와 하루 세끼의 급식을 제공받으려면 일을 해야 하고, 여기서 퇴출되면 노숙자 신세로 전락한다는 내용이지. 유닛 F에 머물기 위해서는 자신의 처지를 정확히 이해하고 받아들여야 해. 이미 벼랑 끝에 몰려 있으니 벼랑 아래로 떨어지지 않으려면 안간힘을 써야겠지. 각자의 노동에 몰두하고 집중하는 방식으로. 혹시라도 책잡힐까 두려워서 상담 신청을 안 하는 것일 수도 있어.

오베론의 분석을 듣자 수긍이 갔다.

이곳 사람들은 아침 일찍 일어나 일을 하고, 저녁이 되면 과거에 교실이었던 곳에 들어가 함께 잠을 잔다. 많게는 50명이 한 방에서 말이다!

5월 31일

오늘도 하릴없이 건물 안을 돌아다니며 사람들을 관찰했다.

유닛 F의 존재 의의는 시니어들의 소질과 능력을 파악해 그들이 최소한의 경제 주체로 자리매김할 수 있게 하는 거라고 들었다. 그래서인지 이들이 행하는 여러 일 중에는 병들고 아픈 노인을 보살펴주는 노노老老 케어도 포함된다.

자신보다 고작 예닐곱 살쯤 많아 보이는 노인의 휠체어를 밀고 지나가는 퀭한 얼굴의 할머니와 눈이 마주친 순간 나는 아연실색할 수밖에 없었다.

인상적인 사람도 있었다. 잔뜩 부르튼 손으로 둥근 나무 오리를 깎고 있는 할아버지가 눈에 띄었다. 작고 까만 눈알을 나무 안에 꿰 넣은 뒤 이리저리 살피는 할아버지의 얼굴 위로 애정과 보람이 비쳤다. 주변에는 그가 만든 것으로 보이는 여러 개의 목각인형이 늘어서 있었는데, 모두 장인의 솜씨를 방불케 했다.

―솜씨가 대단하세요!

나의 칭찬에 그가 고개를 들어 나를 바라봤다. 제페토 할아버지를 연상시키는 숱 많은 눈썹이 멋들어지게 휘말려 올라가 있었다.

―고맙습니다. 일이기도 하지만 유일한 낙이기도 하죠. 내가 제일 잘하는 거기도 하고.

그가 긍지에 찬 눈으로 장난감 기차를 들어 보이며, 무슨 나무를 어떻게 깎아서 만들었는지 차근차근 설명했다. 나는 이곳에서 임시로 일하게 된 상담사라고 나를 소개하며 덧붙였다.

—뭐든 상담하실 게 있으시면 들러주세요. 여기 분들은 상담을 잘 안 하시네요.

할아버지는 짧게 한숨을 내쉬었다.

—여기 있는 사람들은 굳이 자기 얘기를 꺼낼 이유가 없을 거야. 어디서부터 무슨 이야기를 풀어내야 할지 모를 테니까. 가지고 있는 이야기가 너무 길면 오히려 입을 닫게 돼요. 인생이란 게 이야기로 풀어내면 아주 길고 지루한 한탄에 지나지 않을 수 있지요.

—할아버지도 그런가요?

그는 고개를 끄덕였다.

—그럼, 나도 마찬가지지요. 그 길고 지루한 역사를 관통해서 이 시간까지 살고 있으니까요. 이래 봬도 내가 신문에도 나온 사람이에요. 옛날옛날에 아주 큰 사고가 났었는데, 거기서 유일하게 살아남은 사람이 나였거든요. 건물이 무너졌는데 일흔여덟 명 중에서 나 혼자 살아남았어요. 꼬박 열흘하고도 이틀을 버텨서 말이에요. 다시 빛을 본 날 다짐했지요. 내게 남은 하루하루를 소중하게 채우겠다고. 하지만 꼭 그렇게 되진 않았어요. 그 뒤에 성공도 해보고, 성공한 것보다 더 큰 실패도 겪고, 큰 병에도 걸려봤지요. 그런데 여전히 나는 여기 있네요. 삶이 왜 나를 놔주지 않는지 때때로 궁금해하면서.

할아버지가 다시 나무를 깎기 시작했다. 감히 덧붙일 말이 떠오르지 않아 나는 침묵한 채 그의 손놀림을 바라보기만 했다.

6월 4일

그동안 유닛에서 겪은 일들을 반추하며 나만의 결론을 내려고 애쓰고 있다. 면접 대비의 일환이지만 쉽지 않다. 면접까지 간다면 얼마나 솔직해질 수 있을지 모르겠다. 솔직하게 말하는 것이 감점이 된다면 어디까지 감추고 가장해야 할지도.

생각이 한데로 모이지 않고 흩어진다. 전에 품지 않았던 의문만 느는 것 같다. 삶이란 뭘까. 죽음이란. 꿈이란....... 수많은 상념과 질문이 비눗방울처럼 보글거리다가 일시에 사라진다. 그리고 나면 한 가지 의문이 남는다.

언젠가 나는 내 삶을 어떻게 돌이키게 될까.

궁금하면서도 두려운 물음이다.

6월 7일

여전히 아무도 개인 상담을 신청하지 않는다. 할 일 없이 앉아 있는 한직이라는 게 그다지 개운하지는 않다. 나는 본부에 건의해 임의로 예닐곱 명 정도의 할아버지 할머니를 강당으로 불러 담소를 나누는 시간을 마련했다.

어색하게 모여 앉은 뒤에도 누구 하나 입을 열지 않았다. 내가 상담사랍시고 자신들을 감시하거나 평가한다고 느꼈는지, 하나같이 자신이 아직도 충분히 일을 할 수 있을 정도로 건강하다는 사실을 강조하는 것으로 자기소개를 대신했다. 한 할아버지는 소매를 걷으며 알통을 보여주기까지 했다.

나는 최선을 다해 편안한 분위기를 유도하려 했으나, 그들은 믿고 싶어 하면서도 믿지 못하겠다는 듯 서로 눈치를 살피며 딱딱한 웃음을 지을 뿐이었다. 정해진 시간이 다 끝나고 자리를 정리할 무렵에야 모두의 표정이 처음보다 누그러졌다.

―이렇게 젊은 사람이랑 얘기하니까 나까지 화사해지는 것 같네. 고마웠어요.

한 할머니가 천진한 미소를 지으며 인사하자 가슴이 따뜻해졌다. 하지만 온기는 오래가지 않았다. 점심시간 후 오베론과의 대화를 통해 알게 된 끔찍한 이야기 때문이다.

―궁금한 게 있어. 이곳 시니어들은 유닛에서 숙식을 제공받는 대가로 노동을 해야 하잖아. 그러다가 만약 건강이 나빠지거나 다쳐서 노동력을 상실하면 어떻게 되는 거지?

―여기 수용자들은 대부분 입소 전 특약에 서명을 한 상태야. 특약에 적힌 대로 되겠지.

오베론이 말했다.

―특약?

―세상엔 아직 정복되지 않은 질병이 많아. 신약이 지속적으로 개발되고 있지만 인권 문제 때문에 실제 임상 대상은 언제나 턱없이 부족하지. 과감한 임상 실험과 획기적인 치료제의 발견이 느린 것도 그 이유고.

―그러고 보니, 정부 보조금 외에 유카시엘이 투자받는 곳은 주로 큰 제약회사라는 얘기를 들은 것 같아.

―맞아. 유닛 F 입소 특약에는 이런 조항이 있어. 추후 노동력을 상실하거나 거동이 어려워질 경우, 유카시엘에서 지정하는 약의 임상 대상자로 지원한다는 항목이지. 물론 훨씬 부드럽고 친절한 뉘앙스로 인류의 발전과 혁신에 공헌할 기회를 누릴 수 있다는 식으로 쓰여 있지만, 내용만 따져보면 그래.

―그럼 이곳에 있는 대다수의 사람들은 성공할지 실패할지도 모를 신약의 모르모트로 생을 마감한다는 거야?

―표현을 그렇게 하는 건 네 자유지.

오베론의 말에 아무 대답도 할 수 없었다.

6월 8일

어제 만났던 할머니와 할아버지들, 그간 내가 만나 이야기 나눈 이들의 얼굴을 차례로 떠올렸다. 왠지 눈물이 날 것 같았다. 나를 살핀 오베론은 위로하듯 이렇게 말했다.

─너무 슬퍼하지 마. 네 감정이 현실을 바꿀 수 없으니까. 그보단 이곳에서의 업무가 곧 끝난다는 사실에 집중하면서 그나마 다행이라고 생각하는 편이 좋지 않을까.

더 이상 아무런 얘기도 듣고 싶지 않아 해바라기 브로치의 전원을 꺼버렸다. 정처 없이 건물 안을 걸었지만 고개를 숙이고 일하는 노인들을 보는 게 괴로워서 무작정 계단 아래로 내려갔다. 그러다 보니 어느덧 나는 건물의 깊은 지하층까지 와 있었다.

불현듯 내 시선은 희미하게 모습을 드러낸 수상한 철문으로 향했다. 무언가에 이끌리듯 문 앞으로 다가갔다. 주변에는 아무도 없었고, 나를 둘러싼 공기마저 메마르고 건조하기만 했다. 손잡이를 당겼으나 당연히, 문은 꿈쩍도 하지 않았다. 나는 포기하듯 문에 기댔다. 문이 조금 움직이는 게 느껴졌다. 당겨야 하는 문이 아니라 밀어야 하는 문이었다.

육중한 문에 체중을 실은 다음 순간, 나는 양쪽에 작은 방들이 줄지은 이상한 복도에 서 있었다. 정체를 알 수 없는 알싸한 냄새가 기분 나쁘게 코를 찔렀다. 병원 냄새 같기도 했고, 고기를 태우는 냄새 같기도 했다. 정확히는 둘 다를 섞은 듯한 냄새였다.

까치발을 하고 유리문 너머를 들여다본 나는 두 손으로 입을 막을 수밖에 없었다. 차가운 철제 선반 위에 파리한 시신의 다리가 보였다. 로봇이 시신을 소각로 안으로 밀어 넣고 버튼을 눌렀다. 전광판에 4라는 숫자가 떠 있었다. 치직 소리와 함께 숫자가 하나씩 줄어들어 0이 됐다. 소각이 완료됐습니다. 장난스러울 만큼 맑은 기계음이 커다랗게 울렸다.

나는 너무 놀라 시선을 돌리는 것도 잊은 채 그 짧고 끔찍한 시간을 온전히 겪었다. 내 양옆으로 칸칸이 나뉜 방들이 모두 개별화된 소각장이라는 걸 깨닫는 데는 더 이상의 시간이 필요하지 않았다.

6월 9일

하루 종일 무슨 정신이었는지 모르겠다. 지금도 소각장의 냄새가 코끝에 집요하게 남아 있다.

영겁의 굴레처럼 육체와 정신이 노쇠해질 때까지 한 사람을 붙들고 있다가, 아무도 봐주지 않는 4초 만에 사라지는 삶이라는 것. 그것은 무엇을 의미할까……

······퇴근하기 직전, 돌아오는 월요일에 일대일 상담이 잡혔다는 메시지를 받았다. 이런 상태로 내가 누구를 상담할 수 있을지 모르겠다.

6월 11일

며칠 전 본 장면이 꿈에서도 나를 끈질기게 따라다닌다. 누구에게도 말할 수 없을 것 같아 오베론에게 내가 본 것을 털어놓았다.

―누군가의 끝을 보고 나니 그들을 어떻게 대해야 할지 잘 모르겠어. 끔찍한 비밀을 알면서도 가짜 웃음을 짓고 있는 기분이야.

―삶과 죽음이 연결돼 있다고 생각하면 편하지 않을까?

오베론이 답했다.

―온 힘을 다해 일하는 사람들의 발아래에, 그들의 죽음을 처리하는 소각장이 있다는 걸 어떻게 이해하라는 거야?

―효율을 위해서는 어쩔 수 없지. 따져보면 병원도 마찬가지야. 치료 공간과 장례식장이 한 공간에 있어.

―말도 안 되는 비교야. 병원 안의 장례식장은 외부 추모객을 받기 위한 거고, 적어도 화장터나 묘는 병원과 멀리 떨어져 있어. 거기까지 가는 길에 망자를 추모하잖아. 하지만 내가 본

건 마치 파일을 영구 삭제하듯, 그냥 한 인간의 존재를 지워버리는 장면이었어. 그 절차엔 그저 자동화된 기계와 영혼 없는 시신이 있을 뿐이었지. 인간이라고 부를 수 있는 존재는 없었다고.

내가 울먹이자 오베론은 곤란한 표정을 지었다.

―가끔은 네게 어떤 반응을 해야 할지 헷갈려. 너를 위로해야 할지, 더 깊은 대화를 나눠야 할지, 아니면 들어주기만 해야 할지. 난 네 좋은 친구가 되려고 노력하지만 늘 부족해.

그 말을 듣자 오베론에게 미안한 마음이 들었다.

―아니야. 네가 있어서 내 속에 있는 얘기를 이렇게 잘 말할 수 있는걸. 넌 좋은 친구야!

―고마워.

나는 눈물을 닦고 화제를 돌렸다.

―일단 내일 만날 내담자에 대한 정보를 줘. 차트에는 성별이 여성이라는 것 외엔 나이와 이름조차 쓰여 있지 않던데?

―여기 내담자들은 개인정보를 드러내길 꺼리니까 그런 경우도 있어. 그런데 이 사람은 조금 특이한 이력이 있네. 유닛 A에서 생활하다가 유닛 B와 유닛 C, 그리고 유닛 D까지 전부 경험하고 나서 프리 하우스에 내려온 케이스야.

―꽤나 극적인데? 전 등급의 유닛을 경험했다는 점에서는 나랑 공통점이 있네. 그런 케이스는 정말 드물지 않아?

내가 물었다. 오베론은 프리 하우스에 입소한 지 얼마 되지 않은 사람들이 문제를 일으키는 경우가 종종 있다며, 대부분 현실을 받아들이지 못해서 그렇다고 일러주었다.

……A에서 출발해서 F로 마감되는 인생은 어떤 느낌일까.

어서 빨리 이곳에서의 시간이 지나, 내가 본 모든 장면을 잊고 싶다.

죽음을 떠올리지 않아도 되는 곳에서 살고 싶다.

6월 12일

오늘은 내 인생에서 가장 인상적인 날로 기억될 것 같다. 좋은 의미로든 나쁜 의미로든, 오늘을 잊을 수 없을 거다.

오후에 내담자의 방에 직접 찾아갔다. 원래는 상담이 오전에 예정돼 있었지만 내담자가 강한 거부 의사를 표명하는 바람에, 몇 차례나 방문을 두드린 끝에 점심이 지나고 나서야 그녀를 만날 수 있었다.

유닛 F의 수용자 중 독방에 배정되는 사람은 거의 없다. 하지만 상담이 예정된 할머니는 독방에 혼자 머물고 있었다. 자료를 살펴보니 그럴 만도 했다. 이곳으로 이송되기 직전, 할머니가 머물던 유닛 D 건물이 습격당했다. 졸지에 갈 곳 없는 신세가 된 그녀는 임시로 지낸 호텔에서 그간 쌓아왔던 복지포인트를 모두 소진하고 갑작스럽게 유닛 F로 내려오게 된 케이스였다.

한순간에 유닛 F에 입소하게 된 할머니는 일을 시작하기는커녕 적응하지 못하는 게 당연했고, 관심 수용자로 분류돼 임시로 마련된 독방에서 생활 중이었다. 그녀는 노동을 거부하며 거의 먹지도 마시지도 않는 상태였고, 건강을 위해서라도 시급한 생활 개선이 필요했다.

문을 두드린 뒤 내가 상담사라는 사실을 밝히고 들어갔다. 침대 위에 걸터앉은 노인의 등은 부드럽게 말려 있었다. 굽은 어깨 위에 닿은 은회색 머리칼이 단정했다. 그녀는 내 쪽으로 고개를 돌리지 않았고 이야기를 꺼낼 의사도 전혀 없어 보였다. 나는 미리 준비한 자료를 뒤적였다.

―유닛 D에 계셨네요. 습격 때문에 유닛 F로 오신 거고요…….

나는 목소리를 가다듬기 위해 두어 번 헛기침을 했다. 내가 딱 한 번 나갔던 집회가 혹시 이 할머니의 불행에 일조한 게 아닐까 하는 생각에 마음이 불편했다. 예상 밖으로 그녀는 바로 입을 열었다.

―가지고 있는 복지포인트가 없지는 않았어요. 내 딴엔 다시 위로 올라갈 수 있을까 해서 열심히 모았거든요. 그런데 머물던 공간이 부서지고 갑자기 시설 밖으로 나가게 되면서, 복지포인트로 밥도 사 먹고 숙박비도 쓰고 하다 보니 순식간에

가진 게 전부 다 사라지더군요. 그래도 그 짧은 며칠, 참 행복했어요. 갈 데가 없어서 에라 모르겠다, 하고 고급 호텔에 갔는데 오랜만에 좋은 데서 밥 먹고 잠자는 기분이 꽤나 근사했거든.

그녀가 말끝에 가벼운 웃음을 얹었다.

—가끔 그런 사치가 필요하죠, 우리 모두에게.

나는 그렇게 대꾸한 뒤, 본론을 꺼내기 위해 작게 한숨을 토했다.

—그래도 새로운 거처를 찾으셨으니 얼마나 다행이에요. 방값도, 밥값도 들지 않고 맘 편히 주무실 수 있잖아요. 이제 식사도 잘 챙겨 드시고, 친구들도 사귀고, 기운 내서 일도 하시면서 활기차게 지내셔야죠.

챙겨주는 것처럼 가장했지만 내 말에 숨은 뼈는 명확했다. 유닛 F에서 살아남으려면 일해야 한다는 경고였다. 그러지 않으면 보호 기간이 지난 뒤 할머니는 유닛 F에서마저 퇴출될 것이고, 그 뒤 남은 선택지는 지붕 없는 곳에서 노숙 생활을 하는 것뿐일 테니까.

—어떤 걸 좋아하세요? 어떤 일을 하고 싶으신지도 궁금하고요. 제가 보기엔 아주 튼튼해 보이셔서요!

나는 일부러 밝게 답했다.

—이야기 들려주는 걸 좋아해요.

그녀가 잔잔하게 말을 이었다.

—어쩌면 아무도 듣고 싶지 않은 이야기인지도 모르지만.

그 말에 가슴 한쪽이 쿡 찔린 것처럼 마음이 아렸다. 괜한 감상에 빠지고 싶지 않아 시선을 돌렸다. 그 순간 그녀의 가방에 달린 작은 알리콘 키링이 눈에 들어왔다. 왠지 모를 낯익음 같은 게 퍼져나갔다.

―알리콘이네요. 저한테도 비슷하게 생긴 인형이 있어요. 밤마다 안고 자는 소중한 녀석이죠.

내가 웃었다. 뭐라도 대화의 물꼬를 트고 싶어서였을 거다.

―잘 아는군요. 흔히 사람들은 유니콘이라고 말하지만 사실 알리콘이죠. 유니콘이 날개를 달면 알리콘이라고 부르니까.

그녀가 얼굴을 반쯤 돌리고 말했다. 무언가를 바라거나 기대해본 지 오래돼 보이는 눈빛이 순간적으로 반짝였다.

―맞아요. 알리콘……. 제게 그 인형을 준 사람도 그게 알리콘이라고 말해줬었죠.

―그렇군요. 저도 알리콘 인형을 누군가에게 선물한 적이 있어요.

그녀가 반갑다는 듯 미소 지었다.

―음……. 가족에게 선물하셨나요?

내 물음에 그녀가 천천히 고개를 저었다.

―가족은 아니었어요. 한 아이가 있었지요. 지금은 헤어진 지 너무나 오래됐지만……. 내 삶에서 가장 특별한 아이였죠.

―……가장 특별한 아이요?

그녀가 고개를 끄덕이고 속삭이듯 덧붙였다.

―그 아이는 내 삶의 가장 큰 무늬였으니까요.

가슴속에 거센 파도가 몰아쳤다. 다시 입을 열기 위해 나는 몇 차례 숨을 들이켜야 했다.

―……그 아이의 이름을 알 것 같아요.

그녀가 천천히 몸을 틀어 나를 바라봤다. 눈빛이 내 얼굴에 닿는 순간, 내 안에서 무언가가 터져 나왔다. 수많은 기억이 한꺼번에 떠오르며 오랜 시간 묻어둔 감정이 급하게 쏟아졌다. 그녀의 눈 속에 내가 비쳤다. 내 마음에 깊게 새겨진, 그토록 사랑한 존재가 두꺼운 시간의 옷을 입고 내 앞에 앉아 있었다.

그녀는 아주 먼 데 있는 것을 보듯, 혹은 무엇을 찾아내듯 떨리는 눈빛으로 내 얼굴을 구석구석 살폈다. 숨이 가빠졌고 가슴이 저릿하게 조여왔다. 나는 온 힘을 다해 간신히 말했다.

―……유나라. 제 이름이에요…….

그녀가 두 손으로 입을 감쌌다. 탄식이 한꺼번에 흘러나오지 못해 단발적으로 끊어졌고, 숨이 흐느낌처럼 새어 나왔다.

―민아 이모.

내가 중얼거렸다. 눈앞이 흐려져 더는 말을 이을 수 없었다. 그 작은 방 안에, 너무나 긴 세월이 스며들어 있었다.

6월 13일

아직도 이모를 만났던 순간의 떨림이 잊히지 않는다. 무거운 바위를 매단 추가 가슴을 두 개로 쪼개는 것처럼 서늘하고 아팠다.

내 상상 속의 이모는 나이가 들었어도 여전히 당당하고 화려하며 변함없이 쾌활한 모습이었다. 카밀리아 레드너가 민아 이모일지 모른다는 공상을 마음속에서 나도 모르게 자꾸만 부풀려갔던 것도 그런 이유에서였을 거다.

나는 눈앞의 이모를 외면하고 싶었다. 다른 말로는, 인정하고 싶지 않았다. 이모도 자신의 모습을 감추려는 듯, 입을 꽉 다물고 고개를 돌렸다. 하지만 끝내 우리는 서로의 볼에 흘러내린 눈물을 닦아주며 얼싸안을 수밖에 없었다.

이모는 말 꺼내기를 주저했다. 이야기를 들려주기 좋아한다던 말은 자신을 잘 모르는 사람에게 하는 치장의 언어였을 뿐, 내게는 그 어떤 얘기도 들려줄 생각이 없는 것처럼 보였다. 그러나 한참이나 이모의 손을 잡고 어루만지자 마침내 뭔가가 녹듯 천천히 이모의 표정이 풀리기 시작했다. 그리고 나는 굳은 얼굴 안에 감춰둔 이모의 한없이 나약해진 영혼을 엿볼 수 있었다.

깊이 묻어둔 기억을 불러오듯, 이모는 가늘게 눈을 뜬 상태로 창밖을 오래도록 응시했다. 마침내 이모가 입을 열었을 때 이모에게서 가장 먼저 나온 말은 엄마의 이름이었다.

―유진이는 내 영혼의 짝이었어. 나랑 그렇게 잘 통하는 사람을 본 적이 없었지. 수십 년을 다르게 살았고, 피 한 방울 섞이지 않았는데 말이야.

추억이 빛을 비춘 것처럼 이모의 얼굴 위에 옅은 환희가 스치고 지나갔다.

영화제작자로서의 이모는 성공적인 커리어를 지닌 사람은 아니었다. 두세 편의 영화를 찍었지만 이모가 추구하는 영화는 시장에서 큰돈을 벌기 어려운 영화들이었다. 사건보다 인물의 내면에 집중하는 일기 같은 영화, 혹은 관객의 사색을 요구하는 무거운 주제가 담긴 영화. 이모는 현실을 날카롭게 그리는 영화로 사람들의 가슴에 파장을 불러일으키길 원했지만, 그건 자본의 논리와 요원한 일이었다.

이모는 영화사를 접고, 품었던 야망도 접고, 원래 살던 집의 크기도 줄여 우리가 사는 곳으로 이사를 왔다. 하나 있던 동생은 외국에 나가 이모도 혈혈단신이나 다름없었다. 외롭고 두려웠다. 그때 알게 된 게 엄마였다.

―이렇게 잘 맞을 수 있을까 싶을 만큼 우린 친했어. 누구에게도 털어놓지 못한 이야기를 나누고 서로를 위로했지.

이모의 얼굴에 미소가 어렸다.

―하지만 유진이보다도 특별한 존재가 있었어. 그건 바로 너였단다.

이모가 내게 고개를 돌렸다.

―내가?

―그럼. 난 사실 아이를 그렇게 좋아하는 사람이 아니었어. 결혼도 안 했고 아이는커녕 조카도 없었으니, 어떻게 보면 어린아이라는 존재는 내게 가장 멀고 연관성 없는 존재였지. 그런데 넌 달랐어. 넌 그냥, 모든 게 다 특별했어.

나는 잘 모르겠다는 표정을 지으며 어깨만 으쓱 올렸다. 그렇게 과장된 몸짓을 취하지 않으면 안에 고인 감정이 속수무책으로 새어 나올 것 같았다.

―네 똘망똘망한 눈망울을 야무지게 붙잡고 있던 쌍꺼풀이 눈에 선해. 너라는 아이의 영혼에 담긴 단단함을 말해주는 것 같았지.

이모는 눈앞에 어린 내 모습이 보이기라도 하듯 말했다.

―너와 네 엄마 덕분에 나는 가족이라는 걸 오랜만에 경험했던 것 같아. 복이었고 귀한 경험이었지. 그전까지 난 형편없는 상태로 살고 있었으니까. 나만의 세계에 갇혀 네게 감히 털어놓을 수 없는 부끄러운 일들도 많이 저질렀단다. 하지만 너희를 만난 뒤, 닫혀 있던 내 세계는 활짝 열렸어. 난 너희와 밥을 먹고 여행을 가고 고민을 나누고 울고 웃고 싸우고 화해했어. 너희 안에서, 너희와 함께 난 행복했어. 행복엔 항상 유효기간이 있다는 걸 알았지만, 너희와의 관계에는 감히 그런 상상을 덧붙이지 않았지. 어쩌면 난 내가 진짜 너와 유진이의 가족이라고 착각했던 건지도 몰라. 그래서, 네 아빠가 돌아온 뒤 속으로 무척 방황했어. 의도치 않게 다른 사람에게 불편한 존

재가 되고 폐를 끼치는 게 싫었어. 그저 하던 대로 하던 것들, 내게 가장 자연스럽고 행복한 일들, 너를 예뻐하고 보듬는 일이 갑자기 하지 말아야 할 것이 됐을 때 어떻게 해야 할지 참 헷갈렸지.

그 뒤로는 내가 기억하는 대로였다. 아빠의 등장 후, 이모의 존재는 닫혀가는 문 사이에 낀 그림자처럼 희미하고 애매해졌다. 나와 엄마, 그리고 이모가 이룬 유사 가족은, '정상'을 상징하는 아빠의 귀환으로 찌그러지고 깨졌다.

정상 가족 안에 피가 섞이지 않은 이모의 자리는 없었다. 엄마도 이모를 대하는 온도가 미묘하게 달라졌고, 이모는 전처럼 지내는 게 나와 엄마에 대한 실례라고 판단하면서도 파도처럼 밀려드는 서운함에 하루하루 마음을 다쳤다.

어른들만의 일이었다면 쉽게 물러날 수 있었을 거다. 문제를 복잡하게 만든 건 나였다. 나는 정말로 뼛속 깊이 이모를 사랑했으니까.

—모든 게 달라졌는데 딱 하나 변하지 않은 게 있었어. 날 대하는 네 태도, 그리고 네 눈에 담긴 진심.

이모가 말했다.

—그건 내가 어떻게 할 수가 없는 거잖아. 세상의 여러 가지 이치를 설명해주기엔 네가 너무 작고 여리고 순수했지. 네 영혼에 상처를 입히고 싶지 않았어. 너를 너무 사랑하는데, 어른들의 논리로 별안간 너를 사랑하지 않는 것처럼 거리를 두는 건 거짓 같았거든. 그래서 널 안아주고 사랑을 표현했지.

하지만 그조차 옳지 않은 일이라는 판단이 들었을 때, 내게 남은 선택지는 하나였어. 그렇게 난, 너와 유진이를 먼저 떠나겠다고 결심했지.

문 앞에서 울던 나를 집 안으로 데려가 뜨겁게 끌어안던 이모의 숨결이 생생했다. 어느 날 내게 더 이상 오지 말라고 하던 차갑고 건조했던 표정과, 어린 내가 기어이 읽어냈던 이모의 휘몰아치는 마음도.

언젠가 이모의 경제력을 걱정하는 엄마에게 이모는, 사실 자신이 거액의 복권에 당첨됐으니 걱정하지 말라고 말했다. 이모가 내게도 그런 말을 한 적이 있었기 때문에 엄마도 나도, 이모의 말이 진짜일 거라 믿어 의심치 않았다.

—어떤 일이 닥쳐도, 어떻게 헤어지게 되더라도 너희를 알게 된 건 무엇과도 바꿀 수 없는 행운이라고 생각했어. 상상할 수 없을 정도로 큰 액수의 복권이라고 장난처럼 말하긴 했지만.

이모의 웃음에 나는 얼어붙었다. 엄마와 나는 이모가 정말 커다란 액수의 복권에 당첨돼 노후는 걱정할 일이 없을 거라고 여겼다. 그걸 넘어서서 나는 멋대로 꾸민 공상 속에서 이모가 섬을 사들인 부호일 거라고, 그랬으면 좋겠다고 바랐다.

어떻게 그럴 수가 있었을까? 그건 내 삶의 가장 무겁고 복잡한 실타래를 제일 좋은 방향으로 풀어내고 싶어 머리가 꾸며낸 부끄러운 환상일 뿐이었다.

이모의 현실은 단출했다. 부모님이 돌아가시며 얼마간의 유산을 상속받은 게 전부였다.

우리와 헤어진 뒤 이모는 다시 영화를 만들기 위해 애써보기도 하고, 아예 새로운 일을 도모하기도 했다. 하지만 급변하는 세상의 풍경 속에 이미 중년을 훌쩍 넘어버린 몸으로는 쉽지 않았다.

그러던 중 이모는 청천벽력 같은 소식을 듣게 된다. 고칠 수 없는 병에 걸렸고, 이미 손쓸 수 없는 상태라는 진단이었다. 살날이 얼마 남지 않았다는 선고를 받은 이모는 모든 것을 정리하고 유닛 A에 들어갔다. 삶의 마지막을 평안하고 화려하게 보내고 싶어서였다.

—차라리 후련했어. 정말이지 갑자기 삶에 종지부를 찍게 된다니, 놀랍기는 해도 슬픔이나 아쉬움은 없었어. 난 혼자였고 이미 해보고 싶은 건 다 해봤다고 해도 과언이 아니었으니까. 의사가 내 명이 얼마 남지 않았다고 선고하던 날, 내가 뭐라고 중얼거렸는지 아니? 산뜻하네! 라고 했어. 삶이 나를 길게 짓누르는 것보단 낫다고, 인생에 지친 사람에게 아주 적절한 결말이라고 말이야.

이모가 쓸쓸하게 말했다.

—그렇게 유닛 A에 들어갔어. 몹시 비쌌지만, 내가 가진 돈이라면 남은 시간을 그곳에서 보내기엔 충분했으니까. 너무 휘황찬란해서 오히려 좀 갑갑하긴 했어도, 세상에서 눈에 담

는 마지막 풍경이 그거라면 괜찮다 싶기도 했어. 그런데 그건 모두 운명의 가혹한 장난이었지. 그리고 난 그 사실을 너무 늦게 알아버린 거야.

몇 달이 지났다. 이모의 몸 상태는 몹시 이상했다. 좋은 의미로. 결과적으로는 안 좋은 의미로.

―죽을 때가 됐는데 안 죽더라? 점점 아파야 하는데 안 아파. 오히려 더 건강해지는 것 같지 뭐니. 잘 먹고 잘 자서 그런가보다, 하다가 이상해서 병원엘 갔어. 희소식이 그렇게 비극적으로 느껴진 건 살면서 처음이었지.

이모가 웃었다. 아주 깊은 곳에 눈물을 감춰둔 종류의 웃음이었다.

―유닛 A에서 주는 밥이 오죽 맛있니. 뽀얗게 살이 오른 나를 본 의사가 놀라더라. 그래서 다시 검사를 했는데, 의사 얼굴이 빨개졌다 파래졌다 난리도 아니야. 알고 보니 전산 오류로 다른 사람의 결과지가 내 것과 뒤바뀐 거야. 의사는 당황하며 사과했지. 정말 죄송합니다. 그래도 수술로 멀쩡한 곳을 도려내거나 독한 약을 먹은 건 아니니 천만다행이죠! 앞으로 몇십 년은 거뜬하실 겁니다! 그 말에 난 뭐라고요? 하면서 양손에 힘을 잔뜩 주고 벌떡 일어났어. 그리고 영문을 모르는 의사를 향해 소리쳤지. 오래 살면 뭐 해요. 당신 말만 믿고 가진 돈을 다 써버린 신세가 됐는데! 하지만 진료실에 오래 머물 순 없었지. 의사는 내 결과지와 뒤바뀐 결과지를 받은 사람이 아직도 잘 살아 있는지 확인해야 했으니까.

이야기를 쏟아내서인지 한결 가벼워진 얼굴로 이모가 말을 이었다.

―유닛에 돌아오자마자 그날로 바로 퇴소 신청을 했어. 새삼 유닛 A에 머무는 데 드는 돈이 얼마나 비싼지, 그간 청구된 금액을 숫자로 직접 확인하니 손이 덜덜 떨리더라. 모든 자산을 현금화하느라 집도 팔아버려서 내겐 돌아갈 곳이 없었어. 그래서 유닛 B를 택했지. 처음부터 유닛 C로 가고 싶지는 않았으니까. 그때만 해도 남은 자산을 잘 굴리면, 다시 집도 사고 그럭저럭 생활을 영위할 수 있으리라는 기대가 있기도 했고. 그런데 운명은 나를 다른 방향으로 데려가더구나.

잠깐 밝아졌던 이모의 얼굴에 다시 깊은 그늘이 어렸다. 그 뒤 이야기가 끝날 때까지 이모는 더 이상 미소 짓지 않았다. 이모는 남은 자산을 여기저기 투자했지만 전부 실패했고 결국 돈을 다 잃고 말았다. 그렇게 이모는 유닛 B를 뒤로하고 유닛 C로, 그리고 유닛 D로 차근차근 내려가게 됐다.

―정말 바보 같지? 가난이라는 게 그렇게 갑작스럽게, 도둑 떼가 습격하듯 닥칠 수 있으리라고는 한 번도 상상한 적이 없어. 돈이 풍족하진 않았지만 평생 아끼며 살았고 성실하게 저축했어. 멀쩡한 내 집도 있었고 유산도 받았지. 그런데 한순간에 나는 가진 게 아무것도 없는 노인이 된 거야.

나는 이모의 손을 잡았다.

―아니, 정확히 말하자면 가진 게 단 하나뿐인 노인이 됐지. 언제 끝날지 모르는 삶. 두렵고 막막하고, 말 그대로 끝이

보이지 않는, 삶 말이야.

이모가 힘겹게 말을 이었다.

―사람들은 죽음이 두렵다고 하지만 나는 언젠가부터 삶 자체가, 살아 있다는 사실이 점점 무서워졌어. 외롭고 좁은 길을 나 홀로 끝없이 걷는 건, 생각보다 끔찍한 일이거든. 나는 그렇게 살았어. 어제까지. 너를 다시 만나기 전까지…….

이모의 눈이 붉어졌다.

―뭔가가 점점 나빠지고 쇠락해간다는 느낌은 참 슬프단다. 너한테 이런 이야기를 하고 싶지 않았어. 널 다시 만나 너무 기쁘지만, 네 기억 안에만 머물렀다면 더 좋았을 거야…….

―아니야. 그렇지 않아, 이모.

나는 고개를 저으며 이모의 머리를 쓰다듬었다. 많은 이야기를 들려주느라 지쳤는지 이모는 얕은 숨을 내쉬며 눈을 감았고, 곧 깨지 않을 것처럼 잠들었다.

……하지만 오늘 밤 나는, 잠을 이룰 수 없을 것 같다.

6월 15일

오늘도 이모의 이야기를 들었다. 대화 중간중간 이모를 안아주었는데, 그때마다 품 안에 느껴지는 이모의 어깨가 어찌나 연약한지 바스러질 것 같았다. 그래도 내가 전한 온기가 효력이 있었는지, 이모는 어제보다 훨씬 기운차 보였다. 절망과 외로움의 외투를 한 겹 벗어낸 듯, 내가 알던 당차고 명랑한 이모의 모습으로 조금씩 회복돼가는 것 같았다.

오늘은 즐거운 이야기도 많이 나눴다. 밤의 유원지에서 알리를 경품으로 탔던 일, 하늘로 수많은 풍선을 날려 보냈던 일, 장난감 도서관에서 빌린 헝겊책 속 곰돌이의 눈이 떨어져 엄마와 이모가 애를 쓰며 실로 눈을 기우던 일, 엄마에게 댄스를 배우던 이모 옆에서 배를 잡고 웃던 어린 나. 그런 얘기들. 찬란하고 정겹고 떠들썩했던.

웃음이 잦아들 때쯤 이모가 입을 열었다.

—난 후회를 잘 하지 않는 사람이야. 병적이라고 할 만큼 후회라는 감정을 내 안에서 밀어내며 살았지. 후회를 하면 나 스스로 내 인생을 부정하는 것 같았거든. 그렇지만 삶을 통틀어 정말 후회되는 게 딱 한 가지 있어.

이모가 나를 오래도록 바라봤다. 내 안에 숨은 누군가의 얼굴을 읽으려는 듯이.

—유진이랑 연락을 끊은 것. 너랑 인사도 없이 헤어진 것. 그때 단절 말고도 다른 방법이 있었을 텐데……. 내 영혼이 그때까지만 해도 너무 젊어서, 끓어오르는 피가 모든 걸 막았나 봐.

이모의 말에 내 가슴속 깊이 숨어 있던 감정이 솟구쳤다.

—그래도, 그렇게 갑자기 떠날 필요는 없었잖아. 아무리

관계에 끝이라는 게 있더라도, 인사 정도는 하고 갈 수 있었잖아. 머릿속에 이모가 떠오를 때마다 난 답 없는 수수께끼 앞에 선 기분이었어.

내 목소리에 원망이 실렸다. 이모는 나를 안으며 몇 번이고 미안하다고 말했다.

—사과를 듣고 싶은 게 아니야, 이모. 난 알고 싶어. 엄마와 이모 사이에 무슨 일이 있었던 건지. 그렇게 가까웠던 두 사람의 관계가 단칼에 끊어진 이유가 대체 뭔지, 이모한테 직접 듣고 싶어.

나는 이모의 손을 꽉 잡으며 간청했다. 우리 둘 다 손이 촉촉해질 때쯤 이모가 고개를 끄덕였다.

한동안 아빠와 엄마, 그리고 나 사이에서 괴로워하던 이모는 어느 밤, 우리 집에서 들려오는 다투는 소리를 들었다. 자세한 내용은 알 수 없었지만, 소리치는 아빠와 항변하듯 맞서는 엄마의 목소리, 그 뒤에 딸린 숨죽인 나의 울음소리였다. 그리고 밤새 한잠도 자지 못한 이모가 아침에 맞이한 건, 엄마에게서 온 문자 메시지 한 통이었다. 언니……. 우리 떠나기로 했어. 이달 말에 여행 다녀온 뒤에 바로 집 빼려고. 그동안 고마웠어.

이모는 답장을 보내려고 했다. 나는 괜찮으니 걱정하지 말라고, 뭐든 너희가 내키는 대로 편하게 하면 된다는 메시지를 적어 내려갔다. 난 언제나 너희 편이야, 라는 글자로 마무리

하고 전송 버튼을 누르기 직전, 다시 메시지 알림음이 울렸다. 입금 메시지였다. 백 원 단위까지 계산된 큰 액수였다. 엄마에게서 메시지가 한 통 더 왔다. 나라 아빠가 빚지는 기분이 싫대. 나라 아빠를 이기지 못한 나를 용서해…….

그간 우리와 함께했던 날들을 모두 계산해서 값을 매긴 숫자들 앞에 이모는 무너져내렸다.

—그건 뭐랄까, 그동안의 관계에 가격표가 붙여진 느낌이었어. 너를 돌보는 것에 대해 유진이는 이미 우리 사이에 합의된 대로 조용히 약속을 지키고 있었어. 그렇게 하지 않으면 관계가 유지될 수 없을 것 같다고 처음부터 고집부렸던 것도 유진이였고. 그런데 그날, 그 정신없는 숫자들 앞에, 그간의 관계를 정산해줄 테니 물러서라는 선언을 듣는 기분이었지. 그 돈은 절대로 받을 수 없었어. 바로 유진이에게 다시 송금했지. 유진이와 네 아빠가 몰라준다고 하더라도 나는 그런 마음으로 너희를 대한 게 아니니까. 그렇지만 이제는 내가 너희에게 영수증을 내줄 차례라는 생각이 들었어.

이모는 눈을 꾹 감았다. 이모의 가슴을 채운 게 모멸감이라는 걸 묻지 않고도 알 수 있었다.

—그날 바로 집을 내놨어. 너희가 떠나기 전에 먼저 떠나고 싶었어. 사라진 것처럼.

이모는 시세보다 낮게 집을 내놨고, 도망치듯 떠났다. 떠나기 전, 이모는 한 톨의 감정도 남아 있지 않다는 걸 증명하기 위해 나와의 모든 추억을 살살이 정리해 우리 집 앞에 놔뒀다.

―마지막으로 알리를 상자 안에 넣을 때 알리가 춥겠다는 생각이 들었어. 그땐 한겨울이었으니까. 하지만 이내 가슴을 다잡았어. 그건 알리가 아니라, 그냥 나와 상관없어진 물건일 뿐이라고.

　이모가 말했다. 내 눈에서는 눈물이 흘러내렸지만 이모는 고개를 돌렸다. 나를 외면하듯, 혹은 과거의 한 장면을 응시하듯. 이윽고 이모가 다시 입을 열었다.

　―그 뒤 유진이, 네 엄마한테 몇 차례 연락이 왔어. 전화가 걸려왔고 문자도 여러 통 왔지. 다시 얘기해보자고, 오해를 풀고 싶다고. 하지만 난 자신이 없었던 것 같아. 그때만 해도 한번 어그러진 관계를 다시 붙이는 건 불가능하다고 여겼으니까. 전화번호도 바꿨어. 모든 걸 완전히 새롭게 시작해보고 싶었거든. 그때 내가 꿈꿨던 미래는 이미 실패한 과거가 됐지만, 믿어지니? 그런 건 후회되지 않아. 내가 가고 싶은 만큼 가서 얻은 결과니까. 유일하게 두고두고 후회로 남은 건 너희를 그렇게 떠나버린 것 하나뿐이었어. 그걸 깨달았을 땐 이미 모든 게 늦어버렸지만.

　―생각이 바뀐 거야?

　―생각이 바뀌었다기보다는, 생각의 방식이 바뀌었지.

　이모가 옅게 웃었다.

　―어느 순간 네 아빠의 태도도, 유진이가 내게 그렇게 할 수밖에 없던 이유도 이해할 수 있을 것 같았어. 네 아빠는 아빠와 남편이라는 이름을 걸고 해보고 싶은 게 오죽 많았겠

어. 유진이 나랑 네 아빠 사이에서 얼마나 발을 동동거렸을 거며……. 그때 내가 단절을 택하지 않았다면 나라, 너의 얼굴이 이렇게 예쁘게 변해가는 모습을 가끔이나마 볼 수 있지 않았을까? 네가 커가는 모습을 지켜보고, 너의 중요한 날들, 너의 입학, 졸업, 너에게 기쁘고 슬픈 일이 벌어질 때마다 한 발짝 떨어진 곳에서나마 기뻐하고 축하하고 위로하고 격려해줄 수 있지 않았을까? 그게 가장 후회돼.

이모가 말했다. 창밖으로는 어느새 오렌지빛 어스름이 내리고 있었다.

6월 17일

저녁에 엄마한테서 전화가 왔다. 오랜만의 통화에서 엄마는 자신이 키우는 새싹 브로콜리들이 잘 자라고 있으며, 집 안의 고무나무가 싱싱하고 푸르게 커가고 있다는 이야기를 늘어놓았다. 마을 아이들에게 한글을 가르치는 얘기로 화제가 넘어갔을 때쯤 나는 대화를 마무리하고 싶었지만 엄마는 계속 발랄한 어조로 말을 이어갔다.

―아이들이 날 얼마나 잘 따르는 줄 아니? 그 애들의 눈망울을 보면 보람이 느껴져. 없던 힘도 불끈 솟아나서 하나라도 더 알려주고 싶고.

바로 그 대목에서 참을 수 없는 기분이 됐던 것 같다. 예고도 없이 폭발한 화산처럼 뜨거운 무언가가 온몸을 타고 흘렀다.

—엄마 얘기를 들을수록 내가 무슨 기분이 드는 줄 알아? 어린 시절의 내가 너무 불쌍해. 엄마가 지금 던지는 말들이 내게 상처가 될 수 있다는 생각은 못해봤어?

그렇게 터져 나온 말끝엔 계속해서 날카로운 단어들만 딸려 나왔다. 엄마는 영문을 모른 채 말을 멈췄고, 어느새 나는 울음 섞인 목소리로 외치고 있었다.

—엄만 항상 그렇게 혼자 잘 살아서 좋지? 남이 어떻게 되건, 무슨 감정을 느끼건……. 엄마가 내 마음에 들어와본 적이 있을까?

—넌 열어준 적이 있고?

엄마의 항변은 침착하고 조용했다.

—아무리 두드려도 닫혀 있다면 어떻게 해야 할까? 그래서 이제는 문을 두드리는 게 오히려 부담이 될까 봐, 문밖에서만 서성이고 있는데.

쏟아내고픈 말이 산더미였지만 민아 이모를 다시 만났다는 사실을 엄마에게 털어놓을 수는 없었다. 소중했던 사람과의 인연을 고작 그런 방식으로 종결해놓고는 그 긴 세월 동안 내게 진실을 말해주지 않은 엄마가, 지금도 아무렇지 않은 듯 무사태평해 보이는 엄마가 미웠다.

소리를 치면서도 속으로는 내가 무얼 바라고 있는지 자문

했다. 내 속이 타오르는 것 이상으로 엄마가 함께 아파하기를, 후회하기를, 눈물을 흘리기를 바랐던 것 같다. 하지만 정신을 차려보니 전화는 끊겨 있었고 남은 건 답답하게 아려오는 가슴을 움켜쥐며 숨을 몰아쉬는 나 자신뿐이었다.

6월 19일

민아 이모는 처음 만났을 때보다 많이 밝아졌고 오늘은 처음으로 일을 나갔다. 거리의 노인들에게 급식을 배식하는 파견근무를 다녀왔다고 한다. 이모가 일을 시작했다는 건 유닛 입장에서는 고무적인 소식이겠지만, 그게 과연 이모에게 좋은 영향을 끼칠지는 잘 모르겠다.

일에 대한 보람보다는, 거리에서 자신의 머지않은 미래를 보았다는 생각을 하지나 않았을까 걱정이 된다.

6월 20일

이모에게 좋은 경험을 선사하고 싶어 고민했는데 오베론이 괜찮은 제안을 내놓았다.

—배우라는 꿈을 네게 처음 심어준 사람이 이모잖아. 어디 보자, 지금 시내에서 아주 좋은 가격에 《한여름 밤의 꿈》 공연을 하고 있어. 좋은 경험이 될 거야. 오베론 역할을 맡은 게 내가 아니라는 점은 아쉽지만!

오베론이 극장 정보와 시간을 알려주며 너스레를 떨었다.

며칠 후면 유닛 F에서의 업무도 종료된다.

그전에 이모와 좋은 기억을 많이 나누고 싶다.

6월 22일

아침에 이모가 발급받은 외출증을 가지고 함께 건물 밖으로 나왔다. 이모는 세상에 처음 나선 사람처럼 따사로운 햇볕 아래 손을 펼치고 햇살을 흡입하듯 깊게 호흡했다. 나도 이모를 똑같이 따라 했다. 햇살을 머금고 난 우리에게서 미소가 흘러나왔다.

이모는 내 돈으로 그렇게 비싼 공연을 볼 수 없다고 고집을 피웠다. 나와 함께 소박한 밥을 먹고 거리를 걷는 것만으로도 충분하다고 했다.

결국 나와 이모는 극장 안으로 들어가는 대신, 로비에 앉아 공연 실황을 짧게 편집한 영상을 보며 팝콘을 나눠 먹었다. 이모의 집에서 했던 놀이가 떠올랐다.

―우리 둘이 연극놀이 자주 했던 거 기억나지?

―그럼. 한 100회 공연은 했을걸!

―그거 알아? 이모는 나한테 상상의 눈으로만 볼 수 있는 마법의 세계를 알려줬다는 거.

―그것도 능력이 돼야 볼 수 있는 거다? 나라, 네 눈이 특별한 거지!

이모가 웃었다. 왠지 기분이 좋아져서 이모에게 내 꿈을 이야기했다.

―있지, 이모. 난 시카모어 섬이라는 곳에 가고 싶어. 섬사람들만 들어가는 엘피다 극단에 들어가서 배우가 될 거야. 거기 있는 사람들이랑 같이 즐겁게 지내면서 말야.

이모는 고개를 끄덕이며 내 손을 잡고 반드시 할 수 있을 거라고 이야기해주었다. 그러자 정말 그럴 수 있으리라는 자신감이 따뜻하게 솟아났다. 바로 그때 이모가 중얼거렸다.

―그러면 유진이는 혼자 남겠네.

―이모 입에서 엄마 이름이 그렇게 자연스럽게 흘러나오는 게 신기해. 난 남들한테 엄마 얘기 잘 안 하거든.

나는 엄마와 나 사이에 대해 털어놓았다. 벗을 수 없는 까슬까슬한 옷 같은 관계에 대해. 어쩌면 그 시작은 이모와 헤어졌던 날부터인지도 모른다는 말을 덧붙이면서.

내 이야기를 들은 이모의 표정이 깊어졌다. 이모는 나이가 들어서 바뀐 여러 가지 생각에 대해 들려줬다. 젊어서는 경력과 성공, 독립적인 관계를 선호했지만 나이가 들수록 사람 사이에서 마음을 쓰는 일이 더 중요하다는 걸 깨닫게 됐다는 이야기였다.

―그런 점에서 나는 실패했지만 너는 유진이와의 관계를 회복해야 해.

이모가 힘주어 말했지만 나는 고개를 저었다.

―모녀 사이라는 이유로 꼭 관계를 회복해야 하는 건 아니잖아. 가끔은 엄마가 날 진짜 사랑했는지도 잘 모르겠고.

내 말에 이모가 웃음을 터뜨렸다. 다시 만난 이후 가장 명랑하고 쾌활하게.

―우리 모두는 아이인가 보다. 나이가 들어서까지도 이렇게 엄마의 사랑을 갈구하고 있으니…….

그 뒤에 이모가 짤막한 이야기를 몇 토막 들려줬다. 내가 아팠을 때 엄마가 얼마나 노심초사했는지, 택시가 잡히지 않아 응급실에 나를 둘러업고 가며 어떤 노래를 불렀는지.

―아이들의 기억은 선택적이야. 어른이 되고 난 후에도 우리는 유년의 가장 강렬한 기억을 반복해서 되새기면서, 그게 부모가 행한 모든 것이라 여기지. 그래서 지금 내가 이렇게 된 거라고 부모를 맘껏 탓하면서. 나도 그랬단다. 그런데 나라야, 이것만큼은 이모가 증인이 돼줄 수 있어. 유진이가 네게 준 사랑은 흐린 밤하늘의 구름 아래 깔린 무수한 별 같은 거였어. 반짝이긴커녕 흐릿하기만 해서, 넌 애초에 그게 존재한다는

것조차 눈치채지 못했겠지. 하지만 나라야, 나와 유진이가 나눈 대화의 대부분이 네 미래에 관한 얘기였다는 거 알아? 나와의 관계를 어그러지게 한 그 선택조차, 유진이는 너를 지키고 싶어서 택했던 거야. 나라야, 그걸 알아야 해. 네가 나에 대해 좋은 기억만 가지는 이유는, 난 네게 상처를 줄 기회가 없었기 때문이란다. 유진인 참 용감한 아이였어. 제대로 된 엄마라면 다 그렇듯이.

어느새 흘러내린 눈물을 닦는 것도 잊고 나는 이모의 말에 귀 기울였다. 내 눈물의 의미를 도저히 헤아리지 못하겠다고 생각하며.

—유진이랑 마음을 풀고 이제 힘을 다해서 네 꿈을 향해 떠나야지. 넌 할 수 있어!

이모가 내 뺨을 쓰다듬었다.

—말 나온 김에 말인데, 이모도 꿈이 있단다. 그 꿈을 이룰 수 있게 도와줄래?

나는 반가워서 크게 고개를 끄덕였다. 아무런 희망도 품고 있지 않은 것처럼 보였던 이모가 원하는 게 있다니, 할 수 있는 모든 걸 하고 싶었다.

이야기를 털어놓기 전, 이모가 나를 물끄러미 바라봤다. 눈동자가 조금 흔들렸다.

……하지만 적어도 오늘만큼은 이모의 꿈에 대해 적을 수 없을 것 같다.

내 손으로 이모가 바라는 것을 쓸 자신이 내게는 없다.

6월 23일

이모가 남긴 말이 종일 마음을 괴롭힌다.

이모의 가슴에 그 끔찍한 꿈이 싹튼 건 이모가 유닛 C에서 생활하기 시작했을 무렵부터였다고 한다.

삶이 뜻대로 되지 않는다는 것쯤은 어려서부터 알고 있었다. 오래도록 혼자였던 이모가 삶의 무게를 견딜 수 있었던 건 과정이 어떻든 간에, 죽음만큼은 스스로가 그린 그대로 맞이할 수 있을 거라는 기대 덕이었다.

하지만 운명의 장난이 안겨준 갑작스러운 몰락에 이모는 갈 곳을 잃었다. 파산이나 다름없는 경제적 타격을 입고, 여전히 삶이 지겹도록 길게 남아 있다는 걸 깨달았을 때 마주한 건 절망뿐이었다. 삶의 마지막조차 예상했던 바와 너무도 판이하게 다르리란 걸 깨달으며 이모의 안에 피기 시작한 비밀스러운 꿈. 그건 죽음이었다. 답이 없어서 포기하듯 삶을 던져버리는 죽음이 아니라, 평안하고 인격적인 죽음.

—어렸을 때부터 나 자신에게 맹세한 게 있어.

이모가 말했다.

—무슨 일이 있어도 절대로 내 명을 스스로 끊지 않겠다는

것. 원해서 태어난 건 아니지만, 내게 주어진 삶을 스스로 던져버리는 선택은 그간 지나온 길을 전부 부정하는 것 같았거든. 삶이 어떻게 흘러가더라도, 아무리 비참해지더라도 결코 그 방식으로 굴복하지 않겠다는 것만큼은 내가 늘 기도처럼 간직하고 되뇌던 단 한 가지 약속이었어. 그러니까, 내가 속한 유닛이 나의 평안하고 존귀한 죽음을 보장할 수 없다면 나는 내가 원하는 죽음을 맞이하기 위해 다른 방법을 찾아야 했지.

이모는 다방면의 노력을 기울였다. 유카시엘 본부와 정부를 대상으로 하위 유닛에 속한 사람들의 선택사를 허가해달라는 탄원서를 썼다. 유닛에 봉사를 온 젊은 복지파트너들과 좋은 관계로 지내면서 법적으로 인정되는 유사 가족 관계가 되기 위해 애써보기도 했다. 정부가 차선책으로 마련한 '유사 가족 내 선택사 인정 요건'을 충족하기 위해서였다. 전부 소용없었다. 유카시엘과 정부는 침묵했고, 믿었던 복지파트너들은 유닛을 습격했다. 이모는 무너진 건물을 뒤로하고 공허한 하늘을 바라봐야 했다. 이모가 내 손을 꽉 그러잡았다. 힘이 실려 있었다.

─지금 아니면 할 수 없을 것 같아. 한달음에 말할게. 나라야. 날 도와줘.

6월 24일

내게 간청하던 이모의 얼굴이 자꾸 떠오른다. 이모는 선택사를 원한다. 그러나 이모가 법의 테두리 안에서 선택사를 맞이할 수 있는 방법은 현재로서 존재하지 않는다. 나는 이모의 죽음이 누군가의 암묵적 강요나 고도의 사기 수법으로 행해진 일이 아님을 차근차근 입증해줄 직계가족도, 오랜 시간 관계를 쌓아와 행정적으로 서류 검토가 끝난 '법적 유사 가족'도 아니다.

이모는 브로커를 통해서라도 방법을 찾고 싶다고 했다. 나는 이모와 재회한 뒤 처음으로 고개를 저었다. 어두워진 내 안색을 살핀 이모는 고개를 떨구더니 미소를 지었다.

―미안해. 이런 부탁이 얼마나 부담이 되는지 알고 있어. 다만, 얘기해보지 않으면 미련이 남을 것 같아서 입 밖에 낸 거야. 잊어버려도 돼!

―그럼 어떻게 하려고, 이모의 꿈은?

나는 죽음을 꿈이라는 단어로 바꿔 말하는 우리의 대화가 우습다고 생각하며 물었다. 이모는 가볍게 대답했다.

―어떻게든 되겠지. 미래는 언제나 상상을 비껴가니까. 전이라면 절대 하지 못했을 걸 실행에 옮기는 날이 올지도 모르지.

이모는 웃음으로 마무리했지만 싸늘함이 내 목덜미를 감쌌다. 그 말이 혹시, 이모가 스스로 죽음을 택한다는 뜻이라면?

6월 25일

　혹시 이모를 도울 방법이 있을까 해서 웹을 샅샅이 뒤졌지만 알고 있던 사실을 뒤집을 만한 정보는 나타나지 않았다.
　머릿속에 재희와 수현이 차례로 떠올랐다. 이모가 재희 같은 사람의 도움을 받는 건 불가능해 보인다. 대기업의 선택사 서비스를 이용하기엔 돈이 턱없이 모자란다. 그렇다면 수현에게 도움을 청하는 방법은? 브로커를 통하면 가격이 싸지고, 수현에게 부탁하면 값을 조금 더 내릴 수 있을지도 모른다…….

　……소중한 사람을 돕는 유일한 방법이, 그의 죽음을 계획하고 죽음의 가격을 흥정하는 것이라니.
　죽음의 값을 깎으려는 내 머릿속의 계산기가 역겹다. 모든 게 모순처럼 느껴진다.

6월 26일

　밤새 어지러운 꿈에 시달렸다. 어린 나, 젊었던 엄마와 이모, 재희와 수현, 시카모어 섬에서 만난 닭머리 남자의 환영이 불쑥불쑥 등장하는, 내용을 알 수 없는 꿈이었다.

마지막으로 기억나는 건 카밀리아 레드너의 얼굴이었다. 돌아앉은 그녀가 나를 향해 천천히 고개를 돌렸다. 기품 있고 우아한 이모의 얼굴이었다. 하지만 순식간에 그 얼굴은 일그러져 먼지가 됐다.

6월 27일

혼미한 정신으로 천천히 눈을 떴다. 오베론이 일어나라고 소리치고 있었다. 중요한 알림이 있을 때는 내가 호출하지 않아도 스스로 작동할 수 있게 설정해놓았는데, 대체 무슨 일일까 싶어 뭉그적대며 몸을 일으켰다.

―좀 클래식하지만 이렇게 해보고 싶었어. 좋은 소식은 특별하게 전달해야 마땅하니까!

오베론은 오래된 다큐멘터리에나 나올 법한 마법사 같은 모습으로 모자에서 연보라색 장미 한 송이를 꺼내 던졌다. 꽃잎이 흩어지며 허공에 반투명한 글자들로 바뀌었다.

유나라 씨의 시카모어 입도 지원 서류 통과를 알립니다.
면접 장소와 시간은 하단을 참고하시기 바랍니다.

―정말 축하해. 고생한 보람이 있네!

오베론이 외쳤다.

나는 얼떨떨하게 허공의 글자들을 보고 또 봤다. 서류 합격이 이런 방식으로, 이렇게 빨리 결정 나리라곤 예상치 못했다. 게다가 놀랍게도 면접은 내일이었다.

―면접이 당장 내일이라고? 말이 돼?

―언제든 준비된 사람을 뽑는다는 뜻이겠지. 혹은 아주 중요한 사람이 면접에 참여해서, 그 사람의 일정에 면접자들의 스케줄을 맞춘 것일 수도 있고.

오베론이 의미심장하게 말했다.

하루가 어떻게 지나갔는지 모르겠다. 얼굴에 열감이 올라와서 몇 번이나 찬물로 세수를 하고 거울을 들여다봤다. 이제 몇 시간 후면 내 운명이 바뀐다. 그걸 받아들일 준비가 됐니? 소리 내 물어봤지만 거울 속엔 빨갛게 상기된 뺨을 가진 여자가 입술을 깨물며 날 바라보고 있을 뿐이었다.

어쨌든 내일 내게 일어날 일이 내 미래의 방향을 바꿀 거다. 완전히.

6월 28일

면접이 끝났다. 내 운명은 바뀌었다.

오늘 하루 동안 있었던 일을 눈 감고도 생생하게 하나에서 열까지 떠올릴 수 있다. 그걸 여기 적는 게 과연 의미가 있는 일일지 모르겠지만, 언젠가를 위해 기록해 두기로 마음먹었다.

어젯밤, 어지럽게 밀려드는 상념과 온몸을 휘감은 열기에 거의 뜬눈으로 밤을 지새우다 아침에 가까스로 몸을 일으켰다.
면접장으로 정해진 곳은 놀랍게도 내가 유카시엘에서 처음 배정받은 사파이어 레이크였다. 이런 식으로 유닛 A에 다시 발을 들일 거라고는 짐작도 하지 못했다.
하지만 사파이어 레이크의 분위기는 전과 사뭇 달랐다. 여전히 밝은 햇살이 통창으로 비쳐 들어오고 있었지만, 나이 든 사람은 한 명도 보이지 않았다. 그림처럼 로비 주변을 지키던 권보라 할머니도 보이지 않았다. 로비의 AI 사무원에게 다가가 어떻게 된 일인지 물었다. 고목에 은색 페인트를 칠한 것 같은 AI 사무원이 나를 향해 뻣뻣하게 고개를 돌렸다.
―오늘 유닛 A의 모든 야외 활동은 일시 중단됩니다. 면접을 보러 오신 거라면 로비 뒤쪽으로 돌아가세요. 아, 그리고 권보라 씨는 최근 돌아가셨습니다.
AI 사무원은 마지막 말과 함께 묵념을 하듯 2초간 얼굴을 숙이더니 다시 고개를 돌렸다. 그 태도에 옅은 메스꺼움이 밀려왔다.

나는 사방으로 화려하게 물줄기를 뿜어대는 분수대를 거

처, 음울한 표정의 피아니스트와 붉은 드레스를 입은 금발의 플루티스트가 합주를 하는 로비 중앙을 지나 면접 대기실로 향했다.

새소리와 물소리가 섞인 음악이 잔잔히 흐르는 가운데, 내 또래 혹은 나보다 어려 보이는 사람들이 얼굴에 미소를 띤 채 의자에 뻣뻣하게 앉아 있었다. 예상보다 수가 많지 않다는 것이 의아했다. 면접자가 수없이 많을 거라 예상했지만 그곳에 있는 사람의 수는 고작 100명 안쪽이었다. 새삼 내가 이 경쟁률을 뚫고 들어왔다는 게 믿기지 않았다. 동시에 어쩌면 시카모어 입도가 정말 현실이 될 수도 있겠다는 생각에 심장박동수가 높아지고 있었다.

얼른 앉아 그들과 똑같은 표정을 짓기 위해 자리를 찾고 있을 때 재희를 발견했다. 전과는 또 다른 느낌이었다. 검은 정장을 입고 깔끔하게 머리를 빗어넘긴 그는 잘 칠해놓은 레고 인형을 연상시켰다. 그와 어색한 눈인사를 나눈 직후 또 누군가와 눈이 마주쳤다. 엘리야였다. 이미 나를 주시하고 있던 엘리야는 급히 시선을 돌린 뒤 작은 소리로 목을 가다듬으며 옷매무새를 고쳤다. 어째서 네가 여기 와 있느냐고 묻고 싶은 내 의중을 파악한 듯, 도도하고 새침한 태도로 엘리야는 나를 외면했다. 나는 마음속에 떠오르는 여러 의문을 누르며 자리에 앉았다. 옆자리에 앉은 사람이 내 어깨를 두드렸다. 단정한 옷차림에 부드러운 눈빛으로 나를 바라보는 사람은 수현이었다.

—서류 냈었구나! 면접 보러 온 거야?

내가 속삭이자 수현은 고개를 끄덕이며 내 손끝을 조용히 잡았다.

―네 덕분에. 행운을 빌게.

복도 끝에서 또각거리는 발소리가 들렸다. 모든 면접자들이 몸을 바르게 곧추세우는 소리가 들릴 정도였다. 곧 문이 열리고 한 여자가 나타났다. 앞머리를 뱅 스타일로 내린 중단발에, 딱 달라붙는 상의 밑으로 우아하게 퍼진 비단 플레어스커트에는 넝쿨로 연결된 커다란 하늘색 꽃이 여러 개 그려져 있었다. 여자는 많아야 30대 중반으로 보였다. 그녀가 우리 앞에 앉았다. 피노키오의 푸른 요정을 연상시키는 여자였다.

―특별한 자리에서 뵙게 되어 영광입니다. 여기 계신 분들은 제가 직접 경력 사항을 확인한 분들입니다. 직접 만나보고 싶어서 왔지요. 안녕하세요, 카밀리아 레드너입니다.

여자가 미소 지었다. 면접자들의 얼굴에 놀라는 빛이 스쳤다. 다들 티 나게 숨을 들이마시며 서로를 바라봤다. 그런 반응이 면접에 도움이 될 거라고 판단했는지 고개를 절레절레 젓는 사람도 있었다. 과장되지 않은 태도를 보이는 사람은 나와 수현뿐이었다. 카밀리아는 예상했던 반응이라는 듯 웃으며 머리카락을 쓸어 어깨 뒤로 넘겼다. 자신의 존재로 인해 술렁이는 분위기를 흡족해하는 듯했다.

카밀리아 레드너의 나이에 대해서는 늘 의견이 분분했다. 젊게는 70대 후반이라는 말도 있었고, 많게는 100세 가까운 나이라는 소문도 돌았다. 하지만 눈앞의 카밀리아는 나와 몇 살 차이 나 보이지 않았다. 혹시 잘 만들어진 홀로그램이 아닐지, 아니면 다른 사람이 그녀의 역할을 대신 수행하고 있는 게 아닐지 의심이 들 정도였다. 카밀리아가 장난꾸러기 같은 미소를 지었다.

―신기하죠? 이게 어떻게 가능한지 말해줄까요?

면접자들은 감탄하며 열성적으로 고개를 끄덕였다.

―뭐, 복잡한 공정이지만 간단히 말하면…….

카밀리아는 시간을 끌더니 달콤한 비밀을 말하듯 속삭였다.

―돈. 이 세상에서 돈으로 안 되는 건 거의 없죠. 거기까지만 말할게요. 난 내 젊음의 비결을 풀려고 이 자리에 온 건 아니니까.

그녀는 경쾌한 입바람으로 코 옆에 내려앉은 갈색 머리칼을 불어 넘겼다. 카밀리아 레드너의 목소리는 민아 이모의 음성과 거의 똑같다고 할 수 있을 정도로 비슷했다. 하지만 두 사람은 모든 면에서 정반대 지점에 있었다. 어떻게 두 사람이 동일 인물이라는 상상을 할 수가 있었는지 자책이 들 만큼, 겉모습부터 머릿속에 든 생각까지 둘의 모든 것은 대척점을 이뤘다.

―돈만 중요했다면 시카모어 섬이 지금처럼 특별한 섬이 되지는 않았을 겁니다. 그리고 오늘은 시카모어가 얼마나, 어떻게 특별한지에 대해 여러분이 제게 알려주는 날이죠. 저는 그 이야기를 듣기 위해 왔습니다. 그럼 이제 시작하도록 하죠. 여러분께 행운이 따르기를 진심으로 바랍니다!

카밀리아가 맑은 음성으로 마무리한 뒤 대기실 옆방으로 들어갔다.

면접이 시작됐고, 보조요원의 안내에 따라 면접자들은 한 번에 세 명씩 방 안으로 사라졌다. 초조하게 기다리는 동안 얼핏 나를 스친 불안은 현실이 됐다. 내 차례가 됐을 때, 함께 들어가게 된 사람은 재희와 엘리야였다. 내게 응원의 눈빛을 보내는 수현을 뒤로하고 나는 걸음을 옮겼다.

곧 나와 엘리야, 그리고 재희는 면접장 안에서 카밀리아 레드너와 마주하고 있었다. 카밀리아가 등지고 앉은 검은 유리창에 우리 셋의 모습이 고스란히 비쳐서, 고개를 돌리지 않고도 엘리야와 재희의 표정을 아주 잘 볼 수 있었다. 미소 띤 얼굴로 우리와 차례로 눈인사를 나눈 카밀리아가 입을 열었다.

—잘 아시겠지만 시카모어 섬은 유카시엘과 MOU 관계에 있죠. 그간 시카모어 인력으로 선발된 사람들 중 상당수가 유카시엘을 거친 사람들로 충원됐고요. 하지만 이번에는 그렇지 않습니다. 제가 직접 온 만큼, 정말 자격 있는 분들을 뽑고 싶으니까요. 실제로 오늘 면접자 중 유카시엘과 조금이라도 관련된 곳에서 근무한 사람은 많지 않습니다. 하지만 여기 계신 세 분은 유카시엘과 연관이 있는 분들이네요. 여러분이 시카모어에서 무엇을 할 수 있는지 나를 잘 설득할 거라고 믿습니다. 카밀리아는 그렇게 말한 뒤 홀로그램으로 재희의 이력을 살폈다.

―먼저 김재희 씨에게 묻겠습니다. 유카시엘의 비탈리스 부서에서 일하고 계시는군요. 어떤 경험을 했으며 시카모어에서 어떤 일을 하고 싶은지 들려주실 수 있겠지요?

매우 예상 가능한 질문이었는지 재희는 기다렸다는 듯 입을 열었다.

―아시다시피 현대사회에서 선택사는 아무에게나 허용되는 것이 아닙니다. 저는 유카시엘의 비탈리스 아시스탕스 부서에서 품격 있는 죽음이 어떤 것인지 누구보다 더 자세히 보고 느낄 수 있었다고 자신 있게 말씀드릴 수 있습니다.

―재희 씨는 그 '품격 있는 죽음'을 소수만 누린다는 것에 동의하나요?

카밀리아가 물었다. 특별히 함정이나 의도를 가진 질문 같지는 않았다. 빵에 잼을 발라 먹어도 되나요, 처럼 일상적인 톤이었다. 재희도 비슷하게 느꼈는지 자신감 있게 고개를 끄덕였다.

―그렇습니다. 사회적 비용도 크고 세심하게 고려될 것들이 정말 많으니까요. 혹여나 발생할지 모를 범죄를 철저히 막는다는 차원에서도 그렇고요. 저의 오랜 소망은 시카모어 섬의 존경스러운 시니어들에게 어디에서도 경험하지 못할 특별한 마지막을 선사하는 것이었습니다. 유카시엘에서 보낸 시간도 그 소망을 이루기 위한 과정이었고요. 이제 시카모어에서 새로운 분들의 손을 잡고 싶습니다. 우리는 삶의 끝이 죽음이라고 얘기합니다. 하지만 저는 그분들께 삶의 끝이 마치 새로

운 출발인 것처럼 느끼게 할 자신이 있습니다.

카밀리아는 고개를 끄덕였지만, 나는 재희가 유려하게 내뱉는 수사가 왜인지 편치 않았다. 카밀리아가 엘리야에게 시선을 돌렸다.

—엘리야 마디치 씨는 유카시엘에서 직접 근무했다고 보기는 좀 어려운데, 본인의 이력을 설명해줄 수 있나요?

엘리야는 공손한 말투로 대답했다.

—네. 제가 일하는 요양병원은 엄밀히 말해 유카시엘의 산하기관은 아닙니다. 사설 요양병원이죠. 그러나 많은 요양병원들이 그렇듯 유카시엘과 협력 관계로, 거동이 가능한 분들께는 유카시엘 입소를 적극적으로 권합니다. 저는 요양병원의 응급실에서 오랫동안 3교대 근무를 해왔습니다. 고령자의 응급 상황에 누구보다 빨리 전문적으로 대처할 수 있죠. 어려운 순간에도 늘 몸을 아끼지 않고 일해왔다고 자부합니다.

엘리야는 자신의 타고난 희생정신을 바탕으로 수많은 시니어를 돌본 숭고한 경험을, 외운 것처럼 매끄럽게 이야기해나갔다. 엘리야가 노인들에 대해 툴툴대고 욕을 하던 수많은 장면이 떠올랐지만 적어도 지금 엘리야의 머릿속에서는 그 기억이 말끔히 지워진 게 틀림없었다.

—그럼 엘리야 마디치 씨가 여태까지 병원에서 간호한 분들과, 시카모어 섬의 시니어들은 어떤 점이 다르다고 보시나요? 차이가 있다고 느낀다면 시카모어에서 엘리야 씨가 해야 할 일도 지금과는 차이가 있어야 할 텐데요.

카밀리아의 물음에 엘리야는 의욕적으로 고개를 끄덕였다.

—물론이죠. 카밀리아 님 앞이라서 이런 말씀을 드리는 건 아니라는 점을 믿어주세요. 제 오랜 믿음은 한결같습니다. 모든 것엔 격이 있다는 믿음이죠. 현재 자신의 모습이 살아온 지난날의 삶을 대변하듯, 시카모어 섬에 입도한 시니어라는 것 자체가 특별한 존재라는 증명이라고 생각합니다. 당연히 시카모어 섬의 시니어들은 자신들의 능력과 지나온 삶에 걸맞은 특별한 대우를 누려야겠죠. 저는 그분들의 눈높이보다 더 아래로 몸을 낮춰 그들을 올려다보는 사람이 되고 싶습니다. 오직 섬기는 마음으로 그분들을 모실 준비가 돼 있습니다.

카밀리아는 표정 변화 없이 미세하게 고개를 끄덕였다. 입 안의 혀처럼 구는 재희와 카밀리아의 답변에, 나는 지난 몇 달간 두 사람의 입에서 나온 숱한 이야기들을 되새겼다. 아득하게 혼란해지는 기분이었다. 그러는 바람에 카밀리아가 내 이름을 불렀을 때 꿈에서 깬 것처럼 경직된 몸을 벌떡 일으켜야 했다.

—유나라 씨.

카밀리아가 나를 바라봤다.

—유나라 씨는 독특한 전력을 가지고 있군요. 유닛 A부터 유닛 F까지 유카시엘의 전 유닛을 모두 경험했네요?

—네, 그렇습니다.

—무엇을 경험하고 느꼈는지 궁금하네요.

너무나 평범한 질문이었음에도 나는 오래 망설여야 했다.

그동안의 시간이 머릿속을 빠르게 스쳐 지나갔다. 카밀리아가 어깻짓으로 대답을 재촉했다.

―저는 노인이라는 존재가 우리와 완전히 다르다고 생각했습니다. 아기나 유아의 사고방식과 행동이 고유하고 독특한 것처럼, 나이가 든 사람들도 특정한 사고방식과 행동 패턴을 가지게 됩니다. 느리고 고집 세고 뻣뻣해지죠.

뒤에 어떤 말을 잇게 될지 알지 못한 채 나는 그렇게 운을 뗐다.

―유닛에서의 다양한 경험이 없었다면 아마도 그 생각은 변하지 않았을 것입니다. 그러나 여러 유닛을 거치며 다양한 시니어들을 만나는 과정은 제 안에 있던 많은 것을 변하게 하기에 충분했습니다.

―어떤 게 변했죠?

카밀리아의 물음에 나는 그녀를 똑바로 응시했다.

―제 안에 깊이 숨은, 나는 절대 노인이 되지 않을 거라는 확신이요.

카밀리아의 눈이 조금 커졌다.

―우리는 노인 공화국에 살고 있습니다. 한국뿐 아니라 세계 대부분의 나라들이 심각한 고령화를 겪고 있으니, 사실 우리나라로 한정 지을 필요도 없죠. 그리고 저는 소수자에 속합니다. 고령자가 사회의 대다수를 차지하고 있는 현실에서 청년은 그 자체로 이미 소수자니까요. 그런데 주류를 이룬 시니어들에게 서비스를 제공하는 일을 하면서도, 속으로는 인간에

대한 실망, 미래에 대한 절망, 그리고 노인을 외면하고 싶은 마음을 강하게 느낀 적이 많습니다.

—그래요?

카밀리아가 물었다. 그때 내 입에서 왜 이런 고백이 나왔는지 모르겠다.

—저는 유닛 철폐를 주장하는 집회에 나간 적이 있습니다. 맹세컨대 단 한 번뿐이었지만요.

카밀리아는 상체를 천천히 곧추세웠다. 벽에 비친 재희와 엘리야도 확연히 당황스러운 표정이었다.

—그런 마음이 들었어요. 이 땅을 가득 채운 쓸모없는 노인들 때문에 내 젊음이 희생되고 있다고요. 그러니까 내 삶이, 나이 든 누군가를 살리는 수혈 팩에 든 피 같다는 생각이요.

카밀리아는 팔짱을 낀 채 고개를 옆으로 기울였다.

—흥미로운 표현이네요. 계속해보세요.

—하지만 내 안을 채운 게 논리도 합리도 아닌 혐오라는 사실을 인정하게 됐을 때, 멈춰야 한다는 걸 깨달았습니다. 저는 노인이라는 존재를 그저 '늙어 있는 상태의 사람'으로 인지했다는 것을 인정합니다. 그렇지만 차츰 알게 되었어요. 그들도 한때의 나였다는 사실을요. '노인'이라는 이름으로 불리지만 제가 만난 분들은 모두 젊음을 통과하며 가슴속에 뜨거운 소망을 품었던 사람들이었습니다. 지금도 그들은 각자 말하지 못한 꿈을 간직하고 있죠. 유닛에서의 경험은 청년인 나도 언젠가 노인으로 불리게 될 날이 올 거라는 당연한 사실을 피부

로 느끼는 과정이었습니다. 저는 유닛의 등급이 삶의 성적표라는 데 동의하지 않습니다. 모든 사람이 각자의 철학에 따라, 그리고 삶의 무게에 따라 각기 다른 모습으로 변해온 것뿐입니다. 마찬가지로 시카모어 섬의 시니어라고 해서 그 사람의 인생이 반드시 성공했다거나 존경할 만한 것이라고도 생각지 않고요.

―잠깐만요. 이 양심 고백을 언제까지 들어야 하는지 궁금한데요?

카밀리아가 내 말을 잘랐다.

―시카모어 섬의 시니어들을 유닛의 시니어들과 비교하는 것 자체가 놀랍다고나 할까요. 섬의 시니어들은 이미 모든 걸 갖춘 분들입니다. 그분들이 그 어떤 곳에서도 누리지 못할 특별한 대우를 받기 위해 섬에 왔다는 사실을 모르진 않을 텐데요. 그렇다면 유나라 씨는 시카모어 섬에 왜 오려는 거죠? 가난하고 비참한 노인을 대하는 게 싫증 나서?

카밀리아가 상쾌할 정도로 가볍게 물었다. 그러나 내 어조는 더 단단하고 선명해지고 있었다.

―시카모어 섬은 과거를 뒤로하고 새롭게 꿈을 펼칠 수 있는 자유로운 터전이라고 여겨왔어요. 설사 누군가가 현실도피라고 폄하한다 하더라도, 시카모어 섬이 제 이상향이라는 생각에는 변함이 없습니다. 하지만 지난 몇 달간의 경험을 통해 알게 된 게 있어요. 나이가 많든 적든, 부유하든 가난하든 인간에게는 단 한 가지 공통적인 본성이 있다는 것을요.

―인간의 단 한 가지 공통적인 본성이라……. 대단하네요. 뭔데요, 그게?

카밀리아가 물었다.

―사람은 세상을 향해 손을 뻗고 싶어 한다는 사실입니다. 소중했던 기억에, 사랑하는 사람에게, 혹은 전혀 낯선 이에게까지도 사람들은 손 내미는 걸 멈추지 않습니다. 나라는 존재가 결코 혼자가 아님을 확인받으려고 말이죠.

―음……. 그래서?

카밀리아가 작게 콧바람을 불며 지루하다는 표정을 지었을 때, 나는 그녀를 이길 수 없다는 걸 깨달았다. 그래서 대답을 내놓는 대신, 묻고 싶었던 이야기를 꺼냈다. 카밀리아 레드너를 앞에 둔 이상 던지지 않을 수 없는 질문이었다.

―꼭 여쭤보고 싶었던 게 하나 있습니다. 카밀리아 씨는 돈으로 불가능한 게 거의 없다고 말씀하셨죠? 그렇다면 사람 사이의 관계도 돈으로 살 수 있는 것인가요?

내 질문에 카밀리아가 눈썹을 강하게 찌푸렸다. 몇 초간 침묵한 그녀가 꼬았던 다리의 방향을 바꾸었다.

―내가 그 질문에 대답해야 한다고 생각하는 건 아니죠? 마지막으로 할 말이 있으면 더 해보세요. 없다면 여기서 마무리하겠습니다.

―카밀리아 씨 말대로 돈으로 할 수 있는 건 정말 많습니다. 지불한 액수에 걸맞은 서비스와 친절함, 환심 어린 애정, 심지어 젊음과 죽음까지도 살 수 있어요. 그것들을 모두 합쳐

행복이라고 부르는 사람도 많겠죠. 하지만 저는 절대로 살 수 없는 게 있다고 믿습니다. 누군가와의 깊고 진실한 관계요. 가진 게 전부 없어져도 나를 향해 여전히 태양처럼 남아 있는 미소만큼은 결코 돈으로 살 수 없습니다. 저는 섬에 가서 누군가와 그런 관계를 맺고 싶습니다. 그리고 연결을 희망하는 사람에게 무엇이든 찾아주고 싶어요. 작은 취미가 될 수도 있고, 타인과의 관계가 될 수도 있겠지요. 그 지점을 찾아내서 시카모어 섬의 어른들에게 알려주고 싶습니다. 어느 천국에도 그늘이 있을 것입니다. 제가 그 그늘을 전부 걷어내지는 못하겠지만, 다만 한 조각의 햇살이라도 던져주는 사람이 되고 싶어요. 시카모어 섬에서 가족을 이룬 사람들에게 영주권이 제공되는 이유가 무엇일까 오래 고민했습니다. 그리고 그 정책에는 이런 이유가 있다고 결론 내렸어요. 진정한 유토피아란 소중한 사람들과 오래도록 함께 시간을 보내는 곳이라고요. 저는 시카모어 섬에 가서 새로운 그림을 그리고 그 풍경을 메우는 한 조각의 퍼즐이 되고 싶습니다.

내 말에 카밀리아가 뜻 모를 웃음을 지었다.

―자신만만하군요. 만약 섬에 오는 게 좌절된다면 유나라 씨의 삶은 어떤 모습일까요?

말문이 막혔다. 나는 더듬거리며 간신히 이렇게 말했던 것 같다.

―저는…… 도전하고 또 도전할 거예요. 그것만이 제게 주어진 젊음을 후회 없이 쓸 수 있는 유일한 방법일 테니까요.

카밀리아는 나를 가만히 응시했다. 어린아이의 기고만장한 선언을 들은 어른처럼 냉소와 연민이 뒤섞인 눈빛이었다. 곧 그녀가 표정을 정돈하고 재희와 엘리야를 향해 다시 몸을 틀었다. 그것을 끝으로 내게는 더 이상의 질문이 주어지지 않았다.

면접이 끝나고 나왔을 때, 문 앞에서 차례를 기다리는 수현과 몸이 스쳤다. 그는 내게 묻는 듯한 눈길을 보냈지만 나는 표정 없이 수현이 내게 했던 말을 되돌려주었다.

−행운을 빌어.

이미 내가 놓쳐버린 행운이 나 대신 수현에게라도 가 닿기를 진심으로 바라면서.

6월 29일

어제는 새벽이 다 가도록 선잠 속에 뒤척였다. 엘리야가 밤늦게 들어오는 기척, 자신의 엄마와 그들의 언어로 통화하는 음성, 그녀의 어조에 담긴 희망적인 톤과 간간이 들려오는 내 이름에 섞인 작은 웃음소리가 어지러운 꿈속을 생생하게 파고들었다.

해가 중천을 지날 무렵 잠에서 깬 것도 엘리야의 목소리 덕이었다. 정말요? 감사합니다. 이렇게 빨리 연락이 올 줄 몰랐어요. 아직 메일을 확인하기 전이었거든요. 어제저녁에 바로 요? 감사합니다. 너무 기뻐요!

엘리야가 시카모어 섬에 간다. 상상해본 적 없는 장면이다. 반대로 어떤 의미에서는 충분히 가능한 일이니 현실이 된 거라는 생각이 든다. 조용히 방문을 열고 나와, 엘리야를 바라보았다. 엘리야는 얼굴에 담은 미소를 거두지 못한 채 커다란 캐리어에 짐을 쑤셔 넣다가, 나를 보고 멈칫했다.

―방 빼려고. 바로 엄마 집으로 갈 거야. 챙길 것도 많고 해서.

엘리야는 묻지도 않은 말을 하더니 선심 쓰듯 덧붙였다.

―원래대로라면 남은 기간이 일주일 정도 되지만, 내 사정으로 나가는 거니까 굳이 월세를 돌려달란 말은 안 할게.

―축하해.

내 말에 엘리야는 난처함과 짜증스러움이 뒤섞인 표정을 지었다.

―시카모어에 원서를 냈다고 밝히지 않은 건 미안해. 언젠가부터 내게도 시카모어라는 목표가 생겼는데, 왠지 너한테 말할 수가 없었어. 하지만 네가 먼저 계획했다고 해서 내가 넘보지도 말아야 하는 건 아니잖아. 그러니까 마치 내가 네 꿈을 뺏기라도 한 것 같은 표정은 좀 거둬줄래?

―그게 아니야. 너라면 충분히 자격이 있다고 생각해. 그렇지만 너, 나이 든 사람들이 싫다고 하지 않았어? 널 알아온

이후 처음부터 끝까지 떠오르는 이미지는 그거 하나야.

―말하려는 목적이 뭔데? 바쁘니까 빨리 끝내줘.

엘리야의 얼굴에 저항감이 실렸다.

―네가 했던 수많은 말들이 낱낱이 기억나는데, 그런데 어떻게 섬에 가서 나이 많은 사람들을 섬긴다는 거야? 그렇다면 네가 싫다고 그렇게 몸부림치던 것들은 그저 가난하고 쓸모없는 노인한테만 국한된 얘기였어?

내 말이 끝나기도 전에 엘리야는 들고 있던 옷을 바닥으로 내던졌다. 두 주먹을 꽉 쥐고 바르르 떨며 그녀는 나를 향해 외쳤다.

―난 기회를 얻고 싶었을 뿐이야! 그게 나빠? 누구라도 그랬을 거야. 다들 마찬가지라고! 정의로운 척하는 감상 따위 집어치워. 네가 지금 하는 말은, 부러워서 미치겠는데 쿨한 척하는 사람의 신 포도에 지나지 않아. 넌 그냥 게임에서 진 거야. 그 이상도 이하도 아니라고.

―아니. 난 단지 네가 그토록 증오하는 약자에 대한 혐오와 차별을 네가 똑같이 되풀이하고 있다는 걸 말해주고 싶었을 뿐이야.

나는 고개를 저으며 말했다. 왜인지 내 목소리도 떨리고 있었다.

―그래? 네 말이 맞을지도 몰라.

불현듯 맞서는 걸 그만두겠다는 듯, 엘리야의 얼굴에서 긴장감이 사라졌다.

─어쩌면 나는 아주 형편없는 사람인지도 모르지. 네 말대로 모순으로 가득 찬 못된 인간인지도 몰라. 그런데 있잖아. 우리 가족이 겪었던 고생과 내가 느낀 설움, 내가 마음에 품은 이중적인 모순과 야비함 같은 건 결국 세월 속에 묻히게 될 거야. 왜냐하면 나는 어디에 살든 아이를 아주 많이 낳을 거거든. 내가 닦아놓은 터 위에서 그 애들은 무고하고 순수하게 자신들이 원하는 걸 꽃피우며 살아갈 거야. 그 애들은 나를 노력하고 애쓴 할머니로 기억하면서 나를 존경하고 추모할 거야.

엘리야의 눈에 눈물이 조금 고였다. 그 순간, 아주 미약하게나마 그녀를 이해할 수 있을 것도 같았다. 그러나 그 감정이 진해지는 걸 막기라도 하듯 엘리야가 일갈했다.

─그러니까 그때쯤 네 인생이 어떤 상태일지나 걱정하는 게 어때? 갑자기 깨달았는데, 난 너를 이기려고 애쓸 필요가 없는 것 같아. 네가 지금처럼 그때까지도 혼자라면, 어차피 널 기억해줄 존재도, 네가 했던 생각을 증명해줄 사람도 없을 테고, 네가 지금 내 앞에서 외치는 알량한 말들도 거품처럼 다 사라져버릴 테니까.

그 말을 끝으로 엘리야는 가방을 거칠게 끌더니 문밖으로 사라졌다. 그것으로 나와 엘리야의 인연은 평행선 상태에서 종료됐다.

7월 7일

새벽부터 장맛비가 거세게 유리창을 두드렸다.

오늘은 내 생일이다. 20대는 과거로 **빨려** 들어갔고 나는 서른 살이 됐다.

30년 전, 제왕절개로 나를 낳은 엄마는 행운이 언제나 나와 함께하기를 바랐다. 그래서 행운의 숫자가 두 번 겹친 7월 7일, 태양이 지구를 열렬하게 비추던 날 용감하게 나를 세상에 선보였다. 내가 햇빛 찬란한 세상에서 행운의 축복을 누리기를 바라며.

그러나 내 삶은 대체로 응달에 머물러 있었다. 포기하지 않고 노력한 끝에도 그 사실은 변하지 않았다. 그동안 내가 통과해온 길이 시카모어 섬으로 나를 데려다줄 거라고 내내 바라고 기대했지만, 내게 주어진 운명의 지령은 현실에 남아 표류하라는 것이었다.

하지만 묘하게도 지난 며칠간 내 마음은 너무도 고요했다. 화도 아쉬움도 남지 않았다. 단지 무언가를 확인했다는 생각이 들 뿐이었다.

오전 내내 텅 빈 집에 앉아 있다가, 생일 케이크 대신 토스트를 구워 버터를 바르고 바삭거리는 **빵**을 씹었다. 얼마 남지 않은 우유를 데워 천천히 넘겼다. 보드라운 액체가 몸을 따뜻하게 데울 때까지 충분히 기다린 뒤, 나는 시카모리아에 접속했다.

익숙한 파란 물결이 나를 반겼고, 눈 깜짝할 새에 나는 늘 오던 해변에 서 있었다. 나는 너울지는 바다를, 넘실대는 가짜 파도와 부드럽지만 어딘가 탁한 바람을 온몸으로 생생히 느꼈다. 그것을 마지막으로 시카모리아를 탈퇴했다.

정말 옳은 선택이냐는 듯, 확인 메시지가 떴지만 나는 선택을 번복하지 않았다.

안녕을 고할 대상이 하나 더 있었다. 자정이 지나자마자 누구보다 먼저 생일을 축하해준 오베론을 다시 부르기 위해 해바라기 브로치의 전원을 켰다. 그러곤 그에게 이제 작별하고 싶다고 말했다. 한동안 내 여정의 동반자였지만, 목적했던 항해가 끝났으므로 오베론이라는 존재를 기억 속에 묻어두고 싶다고 했다. 오베론은 내게 기기를 초기화겠느냐고 물었다. 그러고 싶지는 않아서 그저 홀로그램 서비스를 종료하고 액세서리로만 활용하겠다고 말했다. 오베론은 그새 눈치라는 게 생겼는지 이유를 묻는 대신 고개를 끄덕였다.

―혹시 내가 너에게 마지막으로 해줄 게 있을까?

그가 내게 물었다.

―안녕은 짧게. 이별은 아프니까.

내가 말했다.

―그래. 안녕은 짧게. 또 만나기를 바란다는 말도 삼킬게. 안녕.

그 말을 남긴 오베론은 조용히 모습을 감췄다.

오후가 되자 비가 그치고 윙윙거리는 강한 바람만 남았다. 창밖으로 푸른 나뭇잎들이 흩날리는 모양을 구경하다가 거리로 시선을 던지자, 여름 낙엽 위로 할머니의 손을 잡은 작은 여자아이가 바람을 뚫고 천천히 걸어가는 모습이 보였다. 그들을 바라보는 내 얼굴에 엷은 미소가 떠올라 있다는 걸 깨달은 건 그들이 나뭇잎 위에 발자국을 찍으며 골목을 돌아 사라진 후였다. 오래도록 망설이던 마음에 비로소 결심이 섰다. 그 결심을 행할 때가 왔다는 확신이 나를 채웠다.
아마도 그게 내 미소의 이유였을 것이다.

7월 14일

앞으로 한동안 일기를 쓰지 않을 것 같다. 오늘의 일을 상세히 남기는 것으로 어떠한 끝에 다다랐다는 확신이 든다.

오랜만에 민아 이모를 찾았다. 그동안 유닛 F를 비롯해 유카시엘에서의 모든 근무 일정이 종료됐기 때문에, 방문증을 내고 한참을 기다린 후에야 건물 안에 들어갈 수 있었다. 이모는 나와 지내는 시간 동안 얻었던 생기를 다시 잃어버린 듯 창백한 얼굴이었다.

—면접은 어떻게 됐니?

이모의 말에 나는 가만히 고개를 저었다. 오늘 내가 이모를 찾은 건 면접에 관해 이야기하기 위해서가 아니었으니까.

—이모. 저번에 나한테 도와달라고 한 거, 아직도 변함없어?

내가 묻자 이모의 눈이 잠깐 커졌다가 꺼지는 빛처럼 사그라들었다. 이모는 조용히 고개를 끄덕였다.

이모가 유닛 F에 머물 수 있는 시간도 얼마 남지 않았다. 이모는 몇 차례의 노동 실습 후, 생존을 위한 노동을 다시 거부했다. 그에 따라 며칠 안으로 퇴소 절차가 이루어질 예정이었다. 이모가 거리로 내몰리기 전에 조치를 취해야 했다. 이왕이면 이모의 희망을 들어주는 쪽으로.

—그럼 나랑 어디든 갈 준비는 된 거지?

이모가 고개를 끄덕였다.

나는 이모의 손을 잡고 건물 밖으로 나와 버스에 올라탔다. 버스는 폐허가 된 동네에 우리를 토하듯 내려놓았다. 구불구불한 길을 한참 걷다가 우리는 어느 건물 위로 올랐다.

예전에 수현이 했던 말이 뇌리를 울렸다. 자신은 의뢰인이 가장 편안한 곳에서 마지막 순간을 보낼 수 있도록 돕는다고. 나 또한 그런 생각을 품었던 적이 있다. 만약 내가 민아 이모의 죽음을 돕는다면 이런 장소여야 할 거라고 말이다. 죽음이라는 말이 어떤 국면의 종말을 뜻하는 거라면, 이모는 지금과 같은 상태를 어서 끝내야 했다.

　힘겹게 계단을 걸어 마침내 옥상에 오르자 우리의 시야를 채운 건 푸르게 우거진 숲이었다. 젖은 풀 내음이 코끝에 닿았고, 햇빛이 나뭇잎 틈으로 흩어지며 반짝였다. 메마른 건물 바깥에서 보면 옥상에 이런 곳이 숨어 있으리라고 누구도 예상할 수 없을 만큼 울창한 연녹빛 숲. 벽을 가득 덮은 초록빛 담쟁이넝쿨을 본 민아 이모의 눈이 놀라움으로 커졌다.

　―기억나?

　내가 조용히 묻자 이모의 얼굴 위로 추억이 번져나갔다. 이모가 천천히 걸음을 내디뎠다. 하늘을 향해 뻗은 나무 사이로 우리만 아는 비밀스러운 미로를 따라, 예전보다 한참 느려진 발걸음으로.

　이곳은 우리가 함께 지내던 아파트의 옥상이었다. 아주 오래전, 어린 나와 젊었던 엄마, 그리고 이모가 자주 찾던 우리 셋만의 피크닉 동산. 우리는 이곳에서 소풍을 즐기고, 연극을 하고, 지는 노을을 바라보고, 눈사람을 만들었다. 이제 아파트의 용도는 주민 편의시설로 바뀌었고 주변의 경관도 달라졌지만, 시민을 위해 개방한 건물 위의 옥상정원만은 예전의 자리를 지키고 있었다.

　이모가 천천히 벽으로 다가가 담쟁이넝쿨을 휙 걷어냈다. 그러더니 보물을 발견한 듯 입을 가리며 내 쪽으로 몸을 돌렸다. 작고 낡은 철제문 위에 새겨진 흐릿한 말 그림이 눈에 들어왔다.

―그대로야…….

이모가 속삭였다. 유년의 시간 속으로 빨려 들어가듯 한 장면이 내 앞에 펼쳐졌다. 옥상정원에 올라 놀던 어느 날, 담쟁이 뒤에 숨은 문에 새겨진 망아지 그림을 발견했던 나와 이모, 그리고 엄마가.

―이건 마법의 세계로 통하는 비밀의 문이고, 이 문이 너를 희망으로 인도해줄 거라고 네가 그랬었지.

이모의 목소리가 잠겼다.

―그래서 네가 밤의 유원지에서 알리를 고른 거였고.

사실 그건 보일러 문에 새겨진 말 모양의 상표일 뿐이었다. 하지만 내 꿈을 자라게 한 장면 안에는 늘 이모와 엄마가 함께였다. 우리가 떨어져 지낸 긴 세월 동안에도, 옥상정원의 담쟁이 뒤에서 내 꿈의 원천은 무언가를 증명하듯 그대로 머물러 있었다.

이모와 이별을 겪고 엄마와 차츰 멀어지면서도 때때로 나는 혼자 머리를 식히러 이곳에 오곤 했다. 셋이 함께하던 곳을 홀로 거닐 때마다 추억과 허전함이 동시에 가슴을 적셨다. 그러면서도 발길을 끊어내지 못한 건, 내 마음 깊은 곳에 숨은 바람 때문이었는지도 모른다. 오늘 그 소망을 이루기 위해 이곳에 왔다. 나는 아까부터 속에서 간질거리던 말을 뱉었다.

―여기 이모랑 다시 올 수 있어서 너무 기뻐. 그런데 이곳에 있는 게 우리 둘만은 아니야.

이모는 눈썹을 장난스럽게 올리며 웃었다.

―누구든 올 수 있는 곳이니 당연하지. 사실 난 너 하나면 충분하지만.

―……정말로 그래, 이모? 나 하나면 진짜 괜찮은 거야?

이모가 고개를 기울이며 무슨 말이냐는 듯 나를 바라봤다.

연녹빛 나무 사이로 파고든 누군가의 그림자가 우리를 향해 천천히 길어졌다. 익숙하면서도 언제나 낯선 그 사람을, 나는 물끄러미 바라보았다. 내 시선을 따라 고개를 돌린 이모의 몸이 얼어붙듯 굳어졌다. 이모의 표정을 볼 수는 없었지만 이모의 등 너머 서 있는 사람의 표정과 똑같으리라는 걸 의심할 여지 없이 느낄 수 있었다.

―유진아…….

―……언니, 민아 언니…….

회색빛 머리의 두 여자가 서로를 향해 천천히, 아주 천천히 걸음을 옮긴다. 그러곤 어느 순간 자석이 달라붙듯 뜨겁게 얼싸안는다. 언니……. 민아 언니 맞지. 유진아……. 유진이 맞구나. 응, 언니. 우리 정말. 왜. 왜 이제야…….

단말마 같은 탄식에 울음이 섞여 더 이상의 대화가 불가능했지만, 그것만으로도 충분했다. 나는 느낄 수 있었다. 내가 그토록 방황하며 걷던 시간이 헛되지 않았다는 것, 그리고 그 모든 길이 비로소 하나로 맞닿았다는 것을.

어떻게 성사될지 몰라 일기장에조차 적지 않았던 뒷이야기를 털어놓을 때가 됐다. 여름 낙엽이 눈처럼 내리던 그 오후,

나는 엄마의 고향 마을을 찾아갔다. 엄마와 화해해야 한다는 이모의 말을 믿어보고 싶었다. 달리 말하면, 내가 느껴본 적 없다고 고집스럽게 믿었던 엄마의 진심을 확인하고 싶었다.

갑자기 찾아온 딸의 모습이 어리둥절한지, 눈을 동그랗게 뜨고 반가워하는 엄마 앞에서 나는 밤늦도록 나의 이야기를 쏟아냈다. 가슴속에 품고 있던 엄마에 대한 깊은 원망에 대해서도.

막상 그렇게 터놓고 말하자 엄마는 뜨거운 눈물을 흘리며 나를 안아주었다. 끝없이 미안하다고 말하면서. 그러자 놀랍게도 꽁꽁 얼었던 마음이 녹아버렸다. 그렇게 오랜 시간 꿈쩍도 하지 않았다는 게 바보처럼 느껴질 정도로 삽시간에.

물론 엄마의 등 뒤에 단단하게 서 있는 이모라는 증인이 없었다면 불가능했을 거다. 나는 엄마에게 민아 이모를 다시 만나게 된 경위를 들려주었다. 엄마는 몹시 놀랐고 이제 자신이 나설 차례라고 했다.

—나라야. 엄마는 삶을 통째로 민아 언니에게, 너의 이모에게 기댔던 시절이 있어. 이모가 없었다면 그 시기를 결코 무사히 통과할 수 없었을 거야. 그러고도 우왕좌왕하느라 긴 시간을 보냈지. 이제는 내가 이모의 기댈 어깨가 될 수 있도록 기회를 주렴.

엄마가 말했다. 그렇게 오늘이 만들어졌다.

한때 나는 이모와 엄마를 지붕으로 삼은 어린아이였다. 하지만 오늘 나는 무너진 울타리를 봉합해 잃어버린 이름들을 만나게 했다. 이제야 내가 할 일을 마친 기분이다. 나는 얼싸 안은 엄마와 이모를 오래도록 바라봤다. 오래전 우리 셋의 웃음소리가 들리는 것 같았다.

머리 위로 불어온 바람에 햇볕을 머금은 에메랄드빛 나뭇잎이 파르르 떨며 내 머리 위를 스쳤다. 내 눈에서 소리 없이 흘러내린 눈물을 지워내는 순간, 나는 내가 그토록 오고 싶었던 곳에 이미 당도해 있음을 알았다.

12월

12월 24일

크리스마스이브. 거리는 색색의 전등으로 화려하게 꾸며져 있다. 오랜만의 일기다. 날씨가 추워져서 손가락이 곱아 글자를 쓰는 게 쉽지 않다. 새로운 환경에 적응하느라 하루하루를 돌아볼 여유가 없다. 어쩌면 여유가 없다는 말이야말로 모든 사람이 너무나 쉽게 내뱉는 핑계일지 모르지만.

엄마와 이모가 다시 만난 뒤, 이 일기장은 서랍 안에 고이 넣어두었다. 내 생의 한 단락이 끝났음을 수긍해서였을 거다.

그럼에도 오늘 다시 일기장을 펼친 이유는, 일기에 대해 최소한의 예의를 차리고 싶어서다. 올해도 막바지에 다다르고 있으니, 연말 정리는 해둬야 한 해가 제대로 마무리된다는 미신 같은 거랄까. 내일로 나아가기 위해, 얼마 남지 않은 올해에 다만 한두 번이라도 다시 일기장을 붙들고 있을 작정이다.

새로 시작한 일은 꽤 고되다. 나는 거리를 청소한다. 당연히 피지컬 AI와 함께 작업한다. 로봇이 거리를 지나가고 난 뒤, 미처 빨아들이지 못한 곳에 남은 자국을 쓸고 닦는 게 내 몫이다. 분명 기술로 보완이 되는 문제일 텐데 이렇게 인간이 할 수 있는 일을 남겨놓은 게, 이 시대에 남아 있는 인간에 대한 배려인가 싶기도 하다.

일은 힘들지만 좋은 점도 있다. 거리가 깨끗해지는 모습을 보면 기분이 좋아진다. 혹자는 어차피 또 더러워질 거리를 청소하는 게, 티 나지 않는 하찮은 노동이라고 여길지 모른다. 하지만 누군가가 사치스럽게 머물다 간 호텔 방을 치우는 것과 모두가 지나다니는 거리를 청소하는 건 다르다. 나는 나의 일이 이 세계를 유지하는 데 기여한다는 긍지를 가지고 작업에 임한다.

지난 꿈에 대해서는 더 생각하지 않기로 했다. 물론 때로는 가슴이 아프다. 공허하고 절망적인 기분이 갑작스런 폭격처럼 찾아들 때도 있다. 예를 들면 오늘처럼 우연히 고개를 들어 바라본 커다란 전광판에서 시카모어 섬의 홍보영상이 흘러나오고, 그 안에서 깨끗하게 차려입은 엘리야와 재희의 미소 띤 얼굴과 눈이 마주치는 순간.

나와 수현은 시카모어에 가지 못했다. 수현과 함께 섬에 갔다면 불타던 건물에서 나를 구해줘서 고맙다고 다시 말하고 싶었다. 그와 나의 관계는 지금과 달라졌을지 모른다. 하지만 그런 미래는 허락되지 않았다. 나는 이제 수현과 연락하지 않는다.

여러 가지 상념은 엄마에게서 온 메시지 알림음으로 깼겼다. 즐거운 크리스마스 이브를 보냈냐는 엄마의 물음에 나는 그렇다고 짧은 답장을 보냈다.

다음 주에 우리는 여행을 떠난다. 멋진 휴가가 될 거다.

12월 31일

올해의 마지막 일기다. 올 것 같지 않던 미래에 나는 천연덕스럽게 도착해 있다. 새해 첫날의 나를 돌아본다. 그간의 시간을 후루룩 앞뒤로 넘기며 나를 살핀다. 이제 새로운 미래는 새로운 노트에 기록해야 한다.

하지만 오늘을, 올 한 해를 어떻게 맺을지는 끝까지 읽어야 알 수 있게 쓸 작정이다. 아무도 읽어주지 않을 일기지만 마지막 글자까지 비밀을 품고 싶다.

오늘 아침, 우리는 바다에 도착했다. 어렸던 나와 엄마, 그리고 이모가 보던 다큐멘터리에 등장했던 호주의 섬이다. 모래섬과 호수가 환상적으로 어우러진 곳이다. 무엇보다 마음에 드는 건, 한겨울에 한여름 나라로 여행을 왔다는 점이다.

엄마와 민아 이모가 함께 산 지도 벌써 몇 달이나 지났다.

재회한 후 자연스럽게 그런 결론이 나왔고, 이제 두 사람은 전처럼 더없는 친구이자 동반자로 지낸다.

나는 내 발 위로 지나가는 작은 게를 내려다보았다. 고개를 들자 따뜻한 햇볕 아래 바다를 향해 앉아 있는 두 여자의 모습이 눈에 들어왔다. 모든 게 평화로웠다.

엄마가 레모네이드를 사러 간 사이 민아 이모가 내게 천천히 다가왔다.

—햇살이 너무 아름답다. 꿈의 한 장면 같아.

이모가 가늘게 숨을 내쉬며 말했다.

—시골 생활은 어때? 엄마랑 문제는 없고?

내가 장난스럽게 묻자 이모는 웃음을 지었다.

—그동안 어떻게 떨어져 지냈나 싶을 정도로 편해. 유진이는 아이들에게 춤을 가르치고, 나는 그 애들에게 이야기를 들려주지.

이모는 마을 아이들과 함께한 활동을 홀로그램으로 보여주었다. 나는 영상을 들여다보는 척하며 이모를 살폈다. 이모의 주름진 뺨이 만들어내는 조용한 미소를 몰래 엿보고 있는 동안, 내 얼굴에도 같은 표정이 만들어졌다.

불현듯 이모와 엄마가 죽음을 꿈이라는 단어로 이야기했던 때가 떠올랐다. 둘은 아직도 같은 생각일까.

—이모. 이모는 아직도 마음속에 품은 희망 같은 게 있어?

이모는 오래도록 침묵에 잠긴 뒤 말했다.

—살아낼 수 있는 데까진 살아낼 거야. 물론 끝을 향해 가

는 과정에서 다시 무너지고 손쓸 수 없는 상태가 될지 모르지. 그러면 또다시 언젠가 그랬던 것처럼 어두운 희망을 꿈꿀지도 몰라. 그런데 나라야, 그전까지 내겐 시간이 있어. 충분하다고 여긴다면 충분한 시간이. 그걸 알려준 게 너야. 그러니까 너도 네 마음이 이끄는 걸 끊임없이 찾고 좇으렴.

—난 이미 찾았어. 그리고 실패했고. 그래서 지금이 편해요.

내가 답했다. 이모는 내 손을 잡고 위아래로 가볍게 흔들었다.

—너는 너의 삶을 살아야 해. 두려워하지 말고 부딪혀야지.

나는 고개를 끄덕였다. 어디선가 이름을 알 수 없는 새의 맑은 울음소리가 들렸다. 이모는 바다로 나아가 엄마와 함께 물에 몸을 맡겼다. 둘의 육신은 나이 들었지만 영혼은 어린 내가 기억하던 젊디젊은 모습 그대로였다.

문득 구름이 해를 가렸고, 나무가 만든 짙은 그림자에 숲은 순식간에 어둠에 잠겼다. 그러자 내 안에서 누구에게도 들려주지 못할 서늘한 목소리가 중얼거렸다. 어쩌면 내가 살아갈 인생은 그림자 같은 삶이 아닐까. 내가 빛이 되지 못하고 누군가의 그늘로만 존재하는……. 그렇게 생각하자 가슴이 통째로 가라앉는 기분이 들었다. 연말에 느끼기에는 너무도 깊고 쓸쓸한.

그 순간 메시지가 한 통 왔다. 수현이었다.

오랜만이야.

얼마 전에 연락을 한 통 받았어.

왠지 너에게도 연락이 오지 않았을까 해서.

꼭 다시 만날 수 있기를 바라.

무슨 말인지 영문을 모르고 있는데 뒤이어 마법 같은 일이, 내가 살면서 경험한 것 중 가장 기상천외한 일이 벌어졌다.

오베론이 모래사장에 작은 모습을 드러낸 채 바다를 바라보고 있었다. 오베론의 해바라기 브로치를 가방에 장식용으로 달아둔 것도 잊고 있었는데, 모래사장에 던져놓은 가방 안에서 호출하지도 않은 녀석이 튀어나온 것이다. 나는 황급히 모래사장으로 나갔다.

—어떻게 된 거야? 난 널 부른 적이 없는데.

오랜만에 마주친 오베론에게 인사도 생략한 채 물었다.

—명령한 대로 했을 뿐이야. 네가 입력했었지. 올해 마지막 날이 되면 나타나달라고.

오베론이 선글라스에 챙모자를 쓴 채 태평하게 대답했다.

—내가?

—응. 날 만난 첫날, 네가 나한테 여러 가지 정보와 해야 할 일들을 알려줬잖아. 그중엔 올해의 마지막 날 너에게 올 한 해가 어땠는지 물어봐달라는 메모도 있었어.

—그랬었나? 잊고 있었어.

—잘 지냈어? 난 널 다시 만나서 무척 반가운데.

오베론이 선글라스를 벗으며 말했다. 반가움을 가득 담은 눈이 햇살을 받아 반짝였다. 나는 어깻짓으로 화답했다.

―보다시피. 어때, 잘 지낸 것처럼 보여?

―글쎄. 그걸 파악하려면 대화를 좀 더 나눠봐야 할 것 같은데. 그전에 너에게 온 소식부터 전해줄게. 시카모어 섬에서 메일이 하나 왔거든.

―소식? 시카모어 섬에서?

내가 묻자 오베론은 크게 고개를 끄덕였다.

―응. 전에는 호들갑을 떨었지만 이번엔 담담하게 할게.

오베론은 목을 가다듬더니 메일을 읽기 시작했다.

―발신자. 시카모어 섬 운영본부. 수신자. 유나라. 내용. 유나라 씨가 시카모어 섬의 특별 채용 명단에 포함되셨음을 알려드립니다. 이번 특별 채용은 기존 전형과는 별도로, 다양한 실무 현장에서 유닛을 직접 경험하고 시니어 케어에 대해 깊이 있는 이해를 가진 분들을 소수 선발하기 위한 목적에서 진행되었습니다. 유나라 씨는 여러 유닛에서의 근무 경험과 상담 업무에 대한 통찰력 있는 태도, 그리고 면접 과정에서 보여주신 진심 어린 응답이 인상적으로 기록되었습니다. 무엇보다 내부 추천이 함께 접수되어, 신중한 검토 끝에 최종적으로 채용이 확정되었습니다. 금번 채용자들은 기존 채용 인력과 똑같은 자격과 요건으로 섬에 입도하며⋯⋯

―말도 안 돼! 내가? 그럼 아까 온 메시지는⋯⋯ 수현이도 같이 됐다는 거잖아? 근데 대체 누가 나를 추천한 거지?

나는 펄쩍 뛰다시피 하며 정신없이 오베론의 말허리를 잘랐다. 오베론이 미소 지었다.

　—회신 기한은 자정까지야. 알잖아. 시카모어 섬의 정책이 형편없을 정도로 자기들 마음대로라는 거. 메일이 스팸함에 들어가 있어서 네가 메일을 언제 확인하나 기다리다가 목이 빠질 지경이었는데, 나올 방법이 있어야 말이지. 오늘 내가 나타날 수 있도록 설정해놓지 않았다면 큰일 날 뻔했어. 그러니 어서 답신을 보내. 기한이 지나면 기회가 사라질 테니까. 물론, 그전에 네 의견부터 물어야겠지만.

　다시금 속사포처럼 읊어대는 오베론의 말에 나는 머리를 양손으로 짚었다.

　—어디서부터 뭘 해야 하는 거지? 그보다, 난 섬에 가서 뭘 하게 되는 거야?

　—음, 여기 메일 끝에 쓰여 있네. 가서 하게 될 일이 어떤 건지는 정해진 바가 없다고. 현재로서는 아무것도 모른다는 거지. 어떻게 할래?

　나는 입술을 지그시 깨물며 수평선을 바라봤다. 뜨거운 모래와 타오르는 태양이 머리와 발을 데웠다. 아주 오랫동안 입에 올리지 않았던 시카모어라는 이름을 조용히 발음했다. 그러자 내 안에 작은 속삭임이 들리기 시작했다.

　한때는 모든 것을 버리고 그곳으로 떠나고 싶었다. 하지만 이제는 내 뿌리가 이곳에 단단하게 박혀 있음을 안다. 그러니까 미지의 세계에 발을 내딛고 가지를 뻗어볼 수 있지 않을까.

그곳이 아름다울지 추악할지, 내 선택이 다행스러울지 후회로 남을지 모르지만.

    그렇게 생각하는 동안 가슴을 메운 말들이 흘러넘쳐 심장 박동을 타고 온몸으로 퍼져나가고 있었다.

    갈 거야.
    떠날 거야.
    해볼래.
    그러고 싶어.
    무슨 일이 됐든 어떤 일이 닥치든.
    새로운 무늬로 내 삶을 채워 넣을 거야.
    난 젊으니까, 젊디젊으니까.
    오늘에 두 발을 디딘 채로 내일보다 젊으니까.

작가의 말

'미래는 언제나 상상을 뛰어넘고
눈 깜짝할 사이에 현재를 점령한다.'

    2020년에 발표한 단편 〈아리아드네 정원〉*에 나오는 구절이다. 내가 살아온 모든 시간이 이미 SF의 한 장면 같다고 자주 생각하곤 한다. 우리가 너무나 당연하게 받아들이는 일상은 그보다 앞선 과거의 관점에서는 늘 상상 속에서나 가능한 일이었다. 빛바랜 사진 속에 담긴 오랜 추억의 풍경들조차 그 이전 세대에겐 마법처럼 느껴졌을 것이다. 변화의 속도는 늘 빠르지만 특히 지난 몇 년간 우리의 삶을 둘러싼 현실은 여러모로 급하게 바뀌었다. 그 예를 찾는 것은 어렵지 않다.

    첫째를 낳았던 해, 산부인과는 무척이나 북적였다. 임산부로 꽉 찬 대기실에서 한 시간 넘게 기다리기 일쑤였고, 병원 안에는 태아보험을 영업하는 사람의 임시 책상까지 마련돼 있었다. 그로부터 8년 후, 코로나 시대 한중간에 둘째가 태어났

---

* 2020년 앤솔로지 《나의 할머니에게》(다산책방)에 처음 발표된 뒤 2021년 단독 소설집 《타인의 집》(창비)에 수록됐다.

다. 텅 빈 병원의 분위기는 놀라우리만치 으스스했다. 대기 인원은 아무도 없었고 건물 전체에 인적이 거의 느껴지지 않았다. 왜인지 전혀 늙지 않은 선생님이 8년 전과 똑같은 얼굴로 내게 인사를 건넸다. 묘한 안도감을 느끼며 나는 마스크를 쓴 채 수술대 위에 올랐다.

첫 아이의 동급생은 48만 명 남짓이다. 막 중학교에 입학한 이 48만 명은 21세기 초반 전후를 통틀어 출생아 수가 가장 많은 해에 태어났으므로 이 아이들만 보면 저출생이 전혀 실감 나지 않는다. 하지만 8년 후 태어난 둘째의 동급생은 고작 27만 명이다. 최근에는 한 해에 태어난 아이의 수가 23만 명까지 떨어졌다. 그럼에도 저출생 때문에 국가가 소멸하는 일은 없을 것이다. 몇 해 전 덴마크에 갔을 때 젊은이들이 북적거리는 코펜하겐은 활기가 넘쳤다. 얼마 전 갔던 더블린도 마찬가지다. 덴마크의 인구는 600만 명, 아일랜드는 고작 500만 명 남짓이고 두 나라는 아주 잘 돌아가고 있다. 우리나라가 당면한 문제는 인구수 자체보다 앞으로 수도로 집중될 모든 것, 지금의 아이들이 떠받치게 될 미래의 기형적인 모양새다. 과연 이 시대에 태어난 아이들은 미래를, 절대다수가 될 노인 계층을 어떻게 받아들일까?

나는 단편 〈아리아드네 정원〉에 씨 뿌려놓았던 몇 가지 문제의식을 확장해 2024년 1월에 이 작품을 쓰기 시작했다. 지금의 아이들이 맞이할 미래에는 노인 계층이 된 X세대와, 중년을 넘어 노년을 바라볼 밀레니얼 세대가 함께 살아갈 것이다. 세대를 넘어 젊은 사람들과 나이 든 사람들이 함께 읽고 질문할 수 있는 이야기, 우리의 현재와 미래를 동시에 비추는 이야기를 쓰는 게 나의 목표였다.

그러나 작업 과정은 생각보다 훨씬 지난했고, 결과적으로 내가 쓴 소설 중 가장 오랜 시간이 걸렸다. 주인공의 나이대와 성별을 정하는 일, 일기 형식이라는 도전, 수많은 장치의 설계에 이르기까지 고통스럽지 않은 단계가 없었다. 가장 어려웠던 건 미래의 사회 체계를 상상하고 미지의 세계관을 만드는 일이었다. 4차 산업혁명의 시대답게, 미래는 하루가 다르게 달려와 현재를 갱신하고 있다. 변화의 속도는 실로 엄청나다. 어제까지 불가능했던 일이 오늘 갑자기 가능해지고, 사람들은 그것을 휴대폰 액정 너머의 숏츠로 무심히 받아들인다.

나는 멀리 내다봐야 했다. 겪어본 적도 없는 미래가 이미 과거가 됐다고 상상하며, 그사이에 벌어질 일들과 바뀔 정책들을 설계하는 과정은, 한 세계를 군림하는 능력 없는 신이 된 것 같은 기분을 선사하곤 했다. 일기 형식 안에 사건을 끼워 넣고 정서적인 흐름을 조절하는 작업도 만만치 않았다. 물론 쉽게 쓴 이야기는 없지만 이 작품은 유독 그랬다. 현재가 품은 씨앗들이 미래에 어떻게 발아하고 뻗어나갈지, 스스로 납득할 수 있을 만큼 생각을 거듭하는 시간이 글을 쓰는 시간보다 더 길었다.

사실 소설에 등장하는 미래 사회의 기술은 이미 대부분 구현 가능하다. 비용과 대중성의 문제로 아직 미래에 묶인 듯 보이는 것들이, 어느 날 새로 문을 연 가게 안의 상품처럼 갑자기 우리 앞에 선보여질 것이다. 작품 안에 묘사된 정책이나 제도들도 타국에서는 이미 오래전부터 행해지는 것들이 많다. 작품을 쓰는 시간은, 우리가 당면한 문제가 비단 한국에만 국한하지 않는다는 사실을 확인하는 과정이기도 했다.

독자가 알아두면 좋을 몇 가지 사실이 있다. 작품의 시대적 배경을 '지금의 아이들이 커서 겪을 세상'으로 상정했지만, 특정 연도나 연대를 정해두고 쓰지는 않았다. 다소 두루뭉술하게 '가까운 미래' 정도로 이해하고 읽어주면 감사하겠다.

소설 속에서 그려지는 미래가 단일한 톤으로 보이지 않는다면 그 또한 의도한 것임을 알아주면 좋겠다. 어느 사회에서든 과거와 현재는 늘 뒤섞여 있다. 대도심 한가운데 위치한 절 근처에서 어릴 적 시골에서나 봤을 법한 구멍가게를 발견했을 때, 나는 미래의 모습도 결코 SF영화에서 그려지듯 은빛 나는 한 톤은 아닐 거라는 확신을 굳혔다. 로봇이 커피를 내리는 무인 카페와 작은 방이 딸린 오래된 구멍가게가 가까이 공존하듯, 미래는 전통과 첨단이 뒤섞인 콜라주의 모습을 띨 거라는 생각으로 글을 썼다.

마지막으로, 소설 속에서 다 소개되지 못한 카밀리아나 여타 인물들의 이야기는 언젠가 속편에서 풀어낼지도 모른다는 핑계로 접어두었다. 그러나 지금으로서는 속편이 나오지 않을 확률이 훨씬 더 높아졌으니, 부디 기다리는 독자가 없기를 바란다!

    작업의 고충에 대해 길게 토로했지만 늘 한 가지 욕심을 품고 글쓰기에 임한다. 읽는 이가 작가의 힘듦을 눈치채지 못하기를. 모든 페이지가 물 흐르듯 쉬이 넘어가기를. 그리고 독자의 마음에 무언가를 남기기를. 그 포부가 너무 원대해서 늘 이렇게 힘에 부치는 기분을 느끼나 보다.

    이 이야기는 절대 일어나서는 안 되는 이야기이다. 하지만 어딘가 꼭 존재해야만 하는 이야기이기도 하다. 그러므로 이 이야기가 당신의 이야기가 되지 않기를, 동시에 반드시 당신의 이야기가 되기를 바란다.

    책이 쨍한 여름에 나와서 기쁘다. 가끔 산책할 때 손을 뒤집어 손바닥에 태양을 비추곤 한다. 그러면 저 먼 우주에서부터 단 한 개의 장애물도 없이 오직 나를 향해 직진한 태양의 빛과 열기가 몸 안으로 스며든다. 내게 늘 내일의 태양을 떠올리게 하는 우리 집 햇님이에게도 이 이야기를 웃으며 들려줄 날을 기다린다.

2025년 7월
손원평

참고문헌

이철희.《일할 사람이 사라진다》. 위즈덤하우스, 2024.
정재훈.《0.6의 공포, 사라지는 한국》. 21세기북스, 2024.
조영태 外 6인.《초저출산은 왜 생겼을까?》. 김영사, 2024.
버추얼 미소녀 네무.《AI 메타버스 진화론》. 전종훈 옮김. 잇담북스, 2024
헨리 A. 키신저, 에릭 슈미트, 대니얼 허튼로커.《AI 이후의 세계》. 김고명 옮김.
　　월북, 2024.
한국일보 창간기획팀.《절반 세대가 온다》. 현암사, 2023.
로르 아들레르.《노년 끌어안기》. 백선희 옮김. 마음산책, 2022.
신아연.《스위스 안락사 현장에 다녀왔습니다》. 책과 나무, 2022.
유영규 外 4인.《그것은 죽고 싶어서가 아니다》. 북콤마, 2020.
마르셀 랑어데이크.《동생이 안락사를 택했습니다》. 유동익 옮김. 꾸리에, 2020.
하시다 스가코.《나답게 살다 나답게 죽고 싶다》. 김정환 옮김. 21세기북스, 2018.
나가오 가즈히로.《나는 죽을 권리가 있습니다》. 김소연 옮김. 심포지아, 2017.
다이애나 애실.《어떻게 늙을까》. 노상미 옮김. 뮤진트리, 2016.

젊음의 나라
ⓒ손원평, 2025

지 은 이 | 손원평
발 행 인 | 임헌규
교정·교열 | 고우리
발 행 처 | ㈜다즐링
주　　소 | 서울시 서대문구 신촌로 25, 2413 (03785)
E－ｍａｉｌ | storydazzling@gmail.com (투고는 받지 않습니다)
홍　　보 | instagram.com/storydazzling
등　　록 | 2023년 3월 17일 제 2023-000021호

초판 1쇄 발행　2025년 8월 8일

ISBN 979-11-983635-3-4 (43810)

* 이 책은 저작권법에 의해 보호받는 저작물이므로 무단 전재와 무단 복제, 유포, 공유를 금합니다. 이를 위반 시에는 민형사상의 법적 책임을 질 수 있습니다. 책의 내용을 재사용하거나 콘텐츠에 이용하려면 반드시 저자와 다즐링 양측의 서면동의를 받아야 합니다.